青蒿·母亲

QINGHAO MUQIN

胡铮良 著

中国出版集团　现代出版社

图书在版编目（CIP）数据

青蒿·母亲 / 胡铮良著 . -- 北京：现代出版社，2022.11

ISBN 978-7-5231-0086-8

Ⅰ．①青… Ⅱ．①胡… Ⅲ．①长篇小说—中国—当代 Ⅳ．① I247.5

中国版本图书馆 CIP 数据核字（2022）第 227352 号

青蒿母亲

著　　者	胡铮良
责任编辑	毕椿岚
出版发行	现代出版社
地　　址	北京市安定门外安华里 504 号
邮政编码	100011
电　　话	010-64267325　010-64245264（兼传真）
印　　刷	北京建宏印刷有限公司
开　　本	710mm×1000mm　1/16
印　　张	18.75
字　　数	240 千字
印　　次	2022 年 11 月第 1 版　2023 年 1 月第 1 次印刷
书　　号	ISBN 978-7-5231-0086-8
定　　价	89.80 元

版权所有，翻印必究；未经许可，不得转载

塑造出性格鲜活的母亲形象
——序《青蒿·母亲》

余三定

胡铮良的长篇小说《青蒿·母亲》通过描写一位母亲大半生坎坷的经历,成功地塑造了一个虽然备受磨难但仍然执着、有韧性、充满爱心的母亲形象,这个母亲形象富有生动的个性,又有广泛的代表性、概括性;并且我们透过这位母亲的坎坷人生经历,窥见了20世纪中后期至21世纪初期中国社会的生动面貌和变迁发展的历史。

《青蒿·母亲》中的母亲兰妮是一个苦难、平凡而又伟大的中国母亲形象。首先,母亲兰妮经历了许多的苦难,她1938年4月出生,出生时她的母亲因难产而死,不久其父亲也被日本鬼子打死,兰妮成了孤儿,完全靠自己年老的外婆抚养,吃着米糊长大,受尽了磨难。在"无端恋奶香"一章,写母亲兰妮4岁多的时候,她大舅妈生了儿子,每次看到表弟吃奶,母亲兰妮就羡慕不已,作品中写道:"每当大舅外婆给孩子喂奶的时候,母亲总是会偷偷地躲在门旮旯看着弟弟吃奶,发着呆,眼睛里总是飘着一丝闪亮的东西,有时干脆低下头,让眼泪掉落。"老外婆踮着小脚过来拉走母亲:"兰兰,我们出去玩!"老外婆口中还不停地念叨,"我可怜的孩子,都没尝过母奶的滋味!"说着一边牵着母亲的手,一边捋着母亲的头发,一边还抑制不住地掉泪。后来母亲兰妮又被她大舅舅和大舅妈瞒着她外婆送给别人做养女,幸被她外婆带回;继而又被送到姨外婆家做干孙女,最后因为自己不愿意而跑回她外婆身边。这就是幼小的母亲的苦难经历。稍长大一点后母亲就开始为家里挑水、砍柴,劳碌奔波，后来又遭遇毒蛇咬伤，经多方想办法，久治方愈。母亲16岁那年就与比自己大很多的王之伦结婚，结婚后有了一个小孩，虽然丈夫对她很好，但一直家境贫寒，生活艰难。只是母亲从无怨言，从不叹息。历经苦难，但又不怕苦难，顽强生存，这是母亲形象留给我们最深刻的印象。善良、仁慈，对人充满真诚的爱心，这是母亲形象的另一个侧面。母亲对老外婆、几个舅外公和舅外婆、自己的公公和婆婆、丈夫等都充满真情和爱意；对丈夫与前妻所生的女儿顺儿，虽然开始有些接受不了，但接受了以后，就对顺儿充满了真正的母爱，正如作品中所写的："两母女还真合得来，开开心心地过日子。爷爷逢人便竖起大拇指夸母亲为人好，父亲更是从心里感到宽慰。"对于自己所生的三个儿女，母亲的疼爱表现在无私奉献，倾心培养，比如对于满女"我"，作品中写道："重点中学我是考上了，可是对于母亲，对于我们家来说又是一个艰难的旅程。……而县一中需要交十二块五毛一个月的伙食费，加上零用，每一个学期我需要七八十元的花销，爹妈必须准备好。母亲东挪西借，南家说道，北家唠嗑，总算凑足了这些钱，我目送着母亲走这家，串那家为我攒学费钱，又期盼着母亲有所获而归，中间的时间那么漫长，那么难熬，熬红了我的双眼，也熬出了我对梦想的执着和坚毅。"明事理、有意志、有毅力，是母亲性格的第三个侧面。虽然生活艰难，但母亲从不气馁，从不抱怨。作品中除了母亲的形象塑造得颇为成功外，其他众多人物形象也都富有性格，给人留下深刻印象。

《青蒿·母亲》描写的历史跨度有近四分之三个世纪，横跨中国的现代和当代，从作品的描写中，我们看到了中国社会的历史变迁、变化发展的鲜活图景和生动画卷，作品让我们重温了中国现当代的社会发展史、前进史。作品开始不久，就写到了当时抗日战争的情况，作品中写道："1942年刚过完春节，日本兵进了杨溪村抓壮丁。各家各户有男丁的都要去当壮丁，去给日本人干活。各家各户的鸡子狗子都被追得到处飞到处跑。"外公本来是躲掉了的,但又鬼使神差地来到了镇上的赌坊。结果外公被几个日本兵抓走了。没过几天,有人发现外公被日本兵枪毙在衡山县岭坡坳上,听说外公是嚷着要回去看闺女想逃跑被日本兵抓住枪毙的。时势的艰难,日军的残暴,生活的严峻,都在这里显现了,我们由这"一斑"窥见了抗日战争的"全豹"。又如,作品对1976年也有很真实、很好的描写,这一年国家也属多事之秋,2月周恩来总理逝世,作品中继续写道:"7月唐山大地震,死了许多人,村民传得扼腕叹息。不到两个月,整个中华大地又沉浸在悲痛的洪流中,因为毛主席去世了!9月,广播里播放着这个噩耗。老百姓个个都是眼泪鼻涕,尤其是妇女儿童,还有那些过去没地的农民,包括母亲。山河泣泪,草木含悲。田里地头,河沿村口,只要碰到一个人,就会相视涌泪,悼念我们伟大的领袖毛主席。农民们都知道毛主席,知道共产党,知道是共产党带着农民翻身做了主人。毛主席和华国锋主席'你办事,我放心'的图画也渐渐地流进了村里,挂上了墙头。春风拂过祖国大地,依然没有忘记天马山这片古老的土地。"阅读这样的描写,让人感觉仿佛又回到了当时,一切都历历在目。作品接下来继续写到党的十一届三中全会后的改革开放的新时期,作品中写道:"党的十一届三中全会以来,改革开放的政策在全国各地陆续推行。正当我进入初三第二学期准备猛冲五个月进行中考的时候,全国范围内的农村分田到户,实行联产承包责任制。联产承包责任制亦称'联产承包''包干制'。具体形式有专业承包、包产到组、包产到户、包产到劳(力)等。我们山村采取的是包产到户,我们家除了二姐,其他每人都将分到一亩至两亩水田,二亩旱地,四亩山林。这种包产到户极大地刺激了广大农民的积极性,农民们多付出就有多的回报。"这样的描写真实、真切、有历史感,同时又生动形象。

　　从艺术描写的角度看,《青蒿·母亲》很注重生动故事的描写,作品在生动的故事描写中塑造出鲜活的人物性格,生动的故事描写也增强了作品的吸引力。作品开头第一章"神奇小女婴",写外婆因过度劳累而致早产,先生下来一个男孩,夭折了;后又生下来一个女孩(就是母亲),虽然活下来了,但外婆却因此丧命。这个过程深深地吸引着读者,读者情不自禁地会为人物的命运而担忧、感叹、悲伤。作品的景物描写极为清新、简洁、精彩。比如第三十九章,写党的十一届三中全会后的天马山:"融了冰雪的天马山四面八方的清溪潺潺而流,汇聚到了晒谷场下面的丝茅溪中。小河水流变得更欢快了,此时朝阳掉在了小河里了!岸边的小草在晨光中有些像水墨画了,先前有些浓,后面有些淡。不太开阔的天空呈现清亮色。微风一吹,虽有些凉意,倏然,天幕上的那颗星星隐去了,起初柔和然后逐渐耀眼的阳光调皮地洒落下来,牧童们的欢快的笛声也渐渐响了起来,好像随着如丝竹般的溪流声要流向更远的地方。我踏着清晨的鼓点,披着微风,沐浴着洒金的朝阳,踩着一径八里的石子路,吸着一路醉人的新鲜氧,愉快地奔跑,赶到学校上课。"这里的描写,是小说,也是散文,还可以说是诗歌,诗意盎然。第十二章写母亲在欢送满舅外公参军去抗美援朝后,有这样一段描写:"十月,丝涓河岸的柳丝早已有些枯黄,水流发出阵阵鸣咽。母亲泪已决堤,心完全沉落,好像已经完全被掏空。但望着欢送援朝士兵的如潮的人流,母亲觉得那次送满舅外公参加解放战争的情景和现在惊人地相似。"人物的心情和环境完全融为一体,情与景有机交融。

  胡铮良是我三十年前的学生,上学时她品学兼优,毕业后她工作得非常出色,不断取得优异成绩,现在她的这部熔铸了她的真诚心血的长篇小说即将出版,我为她感到由衷的高兴,于是写下了此序。

2021 年 12 月 8 日稿毕于
岳阳市南湖畔

目 录
CONTENTS

第一章　神奇小女婴……………………………… 1

第二章　混沌失父母……………………………… 6

第三章　无端恋奶香……………………………… 11

第四章　智斗日本兵……………………………… 16

第五章　险被送狼窝……………………………… 21

第六章　疑心刺荆棘……………………………… 26

第七章　幸遇老恩公……………………………… 30

第八章　离别的大车……………………………… 35

第九章　勇缚阿彪叔……………………………… 40

第十章　解放大团圆……………………………… 45

第十一章　母亲崇大义…………………………… 47

第十二章　春日梦怀思…………………………… 50

第十三章	依舅结连理	56
第十四章	缱绻映李桃	62
第十五章	艰难赋深情	67
第十六章	懵懂做继母	72
第十七章	悲喜泪夫妻	78
第十八章	喜接乖顺儿	83
第十九章	拳拳慈母心	89
第二十章	交田失恩翁	94
第二十一章	同心思党好	100
第二十二章	"公社"造福田	106
第二十三章	哀号泣外婆	111
第二十四章	大恸惊晕厥	118
第二十五章	欢喜添"龙凤"	124
第二十六章	婆媳乐天伦	130
第二十七章	亲情暖姐弟	136
第二十八章	创新刘有余	142
第二十九章	天降小真女	148
第三十章	家国小"卫星"	154
第三十一章	急救王真儿	159
第三十二章	茹苦育儿女	164

第三十三章	尽孝葬家婆	171
第三十四章	独撑全家计	178
第三十五章	"英雄"雷战生	184
第三十六章	奔走治夫婿	190
第三十七章	学艺王孝儿	196
第三十八章	接女望成长	203
第三十九章	慈怀育儿女	209
第四十章	真儿上重点	216
第四十一章	患难痴爱恋	222
第四十二章	姐弟祭慈亲	227
第四十三章	操持如陀螺	234
第四十四章	真儿思母恩	240
第四十五章	喜堂新龙凤	247
第四十六章	醉叹如青蒿	253
第四十七章	千里记酒香	259
第四十八章	温馨好母女	266
第四十九章	悠远大团圆	274

在中国共产党建党一百周年之际，谨以此书
《青蒿·母亲》敬献给伟大的中国共产党 —— 母亲！
在习近平主席领导的这个温暖和谐的国度里，谨以此书
《青蒿·母亲》敬献给一切爱孩子的母亲和一切爱母亲的孩子！

——胡铮良

2021.12.18

第一章　神奇小女婴

　　南岳衡山诸峰，山山相连，连绵起伏。山腰盘旋的那曲折险峻的实木栈道，如缕缕飘带缠绕在绿水青山之间，成为一道独特的亮丽风景；幽深的峡谷之中，升腾着神鬼莫测的氤氲山气，如轻纱帷幔，精致而婉约地成了一幅山水画卷；秀美的山峦，蜿蜒的栈道，别样的情趣，万般的风情。南岳衡山的七十二峰之一——天马山，位于衡山县以南六十公里。那里是母亲的家乡。站在天马山顶，风悠悠空谷来兮，雾蒙蒙深涧生烟，俯瞰云海波涛翻滚，远眺群山缭绕缥缈，人人心中律动着回归的欢快，喧嚣的心灵荡漾着静雅的祥瑞。

　　映入眼帘的，是一个少妇模糊的背影。她是我的外婆。她左手提着一个竹篮，右手拿着一个馒头，正在天马山的山路穿行。咦！她停下来了，似乎看见了什么喜人的东西。只见她想弯下腰去，却有些吃力。她往右侧了侧身子，右手往地上撑着，果然弯下去了！从左侧可以看见她圆鼓鼓的肚子！她是个怀着八个月孩子的孕妇。她在干什么呢？原来她见到了一朵香菌。她弯腰下去采。山里长大的孩子，从小就在密丛丛的树林子里穿行。自然是熟知了山路，知道哪里有她需要的野生可食的蘑菇。现在的她呢，也完全不在意自己怀着身孕，在山林间穿梭、寻找、艰难地蹲下、小心翼翼地拾起那些珍稀的美味。各种各样的灌木丛，根部贴地面处，往往就有蘑菇，就像一颗颗硕大的褐色的、白色的、灰色的珍珠。她用手轻轻扒着，再捏着蘑菇的柄一扯，一颗鲜嫩可人的蘑菇就到了手里。绿色植物和石头就像两个顽皮的孩子在赛跑一样，跟着她跑遍了整座山。不知不觉中，她左边的篮子也逐渐满了。

要回家了！她的娘家就在山麓那大片房子处。她直起身子，捶了捶腰，又在背上拍了两拍，她显然累了。她坐了下来。坐在一隅，淡淡的雾霭，缥缈地浮在山腰，她想，在男人无休止的吵闹折磨和牌桌喧嚣声中，往日期许的梦幻，曾经真切的向往，而今就在眼前：她的娘家。

那个终日只知道赌博的男人，就是她的丈夫。因为第一胎没有保住，他整日整夜不归家了，没日没夜地打牌。还对她扬言："第二胎再不给老子生一个健康的孩子，老子休了你！"

她拎着放着随身衣服的箱子就回了娘家，嘴里嘀咕："回就回，我回娘家生孩子！"

男人只顾着他手中的牌，也没拦她："去！去！看你在你娘家能生个什么！"

她已不知道哭，连头也不回就到了娘家。

……

她想，今天蘑菇采得够多，弟弟、弟媳们该欢喜啦。尤其是她的老母亲又要念叨啦："你怎么又去采蘑菇啦？要是摔着了怎么办？要是动了胎气怎么办？你怎么就不知道疼惜自己的身子呢！"

只要想到老外婆那慈爱的笑容，她的心立刻宁静起来。

她站起身，抚摸着自己的肚子说："宝贝！你那可恨的爹只知道打牌，打牌！家里的田产差不多被赌光了。他还一定要你是个男孩干什么！不管你是男是女，只要你好好地平安地生下来，我就会把你养大！"

她的确有些累啦！强撑着沉重的身子，提着篮子向家里走去。这八个月的肚子怎么就这么沉呢？有时她疑心这肚子也太大了。顺着蜿蜒的

第一章　神奇小女婴

山路，她仔仔细细地一步一步地下行，有时孩子在她的肚子里猛地蹬一下，吓得她立即停了下来。

"宝贝，马上就到了。你可别让阿妈着急！"

"不好！今天走路走得太多啦。"她的肚子隐隐作痛。她提着篮子，已经摩挲着肚子半爬半走着到了家门口。

"妈，我肚子痛！"她进家门就喊了声。

"大姐，大姐……"大舅外公月球看见她，一边朝里屋喊一边把外婆背进偏房里。

"妈，大姐怕是要生了！"她睁了睁眼，看见大舅外公在身边："大老弟，我的肚子……"她话还没说完就昏过去了。

老外婆边哽咽边气骂从里屋走了出来："要你别逞能，不要去拾什么蘑菇，你偏要去！这下好了，都动胎气啦。快去叫医生啊！哎哟，我不得了啊！我的囡女啊！"看着她已经昏过去，便号啕大哭起来。

大舅外公、二舅外公把她料理到了床上，满舅外公立刻去喊接生婆。

着急的老外婆从柜子里拿来了仅有的参片，掰开她的嘴让她含在嘴里。

"云细，云细，你醒醒啊！"

老外婆呼天抢地地喊着她的名字，左手抚摩着她的胸口，右手不断地掐着她的人中。"你要醒来，才有劲生孩子啊！"

几分钟之后，她居然醒啦。

"妈，妈，我感觉孩子好像就要出来了！"老外婆拖着她的手："不要你逞强，去拾什么菌子！这下好啦！都要早产啦！天啦！不得了！接生婆怎么还不来啊？"边骂着边絮絮地说。

屋子里充满着檀香和皂角香的味道。对面的台桌上摆着一尊观音菩萨像。

老外婆转身"扑通"一声跪在观音菩萨像前："菩萨保佑！菩萨保佑！

保佑我的女儿平安生产！阿弥陀佛！"

等到接生婆来到偏房时，她的羊水已经破了。她显得虚弱无力。胡春力（外公）也到了，悻悻地站在那里。说道："一定要到娘家来生！看看这可怎么办？"

"用力！你用力！快了，快了！"接生婆发现孩子的头已经快到了边上，拼命地叫她使劲。她的额上布满如豆的汗珠，手心也是水涔涔的，滑溜着却紧抓得老外婆的手生疼。

"出来了！出来了！"接生婆一个劲儿地喊，一个红得有些发污的婴儿出来了，就是不听见有哭声。接生婆拍打着他的后背，依然没有哭声！

"我来迟了，我来迟了！是个男孩。可惜了！"接生婆扼腕叹息。那个小男婴已经没有了呼吸。

外公听到"是个男孩，可惜了！"几个字，望了望躺在床上似乎虚脱的她："你……"没再说话，就愤然地离去。

偏房里传来一阵哭声。老外婆慌乱无助的语无伦次的断断续续的哭声："我这可怜的囝女，你怎么这么命苦啊？"接生婆也是异常慌乱，正准备离开。老外婆拖着她："你怎么能走呢？还有胞衣在她肚子里没出来呢！"

她呢，面如死灰，躺在床上，嘴唇有些发青，眼神也似呆滞。忽然，她的手动了一下。

"妈！妈！我的孩子呢。给我看一看！"她第一句话就问。

"孩子在呢，你好好休息一下！"老外婆忍住哭泣安慰她。

接生婆掀开她的被子去接胞衣，忽然大叫："哎呀，还有一个！"

偏房里又忙乱了起来。

老外婆坐到她的身边，握紧了她的手，这时大舅外婆端着刚煮的一小碗红枣进来："大姐，还有一个呢，大姐，吃粒红枣补气！不吃怎么还有劲生啦。"边说边喂她，"好好生，这一个娃肯定命大。姐夫刚刚都撂

第一章　神奇小女婴

下你走了！他不管你，我们管。"

接生婆先在她的肚子上轻轻地由中间往下揉了揉，揉到她下腹部。不一会儿，她说："快了，快了，我的手指快摸到她的头了！你用力啊！"

她躺在那里，哪里还有什么力气！老外婆不断地摇着她："云细，你用力啊，否则这孩子会生不出来啊。那你就什么都没有了！"她咬紧了牙关，嘴唇紧闭，猛地用力地往下使劲，一阵热流刺痛般地遍布全身，不断地坠下……一瞬间，她思想一片混沌，似乎看到她的父亲正对着她笑，她朝父亲飞了过去："阿爹，阿爹，我的孩子呢？"

老外婆使劲地摇动着她："云细，云细，你一定要坚持！孩子就快出来了！"

可是，她再也没有动过。再也没有回答老外婆的话。她的眼角挂着两行泪。

"哎，哎，哎，"一阵哭声划过夜空，"出来啦，出来啦！"接生婆大叫。"好漂亮的女婴！"

老外婆抱着这个红润润的小女婴，悲喜交集。

这个小女婴，就是我的母亲。老外婆给她取名叫"兰妮"。

当时是1938年4月。

第二章　混沌失父母

老外婆搂抱着刚刚包裹好的女婴，看着她那粉嫩粉嫩的小脸自言自语："你真是个生命奇迹。你那双胞胎的哥哥在你阿妈肚子里硬是没活，不想你阿妈平时常跟我说的一句话'他（你阿爹）只知道打牌，要个男孩干什么'当真应验，囝女你却偏偏活了下来。"

大舅外公、二舅外公看着他们逝去的大姐流泪，又望了望这个女婴，说："莫非是你克死了我们的大姐！"

"别胡说！你们大姐是累得太厉害了，加之产后虚亏，失血而去。与这可怜的孩子有什么关系？以后千万别这么说。你们兄弟要好好把她供养大，要对得住你们死去的大姐！"

外婆云细的后事是在庄上的大礼堂举办的。因为那里的习俗是出了嫁的女儿死在娘家不吉利，在娘家办丧事更不吉利。

那时，正在走兵，庄上的大礼堂住了许多外地来的兵。外婆云细上山的前一晚，也还算是热热闹闹一晚上。庄上大礼堂里，香雾缭绕，许多男丁们都在那里守着夜，有人起了夜歌：

打扫堂前地，满堂炉内香。道场真果散，奉请唱歌郎。
天地开张日吉时良，谁人制定起屋上梁。谁人制定开挖池塘，

第二章　混沌失父母

谁人制定杀猪宰羊。谁人制定男女成双，谁人制定写文章。谁人制定打鼓闹丧堂，黄道开张日吉时良。

有人回答：鲁班制定起屋上梁，香祖制定开挖池塘。张公制定杀猪宰羊，月老制定男女成双。孔子制定写读文章，田家制定打鼓闹丧堂。

> 都来都来带把梳来，梳起东边云来雨来。
> 云来雨来锣鼓相催，
> 鼓打一槌惊动天。
> 鼓打二槌惊动地。
> 鼓打三槌惊动三官大地。
> 鼓打四槌惊动四值功曹。
> 鼓打五槌惊动五子行孝。
> 鼓打六槌惊动六合同春。
> 鼓打七槌惊动麻兰七妹。
> 鼓打八槌惊动八大金刚。
> 鼓打九槌惊动九牛大造。
> 还有两槌歌不打，
> 生人不打死人锣。
> 不知雷在哪里打，
> 不知雨在哪里来。
> ……

男人们一个接着一个唱，夜歌不停留，大舅外公、二舅外公都在人群中穿行，这里招呼那里又上一根烟。只有满舅外公躲在灵堂后面低低地哭泣着："大姐，大姐！呜呜呜……"

敲锣，打鼓，喇叭，唢呐。

这样吹吹打打热闹了一整个晚上，第二天要送云细上山。

那天是四月初八，天马山上笼罩着惨白色的云雾，使本来阴沉的天气更加清冷，令人生寒。

灵柩到了半山腰墓地时，天公也悲泣，淅淅沥沥，下起雨来。大概是悲戚外婆遇人不淑的凄凉，抑或是痛哭兰妮没有亲生母亲疼爱，抑或是哭泣兰妮的人生的无处可去，连亲生父亲也不见影儿？

还在襁褓中的兰妮自然不知道哀伤自己的亲娘，也不知道忧伤自己无尽的未来。

人们回来后，也有来老外婆家里看看的。看一眼，摇摇头，说："多可爱的孩子！可怜，可怜，没爹疼没娘爱的孩子！"

外公在兰妮出生那天愤愤地说着："明明是一个带把的，怎么就又没了呢？"他东一脚西一脚地出了老外婆家的门，来到镇上的赌坊，吆喝着："来来来，好好地来一局！好好的一个儿子又没有了。我开大的！"

这是镇上最有名的赌坊。里面烟气酒气槟榔气混杂，甚至还夹杂着赌客们的鞋臭味。外公家本来有五十亩地，其中二十亩地就是在这里输掉的。

外公好赌，收不了手。先是输掉了父母给他留下的现大洋，现在他又开始把田地作本押注。满舅外公终于在镇上的一个最大的赌坊找到了外公。"姐夫，姐夫，大姐怀的是龙凤胎，你走后，又生下了一个女儿！"此时他正输呢，眼神呆滞，但又显得不服气。两只眼睛熬得带着血丝，眼白也有些泛黄。右手的食指和中指由于烟熏，已经变得蜡黄，现在正夹着一支烟。这些天他恐怕一直是混在赌场吧。

"什么？又生了个女儿？我有女儿啦！好！好！可是女儿又能做什么？"外公没站稳，一个趔趄，差一点摔倒，满舅外公边哭边急着扶他："姐夫，走！你回去吧，母亲要你回去。"

第二章 混沌失父母

外公随着满舅外公回到老外婆家,看着他襁褓中的女儿粉嫩粉嫩的小脸,竟也说道:"有个女儿多好!"

"你看,多好!她看着你来了,笑了!你看你看。你是她爹,抱抱她!"老外婆把襁褓中的婴儿递过去,外公也忍不住去用双手托着,看着这个可爱的小粉团,凑近去闻了闻:"你是我的女儿!"

"娘,这闺女这么小,我怎么带?"可是,外公最后还是这样回绝了老外婆的商量。

兰妮就有一个如此狠心的糟糕的父亲!

"妈,你帮我带着。我每个月给你一个大洋。"外公不断恳求着老外婆。

"我带着吧,你隔一段时间过来看看她,至少让她知道她还有个父亲。"老外婆也舍不得这么小的孩子。就这样兰妮一直住在老外婆的家里。

日子就这样平静地过去。老外婆只要带着兰妮,家里的杂务琐事都是由大舅外婆二舅外婆做了。老外婆是靠着米糊喂养着还是婴孩儿的兰妮。

大舅外婆走过来,看看兰妮吃米糊:"妈,你看小家伙吃得多好,也不挑。真好带!"

"是啊,真庆幸她好带!家里的事情全靠你和你弟妹打理。一大家子人,也难为你们了。"老外婆边喂米糊边赞扬大媳妇。

"妈,您这一大把年纪,带着这嫩毛毛,哪里还能让您忙这忙那哪!"

老外婆只对大舅外婆笑笑,也不言语。看着逐渐长大了的兰妮,不时地流泪:

"可怜的闺女!你阿妈就丢下你和我老婆子走了。你可一定要健康长大啊!还有你那可恨的爹,也不知他几时来看你?"

兰妮此时只会吸着手指。

有一天,外公来啦!带了两斤肉和一袋奶糕。没进门就喊:

"妈,我带吃的给我闺女啦!还带了两个银圆给你。"

他看年幼的女儿长得很好，抱着亲："有个闺女真好！"

直到兰妮三岁多，外公都是隔三岔五会来看看。听说这一段时间外公也没少多少田地。每当外公来看时，兰妮也很开心，"爹""爹"欢快地叫，爬到外公的膝盖上撒欢，甚至去捻外公的鼻子。

1942年刚过完春节，日本兵进了杨溪村抓壮丁。各家各户有男丁的都要去当壮丁，去给日本人干活。各家各户的鸡子狗子都被追得到处飞到处跑。

刚刚过完元宵节，老外婆让三个舅外公和两个舅外婆都悄悄地躲进了红薯窖里！老外婆抱着年幼的兰妮战战兢兢地跪在堂屋里，口里不断地喊："兵爷行行好，兵爷行行好！留着我们的命吧！鸡栏里还有五只母鸡，你们都拿去吧。"日本兵来到家里乱刺乱找，没找到男人，捉着那几只母鸡扬长而去。

外公呢，过元宵节喝了点酒，又鬼使神差地来到了镇上的赌坊。日本人岗村上男带着几个日本兵来到赌场抓人，当时外公正在拿着牌九，气鼓鼓的，因为输了三十亩田地。日本兵哄笑着拥过来："你的，什么都没有啦！跟我们劳动去！"最后外公被几个日本兵抓走了！

没过几天，有人发现外公被日本兵枪毙在衡山县岭坡坳上，听说外公是嚷着要回去看闺女想逃跑被日本兵抓住枪毙的。

以后每隔个把月，年幼的兰妮就会问老外婆："外婆，我爹怎么还不回来看我啊？"

老外婆总是将着兰妮的小辫儿，流着泪说："你爹啊，他到很远的地方去了。再也回不来了！"

第三章　无端恋奶香

转眼又到了年关。四岁多的兰妮总是跟在老外婆后面跳来跳去，外婆长外婆短地喊。大舅外婆因为害喜，心情也不是很好，见着兰妮黏着外婆，似乎心情更差。只要一看见兰妮，就会没好气地说："去，去，去，你害娘克爷（方言，就是"父亲"的意思），千万不要在我面前晃！"老外婆就会瞪她一眼，然后默默地把兰妮带开："来，兰兰，我们到堂屋去赶鸡子喂小鸡！"

兰妮就会偷偷地问老外婆："外婆，什么叫害娘克爷？"

老外婆就会哄哄她："就是说你爹娘都不在了，舅舅舅妈就是你的亲人。你要听话，不让大舅妈二舅妈她们不喜欢你。"

兰妮会很认真地说："是这样啊！好，我知道啦！"然后就认真地撒着糠粒喂小鸡。

这时，老外婆会摸摸兰妮的小脑瓜："你要赶快长大！帮助大人们做事哦！她们才不会说你。"

兰妮好像听懂了似的点点头。

大舅外婆在腊月二十八生下一个八斤重的胖小子。老外婆很是欢喜，给他取名叫"有余"。正碰上年关，得了这一大胖孙子，老外婆自是高兴，"年年有余"嘛。全家人准备欢欢喜喜地过年。

过年那天，吃过中午饭，兰妮突然流着眼泪问老外婆："外婆，我爹真的不会回来了吗？我很想要他回来！很想吃爹带给我的奶糕！"

这时大舅外婆正在月子里，大概是因为产后吧，心情很是不好！就抢白着说："再也不会回来了！你爹再也不会回来了！谁叫你的命这么硬呢？"

老外婆不高兴了，说了大舅外婆一句："对着个孩子，过年八节的，说这个干什么？她这么小，哪里懂得什么命硬不命硬啊？"

这下大舅外婆发火啦，一阵哭闹。大舅外婆气冲冲地对着老外婆说："你啊，心里就只有这个小妮子！哪里还有我和我儿子。带个外孙女，像个宝贝，孙子却放在一边！您到底怎么做奶奶的？"

老外婆一下气歪了脸，小声嘀咕了一句："我不是看她没娘爹疼嘛！孙子有你带着，我放心嘛！"说完低着头想走。

兰妮知道大舅外婆不喜欢老外婆啦！连忙双手拉着老外婆的手："外婆，我们出去玩！我们出去玩！"此时，老外婆双眼都溢满了泪，再没多说一句就被年幼的兰妮拖出去了。

老外婆出来后，兰妮一个人又进了大舅外婆的屋里，央求她："大舅妈，以后，我好好带弟弟，你别说外婆，好吗？都是我不好！"

大舅外婆好像没听见也没瞧见似的，给有余舅舅喂奶。

此时，母亲看着弟弟吃奶的样子很可爱，就蹲在大舅外婆床边瞧着，眼神中缥缈着圈圈羡慕。

"大舅妈，弟弟真听话，你看他吃奶时多可爱！让我摸摸他的小手，好吗？"

这时，大舅外婆抬起眼睛瞧着，丝毫不在意她的心思："你想看弟弟的小手？弟弟的手还很小。等弟弟长大一点，你就带他玩！"

"好！"不到五岁的兰妮很满足地跑出了屋，跑到老外婆那里，欢快地笑着，"大舅妈让我以后带弟弟！她让我带弟弟！"

第三章 无端恋奶香

这时,老外婆被兰妮的笑感染,搂着她也高兴:"你看你这孩子,看你开心成这样!"

每当大舅外婆给孩子喂奶的时候,母亲总是会偷偷地躲在门旮旯看着弟弟吃奶,发着呆,眼睛里总是飘着一丝闪亮的东西,有时干脆低下头,让眼泪掉落。

有一次,竟然被大舅外婆瞧见了!"兰妮,你站在那里干什么?出去玩去!"接着大舅外婆对老外婆喊话,"阿妈,把兰妮带出去!她老站在这里看着她弟弟吃奶。"

这时,老外婆踮着小脚过来拉走年幼的兰妮:"兰兰,我们出去玩!"老外婆口中还不停地念叨:"我可怜的孩子,都没尝过母奶的滋味!"说着一边牵着兰妮的小手,一边捋着兰妮的头发,一边还抑制不住地掉泪。

可是,幼年的母亲总时不时远远地守着弟弟。

那天,大舅外婆刚刚喂过奶去厨房啦。母亲就"嗵,嗵,嗵"跑到大舅外婆房间,使劲去抱起了弟弟,并去和弟弟贴脸!这小男婴也不闹,睁着可爱的小眼睛望着姐姐,有时还咧嘴笑。母亲这时可高兴啦!抱着这个小弟弟不放。不料想大舅外婆又进来了,看见这一幕,大舅外婆吓得直倒退,大喊:"小妮子,你干什么?快把弟弟放床上!快把弟弟放床上!"接着一下子跳到她面前,把这个小男婴抢了过去。也许是大舅外婆力气太大啦,也许是大舅外婆的话语太大声啦,也许是大舅外婆进来打破了他们姐弟的一份和谐吧。小男婴哇啦哇啦地哭起来,年幼的母亲也吓得哭了起来。

大舅外婆又火啦:"小妮子,我没打你没骂你,你倒是哭起来啦!你倒是说说,你为什么要抱着你弟弟?你要干什么?"

在偏房的老外婆听见了这些,连忙又赶过来打圆场:"兰兰,快快告诉大舅妈!"

"外婆,我只是逗弟弟玩!我只是逗弟弟玩!"母亲大声说。

"弟弟这么小，你逗弟弟玩要抱起他？你摔着他了怎么办？你到底想干什么？"大舅外婆止不住怒气，"啪啪啪"就拍打了母亲几下。

母亲号啕大哭起来，跺着脚不断地申诉："我不要干什么！我不要干什么！呜呜呜，我闻见弟弟脸上有我爹送的奶糕的味道！我闻见弟弟脸上有我爹送的奶糕的味道！"老外婆听到这里，眼泪又止不住地流了下来，连忙抱起外孙女往厨房走。

可是年幼的母亲哭得撕心裂肺，一双脚左一下右一下跺个不停，嘴里还是重复这句话："呜呜呜，我闻见弟弟脸上有我爹送给我的奶糕的味道！我闻见弟弟脸上有我爹送给我的奶糕的味道！……"

外孙女这样号哭，老外婆根本抱她不住，着急得不断哄着，终于走到了厨房："不哭了！不哭了！外婆给你烤肉粑粑吃！外婆给你烤肉粑粑吃！"

母亲不断地哭，眼泪鼻涕行行地掉在老外婆肩上。终于累了，趴在老外婆肩上，哭声越来越小，口里还在念着："我闻见弟弟脸上有我爹送的奶糕的味道……"等到老外婆抱着外孙女走近火塘准备烤肉粑粑时，年幼的母亲竟趴在老外婆肩上已经睡着了。

老外婆右手扶着外孙女，左手扶着灶面站了起来，低下眼帘瞧着这个外孙女，"哎——"长长地叹了一口气，然后又抱着，往睡觉的屋子去。老外婆小心翼翼地把她放在床上，轻轻地抚了抚她的眼角。母亲眼角有着明显的泪痕，眼睛有些微肿，鼻子还是一吸一合地在抽噎，嘴巴也是不自觉地在翕动。"老天是造了什么孽，可怜这孩子是想爹娘想疯了，才会这么不要命地大哭一场。"老外婆又像是安慰外孙女又像是自言自语，"孩子，你放心！只要我老婆子不死，就保证有你一口稀饭！对于你大舅妈呢，你也要想通，以前她自己没生时，还像模像样的。可是现在有了自己的孩子，怎么都过不了这个坎儿。"

老外婆轻轻地拍打着外孙女，母亲睡得很沉，翻了个身，又轻轻地

第三章　无端恋奶香

满足地咀嚼着。老外婆看着外孙女乖巧的睡态,一边摇头一边叹息:"今天哭累了,现在睡得正酣,真可爱!看她如此欢喜,莫非兰妮在梦中梦见了她的娘和爹?"

除夕夜,窗外礼堂里有几盏忽明忽暗的灯,给杨溪村增添了一些光亮。有几家的孩子在外面放着烟火,偶尔的人声给这里增加了几丝热闹。闪烁在半空中的烟火偶尔在天空"咻"地爆炸一声,那爆裂的声音让杨溪村的年味显得深邃而高远。

第四章　智斗日本兵

南岳七十二峰，天马山为马尾峰。三月的天马山出现在眼前，林峰秀美，山溪清丽。使躁动的心都渐渐安宁。

这是一个香满丘山的家园。

这里流淌着一条小溪流，叫丝涓河。从天马山深处款款走来，蜿蜒穿过杨溪村境域，在滋润了这一片土地之后投入涓江的怀抱，最后流向湘江。

丝涓河没有咄咄逼人的气势，只有妩媚和柔美。她是这片山区的母亲，繁衍生息了一代又一代天马山人。喝着丝涓河的水，大舅外婆又生了有元舅舅，二舅外婆的双胞胎姐弟菊元姨妈和菊炎舅舅也都有一岁多了。

当春风拂过，雨水也丰润了丝涓河。这时上游满山的茶园正泛着绿油油的光。那层层梯田便是茶园。沿溪流一路飘着清新怡人的茶香。

桃花、李花、油菜花盛开了，蜜蜂蝴蝶早已闻香而至，嬉戏在花间。春日暖阳的照耀下宛如仙境。

这片土地滋养着世世代代的天马山人，天马山人也永远亲近着这片土地，保护着这片土地。宜人的气候和清清的山泉水滋养着母亲慢慢长大，老外婆的看护和教益成就了母亲勤劳的品质。三月割笋，四月采茶，

第四章　智斗日本兵

五月扯草，八月捕虾，七八岁的兰妮什么都会做，大舅外婆、二舅外婆都夸兰妮是她们的好帮手。

老外婆自是欢喜。

1945年3月，正是春天，日本兵要从长沙撤往衡阳，妄图作最后的反击。日本人冈村上男的一部分步兵途经衡山，径直往衡阳去。就要经过杨溪村。乡公所的武装团和村上的民兵都架好了阵势，准备拦截几个日本兵，响应"将抗战进行到底"的号召。

那天，七岁的兰妮和村里的三个大婶及两个稍大一点的姐姐在天马山中摘竹笋。春雨绵绵，竹笋长势很好。山腰、半山腰、山麓到处冒尖，笋尖儿似乎期盼着这些姐妹们赶快去摘取，回去烫着腌着炒着下饭或者填饱肚子。大婶姐妹们摘得正欢时发现有四个日本兵迷路了，真的来了！他们从岭坡坳那边绕到天马山，大概是想经过茶恩寺，笔直往衡阳方向去。

母亲心里很怕，但想起被他们枪毙的外公，心里的害怕全没有了。

"一定要想办法把他们引进村公所或者民兵队附近。"母亲想。

"大婶们、姐姐们都在这里！在保证安全的同时，要想办法消灭他们。我们势单力薄，他们有四个人。来硬的，恐怕敌不过，必须想办法。如果日本兵问话，我就回答。我争取和苗姐、翠姐给他们带路，提前回去，把日本兵引进乡公所。"

母亲这样想着，就对赵婶、邱婶、张婶她们小声说了几句。然后便和苗姐、翠姐一起走在山路上，一边"哎哟哎哟"地叫"肚子疼了"。日本兵果然不知道分岔的山路怎么走，也大概是命令紧赶得急啦！他们看见她们几个，就问："你的，到茶恩寺怎么走？"母亲和苗姐、翠姐并排，不屑一顾地走着。隔了好一阵，慢条斯理地说：

"你们赶路这么急，估计有大任务！相不相信我们？相信我们就跟我们走！"

母亲听到有个日本兵说了一句:"小孩的,不说假话的!走吧!"

母亲和苗姐、翠姐飞快地奔向山麓,这几个日本兵也急匆匆地在湿滑的山路上连滚带爬滑溜而下。

那边赵婶、邱婶、张婶已从山那边奔下山沿着丝涓河到了村民兵团。一会儿几个健壮的民兵就突然出现在几个日本兵面前。

"跟我们走,缴枪不杀!"民兵们拿着柴刀、铁棒等自制的武器,架着这四个日本兵,直接到了乡公所武装团。

满舅外公当时在乡公所管理民兵组织,看见母亲,跷起拇指:

"兰妮真棒!丽苗、新翠你们真棒!"母亲躲在苗姐、翠姐后边正抿着嘴笑。

"都是兰妮的好主意。没想到她这么聪明,能想得到这么好的办法,让你立功啦。"丽苗、新翠都纷纷夸赞小兰妮。

"我们不杀俘虏。只要你们把你们知道的告诉我们,并且真心到我们部队。我们欢迎你们在这里立功!"满舅外公对这些日本兵说。

"我们优待俘虏,只要你们诚心归顺,我们有饭吃,你们就有饭吃。"武装团团长说,说完吩咐一个年轻战士端来饭食。

这四个日本兵禁不住饥饿,终于还是投降啦。

从这几个日本兵口中了解到,他们要到衡阳与大部队集合,准备做最后的一搏。

当时我们共产党的一支部队也响应党中央"将抗战进行到底""将日本帝国主义赶出中国去"的号召,听从上级安排,要转战贵州、云南、四川一带,还要负责将我党的"团结一切可以团结的力量"联合抗日的思想渗透到每一个中国人甚至国民党成员里去。满舅外公刘月林当时十九岁,也因这次突出表现带着这些日本兵和这支部队一起行进,成了军队的一员,逐渐也让这些日本兵成了部队的军人。

满舅外公离开乡公所时,母亲、丽苗、新翠都一一与他送别。

第四章 智斗日本兵

"兰妮,告诉外婆,满舅走了,部队正缺兵力,我正年轻,有一份力就出一份力。要外婆保重,要听外婆的话,要等我回来。"满舅外公边走边说边朝这边挥手。

"好,满舅!"母亲一边回答一边哭喊,"满舅,保重!"母亲背篓里的笋尖由于下山跑得太快,飞出了不少。现在母亲理了理背篓里的笋尖,泪汪汪地跟在丽苗和新翠的后面怏怏不乐地回了老外婆家。

二舅外婆出了门来迎,说:"阿妈,听说了吗?我们家兰妮能干着呢,竟抓着了日本兵!"

大舅外婆也探出头来看。

老外婆仔仔细细地检查了母亲一遍,骂道:"你这胆大的丫头,你受伤了吗?你知道日本人是些什么东西吗?你这么胡来!"

"外婆,我没受伤。不是还有丽苗和新翠跟我一起嘛!"

"那也不安全!幸亏祖宗保佑。阿弥陀佛!"老外婆喋喋不休。见母亲安然无恙,心里的石头总算落了地。

"兰姐,我要吃笋丁,我要吃笋丁。"有余舅舅跟在母亲的后面催着。

"好!我们先剥笋衣。"两姐弟坐在矮凳上,剥着笋。有余舅舅与其说是在剥笋,还不如说是扯笋。里面的笋肉都被扯烂了,母亲也只是笑着望着他:"弟弟,你这哪里是剥笋啦?"

大舅外婆抱着有元舅舅,走过来,说:"你这分明是在帮姐姐的倒忙哪!"

母亲叫声:"大舅妈,由他去咯,好玩呗!"

母亲烧火,二舅外婆把母亲剥的笋先用开水烫一下,切成笋丁,切点辣椒圈,把锅烧红,放点点油,笋丁、辣椒圈一齐下锅,爆炒至熟,加少许醋,出锅,即食。

大家就着笋丁下饭,都吃得非常可心。

母亲正好有一灶台高,此刻洗碗,总是想起满舅外公走时的情景,她心里想着，要是能跟着满舅外公去参军多好！外面真像老外婆讲的兵荒马乱吗？看那辆破旧的大卡车上的战士，都是很精神的。日本人在他们面前也老实多了……母亲这样想着，饭碗的边碰着锅，"嘣"地响了一声。母亲连忙收回了心思："可别把碗打碎了！"母亲不禁笑啦，嘲笑自己，"简直是痴心妄想！……"

　　温柔秀美的丝涓河，日夜唱着欢乐的歌，春天走进孩子的绚丽梦乡，夏日带给孩子们快乐。秋阳暖暖，枣香阵阵。冬雪飞扬，火塘温暖。

　　九月，满舅外公回来了，带来了日本帝国主义投降的消息，老外婆一家喜出望外。因为满舅外公可以在乡公所进一步展开他的工作啦。

第五章　险被送狼窝

满舅外公回到了乡公所管理民兵工作。杨溪村村民也组织了一个民兵队，他们白天种地，夜里站岗。日本帝国主义宣布无条件投降后，全国人民都沉浸在抗日战争胜利的喜悦中，老外婆一家也休养生息，母亲又添了两个表妹，大舅外婆生了桂英和二舅外婆生了桂华。

满舅外公认为要全力响应党中央的号召，日本鬼子被赶跑了，家里有积蓄的，要支持建设。家里的一些积蓄，经过全家的同意，满舅外公捐给了政府。大舅外婆虽有些愤愤的，但也拗不过大伙的心意。

老外婆一家人口众多，维持生活非常艰难。大舅外公和二舅外公的漆工生意也不景气。三个表弟都还小。大舅外婆和二舅外婆又都带着极小的桂英姨和桂华姨。

有一天，母亲捞了虾米回来，经过大舅外婆睡房，听见大舅外婆说："没想到兰妮这么聪明，满弟这么夸她。将来我们家有余怕比不过她呢！"

"你着急什么？有余还小呢！"

"将来有余怕是没有兰妮聪明！我想让兰妮去长长见识。……"接下去的母亲便听不清啦。母亲觉得大舅外婆这么夸她，心里喜滋滋的。

那天晚上，大舅外公和大舅外婆要带着母亲出去，母亲想去告诉老外婆。

"不要去，我们带你到花缪湾去玩。"大舅外婆跟母亲说。

母亲跟着大舅外公、大舅外婆走在了去花缪湾的山路上。

夜里，周围黑黢黢的，好在大舅外婆手里提着马灯，照得山路上一线哑绿色的光，怪瘆人的。

"大舅舅，我怕！"母亲直接向大舅外公身上蹿。大舅外公抱起小兰妮，跟她说：

"兰妮，不怕！今天大舅、舅妈跟你到一户人家。你先到他们家住一晚上，明天大舅、舅妈就来接你！这可是秘密！他们无论问你是哪里人，家里都有些什么人，你都不能跟他们说！好不好？不然，大舅、舅妈明天就不来接你啦！"

"好！大舅舅，我不说就是。但是你明天一定要来接我。"母亲已经很累了，说着说着就睡着了。

待母亲醒来时，已经快到一家姓廖的人家。大舅外公、大舅外婆和一个叔叔在悄声说些什么。母亲没听清。两个哥哥都拿出糖果给母亲吃。两个哥哥带着母亲到里屋坐，里屋坐着一个盘头发阿姨。

"阿姨！"母亲叫了一声。

"阿姨？！"那个盘头发妇人笑了一声。

"你舅舅舅妈要你当我的女儿！喊我妈妈！"

"不是，大舅、舅妈说明天来接我的。"母亲申辩说。

那个妇人笑了，领着母亲去洗漱。

原来这一家人只有两个儿子，想要带一个女儿，大舅外公、大舅外婆就瞒着老外婆要把母亲送到这户人家做女儿！

母亲此时全然不知，只知道大舅外公的嘱咐是什么也不能说。

第二天，母亲醒来后，看到那个和大舅外公说话的男人，对她说：

"到我这里来！我家里好吗？妈妈好吗？"那男人指着他妇人说。

"好！我大舅舅说今天来接我。"

第五章　险被送狼窝

"他们把你带给我们做女儿啦！你还有两个哥哥。"那男人又指着那两个一大一小的男孩子说。

"不会的，你骗我！我大舅舅今天会来接我！"

男人笑了笑，摇了摇头。母亲听着他好像在说："这么大，不知道带得亲不？"

母亲也不说话，仔细地打量这个家。他们家有一个很大的院子，前坪有很多竹子，下坡路下有一个池塘。后面挨着山，山上长了很多树。两个哥哥对母亲很友善，总是"妹妹！妹妹！"地叫。

母亲一直等着大舅外公和大舅外婆的到来，可是等了一天，他们都没有来！

母亲慌了，难道外婆、舅舅们真的不要我了？想到这里，母亲哭着喊，"外婆！你不是说一直要带着我吗？"

那妇人拿着糖果来拉母亲的手，母亲问："阿姨，我大舅舅、大舅妈怎么还不来？"

"你别哭，宝贝！你过来，到我这里来！我正缺女儿呢！你给我做女儿。"

"……"母亲看那妇人很和善，就走近那妇人，接了糖果。

"叫妈妈！"母亲望着那妇人，没有叫出口。

"没事，没事，慢慢来！你告诉我，你是哪里人？你家里上面有哪些人？"那妇人问母亲。

母亲记得大舅外公教她的话，还是没有说。

谁知那妇人看母亲不说，却特别高兴，对那男人说：

"你看你看，她不知道她家在哪里，也不知道她家里还有哪些人。一定带得亲的。"那妇人一激动，竟伸手来抱着母亲。那男人也挺喜欢。

"阿姨！"母亲也本能地叫了那妇人一声。

那天晚上，那妇人给母亲吃了冰糖蒸雪梨。

"我明天再试试她！"母亲听见那男人对妇人说。

第三天，廖家来了一个彪形大汉。那叔叔喊了声："彪哥！你来啦！"然后那大汉对母亲喊："丫头，过来，我问问你话！"

"你是哪里人啊？你家里有哪些人？你能告诉叔叔吗？"母亲总是想起大舅外公说的话，还是没有说。

接着，那男人开始磨刀，一把菜刀磨得锃亮锃亮，看得让人闪眼。

母亲看见那彪形大汉走向自己，吓得后退。

"丫头！你说不说？快告诉我，你是哪里人？你家里都有哪些人？你要是知道了不说，我就杀了你！"那彪形大汉还把刀在母亲面前闪了闪！

母亲慌了，不知道如何是好？大舅舅直到现在还没有来接她。现在如果不说，难道被他杀掉？

"我说，我说，我是杨溪村人。我是外婆带到现在，我有三个舅舅，两个舅妈，还有很多弟弟妹妹。"

那彪形大汉立即对廖家人说："她清白得很！她都知道！你们看着办，带还是不带？"

母亲看见廖叔叔和阿姨都露出不快的神色。

他们两个就带着母亲去赶场。正好老外婆在家里着急得哭着找外孙女找到集市来了，母亲看见老外婆，立即赶过去："外婆，我回来啦！大舅舅大舅妈怎么不去接我呢？"

老外婆抱着母亲只管哭："他们两个竟然瞒着我把你送人！这挨千刀的？我饶不了他们。"

老外婆哭着想了一晚上："这两个挨千刀的总觉得你住在这里碍着他们！"

"兰妮，不如我把你放到姨外婆家做孙女！这样，外婆要想你了，还可以去看你！毕竟是亲戚家里。"

"外婆，我住你和舅舅家里，不是很好吗？"母亲央求老外婆不要把

第五章　险被送狼窝

她送到姨外婆家里。

"你先跟我去看看，不行，你就回来。"老外婆边哭边说，"他们容不下你！总觉得你拖累了他们。我人老了，不经用了，他们也看不顺眼啦！你这苦命的孩子！"接着两祖孙哭作一团。

隔了几天，老外婆和外孙女来到姨外婆家。这个家里有姨外婆，一个表伯伯和两个哥哥。老外婆把外孙女送到这里，说："兰妮，你就跟姨外婆做点子事，照顾照顾姨外婆，以后就住在这里。到时，我来看你。你要听话啊！"

"外婆，我到时回去看你！"母亲哭着和老外婆再见。

老姨外婆是个瞎子，母亲跟她洗漱洗漱收拾收拾。

可是，有天晚上，母亲刚刚洗完澡，看见表伯伯走过来了。"兰妮，你外婆是要你给我做女儿！过来，爸爸抱抱！"

母亲很害怕，不敢过去。

那人走过来，一把抱起年幼的兰妮，然后在背上摸摸，又用满是胡子的嘴巴蹭母亲的脖子……

"救命啊！救命啊！"母亲拼命喊，表伯伯两个儿子都出来啦！

"爸！你干什么？"

母亲用尽全身的力气挣脱了表伯伯，一路疯跑，穿过田野，越过树林，踩过田埂，飞过池塘边……凭着她和老外婆来时的模糊的记忆，连夜跑回了老外婆的家。看见老外婆，扑到老外婆的面前嘤嘤地哭了起来。

"外婆，我哪里都不去啦！我就在舅舅们家里。我听话！我能做事！我少吃一点！外婆，只要你们不要把我送到别人家里去了。"

"呜……呜……呜……"

外孙女的哭声像针尖扎在了老外婆的心上，老外婆跟着外孙女流泪到天亮。

第六章　疑心刺荆棘

这晚，满舅外公从乡公所回来了，带来了新消息。共产党人虽然都主张和谈，与国民党进行了和平谈判。可是不到一年半时间，敌军又向解放区发动了反革命进攻，全国各地又一次陷入战争的恐慌之中，杨溪村也不例外。

一进屋，满舅外公看到老外婆和我母亲哭作一团，得知了大舅外公、大舅外婆两人对母亲所做的事，大为生气！召开全家会议，说：

"现在全国各族人民都要团结一心，有钱的出钱，有力的出力，全力支援革命，一定要解放全中国。我们这一个家，总共就这么几个孩子，再苦再累，只要度过这一段最黑暗的日子，只要全中国都解放了。我们全家就能过上好日子啦！"

"大嫂，以后再也不用把兰妮送人了！"满舅外公又转向大舅外婆说。

"现在，我们家过得很艰难。我不是为兰妮好吗？"大舅外婆表情很不自然地说。

大舅外公一直通红着脸不说话。

从这以后，老外婆一家的生活是一日不如一日。能喝上米汤就不错了。母亲什么事都做，还是经常有一口没一口的。

春上，母亲扯草惹了湿毒，一双眼睛又红又肿，痛得非常厉害。当

第六章　疑心刺荆棘

时条件艰苦，连稀饭都喝不上，哪里还有药医治母亲的眼睛？这可急坏了老外婆！

老外婆看母亲痛得可怜。实在没办法啦！就倒一杯凉白开，当天拜起来："天灵灵，地灵灵！牛魔神君显真灵，您若治好我外孙女的眼睛，我要她这一辈子戒掉牛肉，不吃牛肉。您保佑保佑她服了这一碗您显灵的水，她的眼睛就会不痛了。"

听说母亲喝了这一碗凉白开后，眼睛就真没有再痛了！

井台在离老外婆家近八百米的地方，大舅外婆要母亲每天下午挑满一缸的井水。母亲沿着坑坑洼洼的小路，或上坡道，或下田垅，去挑水。因为年纪小，又不是太高，只能用小桶挑。母亲挑一担水，走一走，停一停，换一换肩，又停下来歇一下。挑一担水要半个多小时，等到了家里，小桶里的水又泼洒了不少。大舅外婆说："妮子，你这什么时候能挑满啊？"母亲说："不碍，我慢慢挑，总会挑满的。"说完就又担着水桶出去挑水啦。母亲曾说过："第一次挑完一缸水后，肩膀上磨破了皮，不小心衣服蹭掉了一块，到了晚上，双肩灼热，钻心般地痛！"老外婆扯了鸡屎藤上的叶子捣碎，给母亲敷一敷，轻轻哈哈气，又累又疼的母亲就迷迷糊糊睡着了。

有时二舅外婆趁大舅外婆没注意，就担一担大桶和母亲一起出去挑水了。母亲这时候很开心，因为二舅外婆会和母亲一路走，并说着一些有趣的故事让母亲分心，不至于那么累，同时，水缸里的水也会很快地满起来。

人生毕竟要经过历练。母亲水挑多了，肩膀也不脱皮了，小桶里的水也不泼洒了。渐渐地，母亲也习惯了每天挑水的力气活。

人们常说，"靠山吃山，靠水吃水"。居住在天马山脚下，烧柴是不花钱的，都是上山去砍柴，挑回来。

天气好的时候，大舅外婆就要母亲去砍柴，要么三天要堆满一柴屋，要么五天堆满一柴屋。或者记担数,砍满了四担,就有饭吃。母亲砍了柴,担回来,放到一个地方,大舅外婆会来数。如果一天没砍满担数,那么,晚上就只有米汤喝了。

母亲回答说:"好!"也不恼,每天一早就出去,拿着弯刀上山,找到一片柴草长势旺盛、密集的地方,一路砍下去,柴草都倒下了,大半上午就砍下了一大片山。然后,母亲就劈缚子(捆柴用的),把藤条编织在一起,柴草放在藤条上,缚起,扭紧。母亲把刚刚砍下的柴都捆好,就有四担、五担。人生的苦,大概只有母亲自己知道。母亲总是笑着跟我讲这段往事,而且,有时老外婆会把柴房里的柴悄悄地拖出来,放在大舅外婆数担数的地方。

人人都是大后方,支持革命。老外婆家里这个时期也是吃不上肉的。

天马山下,丝涓河的水静静地流着,全然不知战争的惨烈。八月,正是虾肥蟹熟的时候。母亲这时候就带着有余舅舅去捞虾。

丝涓河里的石头缝里,有很多螃蟹。把石头轻轻地挪开,这"呆子"(乡里称螃蟹)还是一动不动地趴在那里,用手捏住它的背壳,就捉起来了。不一会儿,螃蟹就会多得遮住有余舅舅的木桶的底部。有余舅舅会开心地叫:"兰姐,兰姐,我捉了好多螃蟹。够一家人吃一顿了!"母亲呢,就带个虾篓和虾网,在丝涓河里捞虾。刚下过雨后,虾子都会从上游冲到下游,母亲会把河水塞住,让上游的水都累积到这个水潭里。母亲站在下游水深积水的地方,把虾网撒开,放在流水和水潭交接的地方,每隔一段时间就收拢一次虾网。每一次都有一些虾子在网里,多的时候有二三十只小虾。母亲一捞就是一下午,少时也能捞个一两斤。

"兰姐,我看见蛇了!"有余舅舅一声大喊,母亲急忙赶过去,把有余舅舅扯上岸。自己不小心一脚踩过去,母亲感觉有一丝刺痛,但并未见到蛇,以为是被荆棘刺了。急忙带着有余舅舅赶回家。

快进门槛时,母亲说:"外婆,我被荆棘刺了!我被荆棘刺了!"

第六章　疑心刺荆棘

等老外婆赶过来时，母亲已经晕倒在门槛里边了……

"奶奶，我看见蛇了！"有余舅舅告诉老外婆。

"真的？！哎呀，这不得了！兰妮是被蛇咬啦！"

老外婆赶紧把外孙女的脚用布条捆紧，然后拼命地挤那个伤口，伤口上流出一些毒水。

"外婆，我的脚被荆棘刺了！"母亲醒了。

"妹子，你哪里是被荆棘刺了？你是被蛇咬了！"老外婆不断地挤着母亲脚上的水。

大舅外婆也赶来了。她抓着有余舅舅："你没事吧？"

"妈妈，我看见蛇了！"

"你没事就好！你没事就好！"大舅外婆牵着有余舅舅边走边说。

因为没有治疗蛇毒的药，母亲脚上的伤非常疼痛，从早到晚，从日落到日出。老外婆托一个郎中寻些草药敷上，结果越敷越肿，伤口也溃烂了，整个脚指头上的皮和肉都烂光了！整个脚趾只剩下一点点趾骨。母亲整天疼痛，面黄肌瘦，老外婆背着外孙女到处问：

"请问哪里有治疗蛇咬伤的郎中啊？我这外孙女被蛇咬了总不见好！"

直到有一天，老外婆遇见一个老头，说自己姓王。那王老爹问：

"你这七老八十啦，背着个孙女到哪里去？"

"老爹，你知道哪里有治疗蛇毒的郎中没？"

"你孙女被蛇咬啦？快，快！下来，我看看！"

王老爹给母亲看了后，当时就在地里找草药，找了个把小时，分三堆。告诉老外婆：

"你把这些草药拿回去，洗干净，剁碎成汁后，敷在她的伤口上。每天换一堆。三天后，看伤口结痂不。如果结痂，就会好；如果不结痂，我怕是也救不了她！"

老外婆拿了这些中草药抹了一把眼泪，一顿感谢："王老爹你要是治好了她，你可是大恩人啊！"

第七章　幸遇老恩公

老外婆拿着王老爹的草药背着母亲回家后，赶紧给母亲把脚洗净，把药捣碎，敷在母亲的伤脚上。

说来也怪，这一夜，母亲睡得出奇地安稳。老外婆长长地吁了一口气！

到了第二天晚上，老外婆把捆在母亲脚上的纱布包拆开，母亲的伤脚就没有出水了，贴骨头处的皮也显得干爽了一些。老外婆捣碎第二服草药，又仔仔细细地帮母亲敷上包扎好。"可怜的外孙女，兴许这个王老爹会救了你！"老外婆叹一口气，"不知道你怎么这样多难？"母亲摸摸老外婆的脸，说："这次伤治好了就好了！"

果然，第三天拆药的时候，母亲脚骨头旁好似有些嫩肉长出，母亲的伤口结痂了。"外孙女，幸亏碰到这个王老爹！他救了你的脚。"老外婆心中的一块石头落了地，"总算保住了这只脚！"

到第四天，老外婆要带着母亲翻过天马山又去找王老爹。二舅外婆主动要求和老外婆同去。

"妈，您老人家年纪大了，这翻山越岭的，够艰难。我去了，也可以帮衬您一下。"

老外婆迟疑了一下，竟同意了，濡湿了眼眶。伸出手来握紧二舅外

第七章　幸遇老恩公

婆的手："幸亏有你，老二媳妇！"

"外婆，我不会总要您背着，我自己走。"母亲也安慰起老外婆。

"兰妮，没事！现在你的脚没有好全，不着急下地走。我背你！等你脚好全了，就不用背了！"

二舅外婆背着母亲，老外婆跟在后面，三代人行走在天马山的山路上。雾气并没有散，小路旁的草露依然打湿衣裳。刚进山时，碰见了丽苗在山上割草。

丽苗如今是村民兵队的成员。看见了老外婆她们，过来打招呼。

"兰妮，听说你受伤了。真替你难过！不知你好些没有？"

"谢谢你！这几天敷了王老爹的草药，见好了些！这不？又要翻过山去请王老爹找草药。"老外婆边走边和丽苗搭话。

"哪个王老爹？"

"他说住山那边的十五都。"

"十五都？那不是我表舅？原听说他老人家会找草药治疗跌打损伤等疑难杂症，殊不知他老人家还会治疗蛇伤啊！"

"我带你们去找！你们就不会走差路。"丽苗热情地为她们带路。

"二嫂，我来背一段吧！你也累了，休息一下！"丽苗主动背起了母亲，一路上山，一路告诉母亲哪些树上的果子可以吃。那时的天马山，有板栗树、尖栗树、毛栗树、苦榛子树、榛子树、万寿果、酸枣树、野生猕猴桃树，茶树上有茶苞，也可以吃……不一而足，唯独苦楝子树的果实不能吃，但开的花特别好看。每到一株树下，丽苗就会告诉母亲，丽苗不知道的，老外婆和二舅外婆就会告诉她们俩。老外婆说：

"到了这山上，一年四季都能找到吃的，正月二月捡坚果，三月四月蘑菇多，五月六月野梨（俗称猫梨子，即猕猴桃）熟，七月八月枣成箩，九月十月万寿果，冬月腊月松仁多。"

母亲四处看，越过山麓的茶园，到处都是各种各样的果子树，这里一株尖栗树，那里一棵圆榛子，山腰还有板栗树，再走遇见万寿果，小灌木丛中到处都有红红的羊奶果。母亲吃过万寿果，甜甜的味道，齿颊生香。况且，正是十月，现在又到了吃万寿果的时节。

"外婆，等下回家时候，我们一起带些万寿果回去。"

"好的。回来时再说。"四人不知不觉到了山顶路上，突然，看见一个人影一晃而过！

"外婆，这个人我见过！是在花缪湾磨刀吓唬我的那个彪叔！"母亲眼尖，不觉大叫起来！

"我脑海里一直记得他！就是他！"

"真的？！"丽苗警觉起来。母亲也不由得狐疑起来：

"他怎么会在这里？他不是花缪湾的吗？"

老外婆出主意：等拿了草药回去再跟满舅外公商量。

四人加紧赶到了王老爹家里。

"好了很多！看来这中草药敷对她很有用！"王老爹看完母亲的伤口，温和地对老外婆说。又看着这个十一二岁的女孩子，只是清瘦了些，但五官端正清秀，皮肤白净水嫩极好。

"是个好女孩儿，以后好福气哟！"王老爹说完，转身到屋里拿了六服已经包好的草药，给老外婆。

"把这六服药煎汤给她喝，剩下一点汤水和着渣滓捣碎敷在伤口上，能去毒生肌。吃完这药，她应该就大好了！"

"谢谢王老爹！"母亲不忘谢谢王老爹。

老外婆千恩万谢拿了六服草药，二舅外婆背着母亲回家，丽苗顺路摘下了四五斤万寿果后，就回了民兵队。

母亲回家后连续敷了六天草药，渐渐地，母亲的脚又长出新的皮肉来了！

满舅外公问明了情况，也松了口气。"兰妮大好了真好！家人安心。

第七章　幸遇老恩公

听说解放军也做好准备渡江了！听说要渡过长江，与国民党做最后决战。只要打败蒋介石，全中国就能得解放！"

全家人都感到欢欣鼓舞。

母亲觉得大舅外婆好像有些异样。回想起小时候偷看有余舅舅吃奶，好几次看见大舅外婆对着一个小箱子出神。于是来到满舅外公面前，告诉了满舅外公在天马山遇见阿彪的事。

"他到底是个什么人呢？怎么会出现在天马山？他在天马山干什么？这个事情，我得去乡公所反映反映。"

母亲回忆起阿彪磨刀的细节，不禁又打了一个寒噤。

"难道彪叔与大舅外公、大舅外婆认识，或者有什么关系？"母亲这样想，但转瞬即逝。"不可能！"

母亲由于脚痛，又是闲时，加之二舅外婆也心疼母亲，冬天的这几个月清闲了许多，母亲的脚也大好了。

到了二月间，又正是饥荒时节，青黄不接，米汤尚难维持，更不用说吃肉了。老外婆家的一条小牛不知什么缘故死了，大家都提议把牛肉处理好，当作食物。母亲的六个弟弟妹妹都高高兴兴地吃着牛肉，一脸满足的样子。母亲近半年都因为脚痛，除了脸部不太显瘦，身上骨瘦如柴。母亲记得老外婆跟自己戒掉牛肉的事，虽有些饿，但也没想到去吃这牛肉解馋。

看着外孙女久病初愈，其他孩子吃牛肉津津有味，一股怜爱，老外婆动摇了。

老外婆到厨房悄悄地割了半块豆腐大的牛肉，用纸包着，放在火塘里煨着。小半个时辰后，老外婆用火钳夹出来，拍拍纸包上的灰，把纸剥开，一股诱人的香味直冲出来，穿透进入人的鼻子，太香了，令人垂涎欲滴。母亲眼睛直直地盯着老外婆手里的牛肉，似明白又似糊涂地问：

"外婆，您干什么？外婆，您不是不要我吃牛肉吗？"

"他们都吃了牛肉,没事的。外婆只给你弄一点点,应该没事的。吃吧吃吧!"

母亲迟疑了一下,想不吃。但终究还是禁不住那诱人的香味!

"哦!好。"母亲喜滋滋地接过老外婆手里的牛肉,一小口一小口地享受着这无比的美味……母亲常说,那是她吃过的最香的肉的滋味!

然而,第二天,母亲的眼睛又肿起来红起来了,而且疼痛无比!老外婆慌忙得又一次掇起凳子,摆上开水,焚上细香,当天跪拜:

"老天爷啊!这次是我造了孽,我看其他孩子都有肉吃。就弄了点给兰妮吃,她本来不吃的,我告诉她没事,她才吃了!求求你,老天爷,牛王爷,您老人家还是救救她,让她眼睛好起来吧!以后我再也不会让她吃牛肉啦!"

母亲也哭着跪在了老外婆身旁:"外婆,不怪你!只怪我,忍不住!"

"牛王爷,我以后再也不吃牛肉了!你治好我的眼睛吧!"

接着,母亲把那碗水喝了下去。自然,听母亲说,母亲的眼病再也没有复发过,当然,母亲从此再也没有吃过牛肉了。

母亲经常用她的朴素主义教导我,人是不能欺瞒天地的,哪怕是寿命再长德高望重的人,也不能哄骗天地,诚信是第一法则,否则自讨苦吃。

第八章　离别的大车

满舅外公在回乡公所的路上，仔细琢磨，自从大将军长沙四次会战大捷以后近几年，总有一些流民从北而来，彪叔是不是不积极抗日分子？听说大将军军团里有些士兵，坚决不抗日，当了逃兵。有的甚至想带着妻儿逃跑，后来部分士兵被日本兵逼迫到衡山修筑铁路。现在已经过去这么多年，怎么还有像彪叔这样的人到处流窜呢？

满舅外公越想越不对劲。回到乡上，找到乡长，说明了情况。乡长指示：

"一定要调查清楚！现在就是有些逃到台湾的士兵，还是没有死心。说不定他有什么任务或者目的，留守在我们山里这一带。"

满舅外公回忆起我外公被日本兵枪杀也是在岭坡坳修路阵地，当时为日本兵修路的也有部分逃亡的士兵。

满舅外公连夜赶到衡山县武装团，把这一情况反映给团长。团长答应多方调查。

母亲到大舅外婆房里喊有余舅舅去采蘑菇，不想有余舅舅不在房里，却发现大舅外婆又在对着衣箱出神，眼中似有泪光。

"大舅妈，你怎么哭了？"

母亲走过去。

"没有，没有！刚才灰尘落进眼睛里了。"

"哦！大舅妈，我帮你吹吹！"母亲就认真地给大舅外婆吹着眼睛。

"兰妮，真懂事！现在脚伤全好了？真亏了你救了表弟！"很少见大舅外婆笑的母亲有一丝惊异。

"大舅妈，那是应该的。弟弟比我小那么多！"

母亲出了大舅外婆的房子，还是不知道大舅外婆流泪的原因。

母亲走后，大舅外婆嘤嘤啜泣，又自言自语："你把我丢在衡山路上，要不是月球善良，我现在都无处安身！既然相离了，为什么还要再次在一起？你现在已经到了香港，还是到了台湾？我的有明怎么样了？早知这样，你还不如跟薛岳将军一起坚决抗日！现在，看着有余天天长大，他长得越来越像你。不知这个家能否容得下他？"

大舅外婆知英回想起和月球相识的情形。1938年初，日寇多方进犯，国民党当局准备下半年采用焦土政策，制订了焚烧长沙的计划。史兰成既不赞成惨烈烧毁长沙，残忍无道，又不相信共产党会善待国民党官兵。他收集细软，准备逃跑。带着妻子知英、儿子有明逃离长沙，边行走边躲藏，三月来到衡山。不想被岗村上男日本兵抓住修路，为了安全，他把有明托给兄弟阿彪安置，自己去修路，却把知英丢在路边，要她想办法逃生。

当时，史兰成在衡山修路，十一月听到长沙文夕大火的消息，毛骨悚然，他已经对国民党政府完全绝望了！"修路好，只要一有机会，我就逃跑。"他想。

大舅外公在外做油漆活下了大篷车，正往回赶。在路边看见知英，知英一把眼泪一把鼻涕地说：

"我什么都没有了！为了保身，我身上什么值钱的东西都被日本兵抢光了，只剩身上这个小纸袋里还有点文件！救救我吧！"

"你是哪里人？怎么会流落到这里？"月球一向懦弱，心生怜惜。

第八章 离别的大车

"……"知英什么都不说,只知道哭泣。

于是大舅外公就把知英带回家,成了大舅外婆。

四年后的三月,大舅外婆在集市,阿彪来找她,要她去衡山再见史兰成一面。

"兰成还在衡山?!"知英实在太想念儿子,于是跟着阿彪到了车站的一个杂物间见到了史兰成。

"知英,日本兵逼迫我修路,可谁知一修就是四年。现在我决定马上就走,我已经筹集了去香港的费用。就是舍不得你!今天,你能来见上最后一面最好!有明我一起带走!你还愿意跟我一起走吗?"

说完一把紧紧地抱着知英,一边哭泣。

"当时,我是怕修路队女人少,日本人会糟蹋你,才把你丢在路边自己逃生,都是我不好!"知英一边哭泣一边安慰:"都是时局不好!人都要认命。你若到那边安顿好了,就要回来接我!现在这家人对我都很好,我也不能对不起他们。况且,月林抗日很积极!"

"好!阿彪愿意留在这里,一有消息,我就和你联系!"

这对离别四年的夫妻紧紧相拥,史兰成深情地吻着妻子,满腔的怨愤化作百般柔肠,表达对妻子四年的亏欠。四年的思念,四年的牵挂,四年中无数次梦中相见此刻都融入了知英难以抗拒的回应中,任梦呓成河,河川奔流,流汇入海。大舅外婆尽情地吻着丈夫,任泪水、汗水与血液一起滑落,甘愿就在此刻化在丈夫的怀中,和他身一同飞。忽然,大舅外婆好像看见月球懦弱的双眼和儿子哭泣的眼神……她缓过气来,站起身来,四目相视,再次相吻,回首前情,依依不舍。

"大将军长沙大会战大捷,大快人心。你当初要是坚决跟着他,多好!"知英又忍不住说。

"想到文夕大火,国民党不可靠;想到大将军,我又回不了头!我对不起你!"兰成万念俱灰。但是为了儿子,还是铤而走险。

目送着儿子渐渐远去，大舅外婆的心在滴血。"妈，妈，我们到时来接你！"有明朝他妈频频挥手。史兰成像泄了气的皮球似的，坐在大车边始终低着头。

那一年年底，大舅外婆生了有余舅舅。

"妈，吃饭啦！"有余舅舅来到大舅外婆房里，打断了大舅外婆的沉思。

大舅外婆和有余舅舅一起来到厨房，二舅外婆和母亲已经把米汤、蕨菜、霉腌菜都端上了桌子。大舅外婆就是没有胃口，喝了两口汤，夹了一筷子霉腌菜，刚送到嘴里，就咽不下去了！

"有余，你多吃点。有元，来，妈碗里还有饭粒。"接着把碗里的米汤倒给了有元舅舅。

二舅外婆装了一碗米汤给老外婆，老外婆端着喝了，并无奈地说："哎，这日子过得也太寒碜了！"

二舅外婆也给菊元姨、菊炎舅舅各添了一碗。母亲带着桂英、桂华姨在地上玩耍，时不时桂英、桂华姨会跑到二舅外婆面前张大嘴巴喝上一口。

母亲刚要拿碗喝上一口时，满舅外公回来了。

原来满舅外公从衡山赶回乡公所时，因听到广播里正在播送《人民解放军百万雄师横渡长江》："在二十一日下午至二十二日下午的整天激战中，已歼灭及击溃一切抵抗之敌，占领扬中、镇江、江阴诸县的广大地区，并控制江阴要塞，封锁长江。我军前锋，业已切断镇江无锡段铁路线。"的消息，得知国民党军官汤恩伯败北，人民解放军战略决战取得了决定性的胜利。他急匆匆地和新翠一起回家告诉家人喜讯，正好赶上了全家人在一起吃饭。

"这次大决战，国民党大溃败，国民党在中国内地猖狂的时日不会很多了。"满舅外公兴致勃勃地边说边拿碗盛米汤，递给新翠，自己也盛了

第八章　离别的大车

一点。说是米汤，里面真的没有几粒饭粒，他们俩喝了一口，见桌子上还有点蕨菜，吃了一口，便放下碗。

母亲看着满舅外公吃饭时，常常边说边向新翠那边望，觉得挺有趣。待他们俩出来，母亲也跟着出来。

"满舅，我经常看见大舅妈对着箱子出神，有时还流眼泪。"

"真的？不会吧！"满舅外公没当回事。只对母亲说，"现在乡村的日子越来越难了，但凡有点家底的都支援了前线。"又转向新翠，"你看，新翠今天推着一土车粮食去支援解放军，得到上级的表扬呢！兰妮，你脚好了，在家要多照顾弟弟妹妹！多帮助舅妈们！到天马山去做事的时候，多留意衡山那边来的人。等熬过去了，全国各族人民都能过上好日子。"

"嗯。"母亲想再说说大舅外婆，但是，看到满舅外公抚在新翠肩上，着急地又往乡公所赶去了，就看着他们走远。

第九章　勇缚阿彪叔

大舅外婆不知何时也跟在母亲身后，冷不丁说了一句："兰妮，满舅他们走远了！"母亲吃了一惊。

"大舅妈，你还没进房啊？"

"来，来，兰妮，到我房里来，我教你做针线活。"

"真的？！大舅妈，你真的教我吗？我这就跟你去。"

母亲跟着大舅外婆一起回房间。大舅外婆房里收拾得很整齐，被子都铺得平平整整，桌子也擦得锃亮，房间里还有一股淡淡的母亲说不出的特别好闻的香味。

"兰妮，谢谢你救了表弟！大舅妈一直没好好感谢你。来，这个给你。"母亲看见大舅外婆边说边从箱子里拿出一个刻有一个人像的圆币，接着放到母亲手上。

"拿着吧，这是大舅妈陪嫁来的。我给你一个将来做嫁妆！"

母亲不敢接，也不认识这是什么。

"你拿着，兰妮，我看你心好就给你，将来你一定用得上！"

"谢谢大舅妈！"母亲最终还是接了这个圆币，收在衣服袋子里。又跟着大舅外婆学了一会儿针线活。

母亲看着大舅外婆，一张特别精致的脸，鼻梁高挺小巧，鼻头恰如

第九章　勇缚阿彪叔

悬胆，此刻眼神中透着温柔地看着自己。母亲觉得很温暖。接着母亲又偷偷地仔细地打量大舅外婆，见她穿着一身蓝色碎花的收腰的夹衣，一条青裤子，身材显得很好，脚上一双深蓝色布鞋，白色的袜子也很干净。母亲心里想："大舅妈真好看。难怪大舅舅对她那么好！"

母亲出了大舅外婆的房间，捏着那一枚圆币飞快地跑到老外婆房里，边跑边喊：

"外婆，外婆，这是大舅妈给我的！"

"什么？我看看！"慈祥的老外婆细眯着眼，拿着圆币，说，"这是一枚银圆，值钱哦。你好好收着吧！将来可以给你做嫁妆。"

"外婆，你说什么？我还小呢。"

母亲没想到大舅妈会对自己这么好。

"兰妮，将来要是你成家立业了，一定要记得舅舅舅妈家里这条路啊！你大舅妈到我们家里来，也没过上什么好日子，我看她那细嫩的皮肤，知道她肯定出身富贵人家。但是她也没嫌弃我们家，生儿育女，也够难的。今天她还对你这么好！你也要记得她对你的好！"

"好！"母亲自然是边点头边答应。

"兰姐，兰姐！"有余舅舅在外面喊，"你看这后山上长了好多蘑菇！"母亲连忙到后山跟表弟一起拾蘑菇，一直到天黑。母亲心里想：

"天马山的蘑菇恐怕比这后山要多得多！明天一定去拾个痛快。"

第二天一早，母亲提着篮子，拿着馒头，带着有余舅舅到山上去拾蘑菇。

悠长而精致清雅的山路，母亲由于脚伤许久没走啦，今天走来，竟有一种莫名的久违的亲切感。今天天气真好，云碎风柔，母亲脚步轻快，有余舅舅也是细步如飞，在小路上欢跃。远望天马山，迷雾缭绕，栈道若隐若现，母亲想："今天的天马山又多了一丝美好！听外婆说，我娘生我之前几个小时还在天马山采蘑菇。正是因为采蘑菇累了，才会使哥哥胎死腹中，我娘难产而死，我也只是留了条命而已！"想到这里，母亲不由得叹一口气，和有余舅舅加快了上山的脚步。

丽苗和两个民兵也在山上采蘑菇，掐蕨菜。她们分散四处，到处寻找好的野生食物。

母亲和有余舅舅走得稍微远一点，毕竟远些，寻找采摘的人少些，也更容易找到蘑菇和野菜。土中的百合也可吃了，肥硕的香菌最是诱人，鲜嫩的蕨菜极有营养。母亲仔细地搜寻，轻轻地拔起，最后愉快地放进篮子。有余舅舅眼睛很尖，在枞树的根部发现一丛很大的菌子，高兴得大喊：

"兰姐，兰姐，这里有好多菌子，很厚很大朵，还不止一朵，有很多。"

母亲跟过来，逗有余舅舅："老弟，你捡到宝贝啦？这么开心！"

"嗯，好多！兰姐。"有余舅舅异常兴奋，沁着细碎汗珠的脸涨得通红。母亲用布巾给他揩了揩："看你热的！兰姐给你擦擦干，免得等下感冒！"

姐弟俩在这棵枞树附近捡了很久，大半篮子蘑菇已经有了。

母亲打量着这高处四周，山腰、半山腰都是林子，再次远望，依然还是树林。突然，母亲怔住了：怎么？彪叔又从丛林深处走了出来……

"布谷""布谷"母亲吹起了和丽苗她们约好的"鸟叫声"，丽苗她们几个赶快向山上包抄上去。快追到山顶时，突然有一个二十三四岁的男子从上山腰握紧树枝，如同猿猴一般极速纵跃跳到山顶，拦在彪叔的前面。

"你还往哪里去？"那个身材如猿猴般的男子带着一把弯刀，举起弯刀面对彪叔说。等到母亲、丽苗上来时，彪叔已经被制伏了。

"原来是你，要不是你，我们几个姑娘怕是赶不上他！"

"把他捆起来！"之伦大哥用捆柴的绳索捆住了彪叔。

"你到底是什么人？怎么老在山里晃！"

"之伦大哥，谢谢你！麻烦你跟我们一起把他押到我们乡公所去！"

第九章　勇缚阿彪叔

丽苗说。

"好吧！"王之伦没有推辞，和丽苗、母亲、有余舅舅一行人把彪叔押到了乡公所。

"你们还真把他瞄到了！给我抓回来了！"

满舅外公示意，给彪叔松绑。谁知彪叔一个反转手，把之伦身上的弯刀攥到手里，想朝他自己脖子上抹，说时迟那时快，满舅外公手中的短刀"呜呜"地飞到了彪叔手中的弯刀上，两把刀同时"咣当"一声掉在了地上！母亲惊讶得说不出话来，暗自赞叹："原来满舅是眼色最好的！"

彪叔左旋右扭，只想挣脱之伦的手，满舅外公上前一把拖着了他，他还是不断地扭动、挣扎。之伦死死地拽住了他，不让他挣脱出去。

"快,快叫乡长来！看怎么处理他？"满舅外公慌急得不知如何是好。

等乡长急匆匆赶来时，彪叔已经累得精疲力竭。

"把他关到乡公所办公室，好好讯问他！"乡长指示。

母亲和有余舅舅赶紧回去告诉老外婆把阿彪抓到了乡公所的事。

"外婆，抓到了阿彪！"母亲迫不及待地告诉了老外婆。

"真抓到了？这该死的。不知他什么来历？"

"真抓到了，奶奶！满叔好厉害！要不是满叔打掉了他手里的弯刀，那个坏人可能死掉！"有余舅舅说到满舅外公时充满了自豪。

"妈妈，乡公所抓到一个坏人！那个人个子很高，力气很大，躲在天马山。想不到之伦大哥能死死抓紧他！满叔更厉害，一把短刀就把他手中的弯刀打掉了！要不是满叔，那个坏人怕是寻死了！"有余舅舅穿过堂屋，跑进大舅外婆房里报告喜讯，母亲觉得表弟说得有理，也蛮佩服之伦的，就追着表弟喊：

"你慢点！小心点！"

"个子很高，力气很大，躲在山里？那个坏人？差点死了？"大舅外婆脸色苍白，显得有些虚弱地询问。

"阿妈阿妈，满叔好厉害！是满叔打掉了他手里的弯刀！"

"哦……儿子，你出去玩吧。"

母亲见大舅外婆神色怪异，很是奇怪。然而也不知问什么。

大舅外婆在房里自言自语。

那晚，大舅外婆说要给满舅外公送点吃的，后来悄悄地来到乡公所办公室窗前看了一眼。

大舅外婆站在窗前，眼中贮泪，一片茫然。天空中闪着几颗暗淡的星子。

"我是日本人派到衡山修路的逃兵！"阿彪跟所长供认了。衡山武装团也确认有这样的流窜分子，看他招认态度诚恳，就决定改造阿彪。

"中华人民共和国成立了！中国人民站起来了！"乡公所里的广播正在播报着特大喜讯。到处张灯结彩，而乡公所的小礼堂里，满舅外公、新翠和另外三对新人正携手主办着简单而质朴的婚礼。

"在这有着特别纪念意义的日子里，你们四对新人与中华人民共和国同喜，你们为新的生活也是做了贡献的！我代表大家祝你们永远幸福，早生贵子！"乡长热情洋溢地祝福着新人们。欢呼声、祝福声、鞭炮声融汇成美丽的绝唱，弥散在这座美丽而神奇的山间小庄院乡政府里。

第十章　解放大团圆

新中国成立后过春节，每家按人分配了一些粮食，大舅外公、二舅外公在外做漆工也带了些钱回来。满舅外公、满舅外婆（新翠）也回家过年，真是人逢喜事精神爽。全家人快快乐乐地过了一个喜气年。

全家整整坐了两大围桌，大舅外公、大舅外婆和有余舅舅、有元舅舅、桂英姨挨着坐一块，二舅外公、二舅外婆和菊元姨、菊炎舅舅、桂华姨挨着坐一块，老外婆挨着母亲坐，旁边是满舅外公夫妇。圆桌上摆着平日少见的猪肉、鱼肉，中间摆了一大盆炖鸡，还有糯米团子、红薯粑粑、猪血团子。母亲是不怎么夹菜的，喷香的米饭，母亲一个劲地扒，只偶尔在靠近自己的菜碟上夹上几筷，要是母亲去厨房盛饭，老外婆会跟着母亲一起去，把碗底的鱼啊、肉啊放在母亲的饭碗底部。说："兰妮，你也吃一点。"房子里弥漫着少有的肉香。

"我要吃那个鸡翅！"

"我要糯米团子！"孩子们你一言我一语地跟大人说着自己想吃的菜。

人人脸上都露出满足的神情。

"吃吧，吃吧！现在解放了，只要不打仗，日子会慢慢好起来的！"满舅外公满脸喜悦。

"听说阿彪在衡山当了农民。"

"共产党的英明政策，能好好改造，依旧能好好过日子。"

新翠补充。

元宵过后，各归各位。大舅外婆独自回到屋里，忍不住打开箱子，从箱底抽出那个纸皮袋。

西风不停地吹打着板栗树上的叶子，几片叶子在空中翻飞，打了几个旋儿，飘落到池塘里去了。树上的板栗子虽然尚未成熟，也被风吹落了几颗。

第十一章　母亲崇大义

老外婆对后面的满舅外公生气：

"亏你还在乡公所工作。怎么会出交通事故！"

满舅外公围护着哭喊着"阿妈，阿妈"的孩子们，不知所措，他确实也不知道。

老外婆带着母亲折了回来，回到阶基上，大为生气。她朝大舅外婆的三个孩子走去，对满舅外公说：

"孩子们我来看护，你跟着去看看。"说完又示意母亲也跟着满舅外公一起去。

母亲看着表弟妹们伤心哭着，流着眼泪一路小跑地跟在满舅外公后面。

说是广场，实际是一个废旧的篮球场。那里聚集了很多人，母亲看见丽苗、满舅外婆新翠。

围观的群众你一言我一语地指责母亲，尤其是丽苗的声音最大，母亲都听得清晰。

此时，满舅外公也走了过来，看了看被车轧得晕死过去的大嫂，叹了一口气："怎么会是这样？"

大舅外婆面容惨白，一绺头发耷拉下来，贴在额上，还是掩盖不了脸上的清秀，咬紧的牙齿似乎不容任何人怀疑。

"一个农妇，估计她也没什么胆量说谎！遭遇了交通事故啊！"

他看满舅外公过来，就说：

"刘月林，你来了正好！"

"散了，大家都散了！"又对村民说着，他们一行人就离开了。

满舅外公让人背着交通事故受伤的大舅外婆，母亲在后面紧跟着，直接到了乡卫生院。

不一会儿，新翠到了。

"兰妮，你大舅妈这里有我看着治疗，医生护士等会就来。你赶快回去，告诉外婆。希望你大舅妈能留住一条命，否则三个孩子都会受苦了！"

母亲想到自己没有亲娘疼爱，活到十几岁，一把辛酸一把眼泪。听到满舅外婆这么一说，眼泪又止不住地往下掉。三个表弟妹都还只有这么大，要是大舅外婆扛不住，表弟妹们该怎么办哪？母亲一边哭一边想着一边往回赶，回到家第一件事就是告诉老外婆：

"外婆，大舅妈只不过现在遭遇交通事故受伤了！满舅在找医生治疗大舅妈！"

全家人总算松了一口气。

"兰姐，兰姐，你回来了！我妈没事了？"有余急切地问。

"没事了！可能要在乡医院待上一阵。"母亲揩干有余的眼泪。

"走，我们去和二舅妈一起做晚饭。"

母亲和有余年龄相隔最近，一起捞虾，一起割草，一起采蘑菇。桃花谢了，枣花香了；槐花谢了，橘子黄了；日复一日，年复一年，眼见着有余个头和自己一般高了。母亲觉得这个表弟特别亲。

"这么大了，男子汉，有什么事也不用哭啊！今天这场合，你哭了吧？羞不羞？"

母亲刮着有余的鼻子，来到厨房，跟二舅外婆切冬瓜。有余舅舅烧火。

第十一章　母亲崇大义

入夜，表弟妹们都睡了。乡村的夜晚显得异常宁静。

母亲想："你不是说过以后要教我认些字吗？大舅妈，你快点好起来！"在回家的路上，母亲心里似乎感到异常轻松。

第十二章　春日梦怀思

阳春三月，蒙蒙烟雨，丝涓河畔，天马山麓小户人家的土墙黛瓦，总让人想在一片静谧中去追寻那争取和平的嘶鸣声，总让人想在融融暖阳下去探觅那古意断桥相会的浪漫情怀。纯朴的山民，举一盏清酒去告慰逝去的英魂，听一曲山歌去附和喇叭里的吟唱。天马山下，曲径小路上曾碾过几千年的历史车轮，层层梯田里回荡着几千年的牛哞风鸣，那丝丝的小雨啊，似是在诉说湘中山民的悠悠千古风情。

鸡鸣三声，雾霭下的天马山便睁开那睡意蒙眬的双眼，明媚的眼眸上泪水在轻轻滴落，滴落在天马山的纵横阡陌上，泪水湿湿滑滑的，晶莹又剔透，那晶莹的泪珠儿成串成串地滚落下来，就流淌成了山间那柔情蜜意的丝涓河水。那山涧清流的小溪，从山涧流淌到大地，将山涧上那花开璀璨的粉桃银李花瓣带到丝涓河中，那河水在春天便绽放出光彩夺目的花瓣细流，自上而下，哗哗奔流，丝涓河的水是那山村姑娘动情的泪水，她在姑娘梦寐的眼神里流淌……

受老外婆的吩咐，母亲提着一个篮子，里面放了一碗山鸡鲜汤，奔跃在去乡卫生院的路上。母亲深吸了一口气，连空气中都带着花粉的甜香，舒服极了！

大舅外婆的腿伤是差不多好了，过些日子就可以出院了。照满舅外

第十二章　春日梦怀思

公说的是，遗憾的是那腿走起路来一瘸一拐。真是上天捉弄人！

不知不觉来到乡卫生院，新翠正在给大舅外婆换药。伤口正是在右膝盖旁一指宽处，红乎乎的一个指头大的洞。看着看着，兰妮的心抽痛了一下。如果正中膝盖骨，这子弹怕难去除！

"大舅妈，你还疼吗？外婆要我送山鸡汤给你补补身子！"兰妮边说边揭开了篮子里的暖瓶的盖。

"兰妮来了！快坐。我可快好了。幸亏有你们惦记着，还给我做这么好这么补的汤！"大舅外婆满脸温和，虽然清瘦了许多，但明亮的眼睛充满慈爱。

"满舅妈，我来给大舅妈包扎吧！你休息一下。"兰妮盛好汤端给大舅外婆，就走过去对满舅外婆（新翠）说。

"我哪有那么金贵？就累了？我换没关系，你坐坐。"新翠笑盈盈地看着长大了一些的兰妮。

"哈，可快长成大姑娘了！做起事来麻利非常。"接着又转向大舅外婆，补充了一句。

"这丫头仁义，将来要嫁了一个好人家，有我们的福享！"

"满舅妈！我还小呢。"

两妯娌就这么揶揄着，使得兰妮涨红了脸，走也不是，坐也不是，站也不是，只得不自然地搭着话。同时还一个劲地拨弄着那个暖瓶的盖，"啪啦""啪啦"地响。

离开了乡卫生院，新翠的话让兰妮耳朵灼热，心"怦怦"跳个不停。自己从没想过，从小到大，只知道家里有多少事情要做，要打理。老外婆老了，表弟妹们还小，自己就像一个滚动跳跃着的陀螺，哪里需要就滚动到了哪里。平静了一下，自嘲地笑了笑，没有这样的事情，听天由命吧。

正想着，沿着丝涓河向天马山方向走，河水清澈，潺潺而下，两岸的垂柳也低下脸儿来，想照个影儿呢！最是那一缕缕一线线的粉色银色的花瓣流，让人的心房都填满了淡淡的清香，蔓延到温柔。兰妮又笑了，说不定也有个人在等着我呢！只不过我还小而已。这样想着，竟羞红了脸。

"想什么呢？这么出神！"丽苗和她的未婚夫拦住了去路，打断了思路。

"还能想什么？"兰妮掩饰着自己的脸红说，"我没有什么事好想的！"

听说丽苗的未婚夫家是十五都那边的一个刘姓人家。

"两人散散步？这么快活？好久有喜酒喝？"兰妮边走边搪塞丽苗，只想赶快躲开丽苗，生怕丽苗又会问起大舅外婆是否是国民党老婆的事。

"快了，快了！中秋节后八月十六做酒。"那刘姓男子倒是蛮大方。

"哦。到时我们家肯定会去道贺。"兰妮提着篮子绕在一边赶快走了几步。

"丽苗，我还有事。先回家帮我外婆的忙！"

"好的。我出嫁前几天，你一定要来我家，我嫁妆事要请你帮忙。"丽苗邀兰妮去她家。

"这个？好的。一定。"也不好拒绝丽苗这个要求。

回到家里，跟老外婆说起遇到丽苗两个的事。老外婆也替丽苗高兴，终于找到了自己的归宿。老外婆还大为感慨："女孩子啊！不求她大富大贵，只求她能过好日子。俗话说得好：'外面一个耙子，屋里一个撮箕。'我家兰妮也要找个好人家，只要他勤快，为人好，有门手艺才好！我们家兰妮的手可是真巧，真能干哦。"

"外婆，我哪有您说得这么好？您是自己带的孙女自己不嫌弃。何况我还小呢！"兰妮害羞地笑着外婆。

这天夜里，兰妮梦见自己在天马山里穿梭，山间清流声清脆，哧溜

第十二章　春日梦怀思

而下，在山坳聚积了一个巨大的湖，湖水湛蓝，湖面闪着金光，望不到边际……兰妮站在湖边，想找着回家的路，就是找不到……

着急地寻找，终于急得直哭，一着急，醒来，一个人影倏然在脑海里一闪而过……

"不可能吧！"自己匿笑，随即拖着被子捂住脸。

中秋佳节前，兰妮按照丽苗所说的时间来到丽苗家跟她整理床上用品。丽苗家里有田有土，加之兄姐们都有手艺，所以家境殷实。床上被套就有四床，绣花的，不绣花的，棉的，丝绸的，都有。兰妮从没见过这么漂亮的被面，摸上去滑腻腻的。

"这个是我哥从杭州带回来的绸布被面。现在国家还穷，大家都不敢用的。兰妮，你可别到外边去说。"丽苗自豪地说着这些东西的好。

"我去说这些干什么？我真为你高兴，父兄对你这么好。又找到了终身的归宿。我外婆说，女孩子只有嫁好才是真好！"

"丽姨！我要扑红枣吃。"两个大姑娘正在整理床上用品，摆着剪纸窗花之类。突然一个约莫三岁的小女孩进了房来，冲着丽苗喊。看见兰妮，就朝她叫：

"大姐姐，我叫顺儿。我要吃红枣。你可以帮我打下来不？"

"多可爱的小女孩！你看她这粉扑扑的脸蛋。"兰妮蹲下身来，捏了捏顺儿的小脸。

"她是谁啊？"兰妮把探寻的眼光转向丽苗。

"她是远房亲戚的女儿！"

"好吧，好吧。我跟顺儿去扑枣吃！"兰妮牵着顺儿的手出了屋。

前坪有一棵一竹高的枣树，枣叶碎碎纷纷，枝叶间有的大枣已经转红，艳色诱人。兰妮拿来竹竿，对着红色的大枣多的地方猛地一扑，红色的、淡绿的、红里透白的大枣纷纷掉落。

"大姐姐真厉害，好多枣子！"顺儿看着这个大姐姐，大眼睛里充满着对她的崇拜和感激,然后蹦蹦跳跳地去捡着地上的红枣。

八月十六日,丽苗如期出嫁,喇叭唢呐声响起,送亲的队伍翻越天马山,吓得鸟儿们扑棱棱地飞出了山。

从此,母亲少了一桩烦恼,就是丽苗不会总是问到大舅外婆的来历了,总算舒了一口气。

不久,满舅外公、满舅外婆新翠把大舅外婆接了回来。过了几天,满舅外公突然又忙碌了起来,整日不归。

有一天,满舅外婆眼圈红红的,进了家门。

老外婆看满舅外婆怀孕了,不消观察,一下就看出来了。

"新翠怎么啦?怀毛毛可不能哭哭啼啼的!月林怎么没有回来?"

新翠就是低头不语,又低低地哭泣了起来。

"满舅妈,到底是什么事啊?满舅难道会欺侮你?"母亲掇了一条凳子给满舅外婆坐下,又拿来毛巾给她擦脸。

"又要打仗啦!上面发通知啦,名单中,你满舅要去抗美援朝。"

老外婆听了这话,脸色煞白,刚才的镇定进而变成双泪长流:

"去吧,去吧,总要有人去的。他一经决定了,你也拗不过他!"老外婆抽噎了一会儿,又转向新翠说。

"满舅妈,满舅好久走?"母亲急着问满舅外婆。

"朝鲜战争爆发。原参加解放战争的部分士兵要参加抗美援朝,今晚整编,明早八点就出发!"满舅外婆啜泣着说。

"外婆,我们今晚休息好,做好准备,明早去送送满舅。"母亲搂着老外婆的腰说。

乡政府街道两旁集满了送行的人,人们手中还握着"坚决打倒美帝国主义!""抗美援朝光荣!"这样的横幅。人们挥着手,向整装待发的士兵告别。母亲从听到满舅外公要去抗美援朝前线开始,心里就空落落的。此时,满舅外公正扒开人群,快步走到老外婆面前,抱了老外婆一下。

第十二章　春日梦怀思

"阿妈，我会好好地回来给您送……"素来坚强的满舅外公话还没出口，就噎住了，眼里早已溢满了泪。

十月，丝涓河岸的柳丝早已有些枯黄，水流发出阵阵呜咽。母亲泪已决堤，心完全沉落，好像已经完全被掏空。但望着欢送援朝士兵的如潮的人流，母亲觉得那次送满舅外公参加解放战争的情景和现在惊人地相似。

第十三章　依舅结连理

满舅外公坐上大车，跟着老战友们，奔赴了抗美援朝的征途。大车"咔嚓咔嚓"跑了两天后到了长沙车站，满舅外公心里还是慌得不行，过了一阵和平日子，又还只结婚年把多，那份对家人的不舍让他几番落泪。好在满舅外公又转念一想："自己何等幸运，一个农民，不仅参加了解放战争，成了吃国家粮的；现在又被挑选去参加抗美援朝。老母亲虽然年迈，但毕竟还有大哥大嫂、二哥二嫂、新翠、兰妮在旁边照顾。这相比于打倒美帝国主义，又算得了什么？自己只要好好打仗，兴许还能立下战功。"便也释然。父老乡亲的热烈欢送声还似在耳，满舅外公也像是充足了气的轮胎，打仗的热情也膨胀得很足。从长沙搭乘汽车，坐了三天三夜，到了郑州，满舅外公改编进了68军603团三营。就立即换乘到东北的车，又坐了七天七夜，到了东北。下了车，就过鸭绿江，鸭绿江不宽，木板架起来的，一跑就跑过去了。跑过鸭绿江，就开始行军，走了八天，休息一天，又走八天。因为美国飞机多得很，只要看到地面有目标，有灯光，飞机就往地上扔炸弹。所以军队晚上走，太阳出来上山。满舅外公他们到达目的地以后，天天下雨，不停地下。晚上，战士们把鞋子一脱，两只脚的大拇指指甲都冻掉了，鞋里血糊糊一片，满舅外公的脚也是一阵阵钻心地痛。炮火稍停歇一些的时候，望着远方灰蒙蒙的天空，满舅

第十三章　依舅结连理

外公深陷的眼眶里好像有泪,多么思念远在家乡的亲人啊!

连续三年,这样风里来,雨里走,雪里爬;在炮火缝里,同志的尸骨堆旁,满舅外公依然还在英勇奋战。现在大家一直在等,命令一下,马上战斗。

不久,上甘岭的战斗开始。满舅外公的部队到了离目的地四公里的地方,还是在等命令,命令一来就打,后来命令一直没来,原来的部队在打。

上甘岭战役结束了,中国抗美援朝战争扭转了战局。1953年7月23日晚上九点整,三百多里的火箭炮一起打,整个天都是红红的……满舅外公和三营的战友们打着跑着……

"奶奶,奶奶,满叔来信啦。"有余放学回家,拿着邮递员给他的信,大声喊着老外婆。兰妮正在大舅外婆屋里,写着"一、二、三……兰妮"等字,原来大舅外婆在教她写数字和自己的名字。正想着"兰"字和大舅外婆的文件上留下的一个字怎么有些相同……

老外婆闻声连忙出来,新翠抱着两岁的援朝,也出来了,又都到了大舅外婆屋里。

"老大媳妇,你念念吧,你字认得最多!"老外婆接过有余手中的信,交到大舅外婆手里。

"阿妈,分别快三年,才给个信,真正是事多,交通又不方便。主要是告诉您和新翠,我很好。还有告诉我的孩子,我很想他!有余等侄子女要好好读书。兰妮要找好人家。新翠保重!月林 1953年6月20日。"

全家人听着大舅外婆一字一顿地温和地念着满舅外公的信,眼睛都热热地生胀,眼泪就是不让流下来,怕老外婆看见伤心。听到"我很好"时,大家心中悬着的石头总算落了下来。老外婆颤抖着,长叹了一声:

"老天爷保佑!阿弥陀佛。"

新翠收着信,眼睛红红的,一边对援朝说:

"这是你爹的来信,你爹的来信!"

兰妮从满舅妈手里接过援朝抱着,对援朝说:

"兰姐抱抱,让妈妈休息。"新翠感激地笑笑,就吸着鼻子躲进自己屋子里。

兰妮抱着援朝,耳边响着满舅信中"兰妮要找个好人家"的话,两边的脸燥热,赶紧把右脸贴在援朝的左脸上,逗着援朝,嘲笑自己:

"援朝,你看兰姐胡思乱想什么?我带你到外面荷塘边上去看大青蛙!"

正要下禾坪(方言:自家门前的晒谷坪)玩,和抱着一岁多孩子的丽苗撞个正着。

"兰妮,我带着孩子回娘家住两天。又可以跟你说说话了。"丽苗开心地说。

"你看你命多好,孩子都一岁多了!"兰妮不敢跟她多说,怕她追问大舅妈的事。

"是啦是啦!你有合适的没有?"丽苗问。

"没有,没有。"兰妮脸红红的。

"要不,我看十五都那边有没有合适的,跟你介绍介绍?"

"不用,不用!"兰妮抱着援朝想赶紧回屋。

突然,丽苗大叫起来:

"你看之伦大哥,怎么样?"

"王之伦,那个制伏阿彪的矫健身形的人,不是比我大很多吗?"兰妮不经意地说了一句,但脑子里闪现出之伦大哥跃上山顶的快速身形。

"大一点也没关系。只要心疼你就行!你也可以早点定了人家。你舅舅舅妈家孩子这么多,你也不能总是赖着他们啊!"丽苗蛮热心地说,"要是你觉得好,我叫他来你舅家看你!"

丽苗抱着孩子急匆匆地走了。

第十三章　依舅结连理

倒是丽苗后面那句话说到兰妮心里去了。此时的兰妮想："是啊，十五六年啦，在舅舅家吃啊，住啊，舅妈他们虽然不怎么说，但是大舅、二舅经常在外谋生，家里孩子这么多，以前满舅在家时，日子好点，满舅走后的这几年也真是不容易。如若有一个人真心对自己好，那或许会减轻舅妈们的负担？之伦大哥，那么勇敢，竟然还没有结婚吗？"

"可是，之伦大哥又是怎么想的呢？"

这天晚上，正值妙龄的兰妮没有睡着。

过了一段时间，王之伦带着礼包和丽苗一起来到老外婆家里来提亲。这一天，大舅外公也在家。兰妮红着脸泡茶给客人喝。

"你是干什么的？家里还有些什么人？"大舅外公问。

"我就是个石匠，过老实日子的。平日砍砍柴，会捡草药治些病。家里还有父母，还有……"王之伦有点不自然，说话有些颤抖。被丽苗打断了话头。

"表哥他们家挺好的，王老爹为人极好，心怀仁善。"

兰妮瞟了王之伦大哥一眼，极为仁厚，说话时也脸红。不想王之伦也在瞟着自己，四目对视，两人的脸红得更厉害了。

"兰妮，家里孩子也多，这个王之伦，你也见了。你也到了谈婚论嫁的年龄，舅舅舅妈们也不嫌你在这里，总是随你，好歹你也说一句话。"大舅外公把兰妮扯到旁边悄悄问。

"我随舅舅！"没有多话。

"你就住十五都，你认识一个寻找中草药治病的王老爹吗？"老外婆也出来见了一见，就问。

"外婆，您是说我爹？我爹是寻找中草药的，可以治很多病。他还说他见过兰妮，跟兰妮治过脚伤！他说兰妮会是个好姑娘。"

听王之伦这么一说，两祖孙都惊讶得张大嘴巴，难以置信，异口同声。

"你是王老爹的儿子！"

"世上真有这么巧的事情！"此时，兰妮回忆起王老爹慈祥的话语，"王老爹可以说是我的救命恩人哪！他还说过我将来命好，是个有福气的人呢。"

人说姻缘天定，年轻的兰妮相信了。"这难道不是天老爷要我去给他们家报救命之恩吗？"兰妮正这样想着，大舅外公又问了一句：

"兰妮，你想好没有？"

"想好了！就他吧。"几乎没有怎么迟疑，就回答了大舅外公。

之伦和兰妮的婚事就这么定了下来。日子定在来春的三月十八。

1954年3月18日，天空中下着小雨。兰妮穿着一件大红色的上衣，一条瓦蓝色裤子，脚上穿着一双自己做的绣花鞋。老外婆特意给外孙女打了一口衣箱，里面放了几件新衣服和两个被面，还有鞋子袜子梳子镜子之类。老外婆给外孙女匀了脸皮肤显得更加白净，接着又给外孙女梳头发，并说着吉祥话：

"一梳鸳鸯百年好合，

二梳家庭和和顺顺，

三梳贵子早生临门。"

收拾完毕。全家也围着很多客人，大家热热闹闹，可是兰妮还是一阵心慌。

王之伦穿着一身中山装，体形健硕，满脸喜气，微笑着来到兰妮面前，握着兰妮的手。一对新人笑吟吟地站起来，边敬礼边说："拜谢外婆，拜谢舅舅舅妈的养育之恩！"

鞭炮声响起来，喇叭唢呐吹起来，新娘子起行，上亲们随行。全家人都为兰妮找到了自己的归宿而高兴。此时，兰妮哭了，心里说：真心地感谢这一家人对我这个孤女的养育！

送亲队伍一行人走到天马山路上，天空又飘起丝丝小雨。不知是谁说了一句：

第十三章　依舅结连理

"下的毛毛雨，嫁的贤惠女！"新媳妇抿嘴一笑，露出洁白整齐的牙齿。山溪儿潺潺，山花争相烂漫，鸟儿也在身前身后飞翔。

送亲队伍来到家里，王老爹出门来迎接，看着兰妮：

"就是这个好姑娘！我们王家就全靠她了！"

送走了送亲的人，家里突然冷清起来。兰妮用心四处望望，慌得眼泪掉下来。家里清贫，并无甚贵重东西。王老爹好心，奶奶健在。狠下心来，兰妮不再想念在外婆家里的一切。

王之伦忙完一切，推门进来，说：

"兰妮，这个家全靠你了！"说着就把指上的一个银戒指脱下来，戴在了兰妮右手的无名指上。

"谢谢之伦哥！"

入夜，月色入水。门口的池塘里竟有蛙鸣，兰妮听着，似有几分熟悉，畏怯的心竟也平静了下来。

第十四章　缱绻映李桃

屋里油灯如豆,夜色撩人。兰妮细看之伦哥,觉得他比抓阿彪叔的那一日,清瘦了许多。浓眉大眼,鼻梁高挺,唇吻绵薄,帅气的脸上显得有些微倦。坐在床沿,兰妮关切地问:

"之伦大哥,你比我初见你那一次要清瘦多了。你是不是累了?或者是出了什么事?"

"不累,不累!没有,没有。你安心睡吧!你这个年龄,正是要睡要玩的时候。今天翻山越岭的,你也累了吧?我们早些休息。明天还有一些事情要处理。"王之伦好像有些心事,但伸出右臂一夜拢着媳妇,无甚言语,渐渐地就好像睡着了。兰妮靠在他的胸口上,听着均匀的呼吸和有力的心跳声,想着:

"还好,之伦大哥是个细致、温和、体贴的人!"

王之伦感觉到了兰妮灼热的脸,听到了柔和的心跳。转过身,伏过来,轻轻地说:"兰妮,你还没睡?"

"可能是因为换了地方,睡不着!"兰妮自言自语。

"怎么睡不着?"之伦右手捉住了她的左手,十指相扣,"我哄着你睡!"接着把她搂得更紧了,兰妮纤细的身子在之伦的怀里轻轻颤抖,靠在这个健壮的男人身旁,兰妮有一种从未有过的情感在悸动,听得到

第十四章　缱绻映李桃

他仿佛要跳出来的心，闻得到之伦呼吸之间的薄荷味的清香气息，沉沉睡去。

初升的太阳从云缝里射出了万丈光芒，钻过树叶，投在阶基上的墙壁上。之伦已经起来。兰妮一回想昨天发生的事情，浅笑：

"不是在我外婆家里了！"然后赶紧起床。整理床铺，打扫堂屋，来到厨房，烧水做饭。

王之伦打柴也回来了。坐在厨房，瞧着她麻利地干活，又帮着她端出了饭菜。

王老爹王奶奶一早起来，来到堂屋，桌子上已经有了干霉菜、红薯和一点米饭。王老爹细眯着眼看了看她，对奶奶说：

"这是个好姑娘，年纪虽然小了点，将来之伦一定靠她发家置业。你可要对她好咯！"

奶奶也斜着眼睛看兰妮，显得不以为然："这么小！还是一个孩子，她能带给我们家什么？我们家之伦，指不定不乐意呢？"

"哎呀呀，哎呀呀！你快别这么说！我给她相了面，她绝对的发家旺夫命！不信，你看咯！"王老爹也真是看重兰妮，一个劲地夸着。

"好了，好了！我不会看轻她的。"奶奶不耐烦，想堵住王老爹的嘴。

王之伦听着自己父亲的话，转眼不断地瞧着兰妮的一举一动，若有所思。

兰妮小心翼翼地把饭菜端给了公公婆婆，又端了一碗给之伦，自己也随意吃了些，就站在一边，等公公婆婆吃完才收拾碗筷，整理厨房。

之伦和兰妮准备到千家冲地里去拢地，推开门，对门的、上屋的、下屋的人都到家禾坪来了，说要看新嫂子。兰妮吓得往里屋跑，被之伦拦住：

"没关系！不跑。大家屋里坐！兰妮还小呢。大家以后关照点。"之伦招呼大家坐下，喝了茶。

兰妮算是和上下屋里的人认识了，觉得这村人都挺热闹的。

"真是个长相精细的妹子！只可惜年龄小了些。王之伦大了很多！"

听着这些邻居的话，之伦向他们摆摆手，意思是自己还有事，下次有机会再来坐。

大家也就没多讲了，只是远远地看着兰妮跟着之伦一起去下地，窃窃私语。

"可惜了兰妮一个嫩绰绰的妹子！"

之伦也不搭理他们，带着兰妮来到千家冲，那里十亩地都是爷爷家的。两个人先扯秧，后插秧，兰妮没怎么做过这事。手生着呢！之伦赶紧过来，掰着媳妇的左手，右手扯着秧苗，教她如何扯秧，分秧，插秧。兰妮学会了，感激地对之伦说着谢谢。

之伦笑着说："自己家里人，谢什么？"

"你教我本领，我当然要谢你！"兰妮也微笑。

"我这算什么本领？要有本事，就不让你做这些！但是家里没有雇工，这些也就我们自己做了！更何况你还这么小，我都不忍心让你做这些的。"之伦觉得不知要对媳妇说些什么，心里想，"她还这么小，自己年岁大这么多，何况还有那么多事没跟她说呢？还是等她大一些再跟她交代！"

接着两个人一个劲地插秧，一上午的任务也就完成了。

两个人上了岸，兰妮就着池塘水把脚洗干净，穿上鞋子。之伦一脚踏进池塘里，两手左摸摸右摸摸，不到几分钟工夫，就摸到了一条鲢鱼，右手举着那条鱼，朝兰妮喊：

"兰妮，你看，这条鱼足有八两重，中午菜可有了。"

兰妮乐了："之伦大哥真行，这不，中午有鱼吃啦！"说完也要下塘摸鱼，被之伦阻止了。

之伦拿着鱼上了岸，兰妮亲手去接那条鱼，顺手塞在秧篓子里。之

第十四章 缱绻映李桃

伦一反手就把媳妇背到了背上：

"今天累了吧？我背你回去！"

"我这么大个人啦！还要你背着？"兰妮趴在之伦背上，害羞得嚷着："我要下来！别人看见了不好。"

"就不让你下来！我就背着你跑，我就背着你跑！看看别人能说什么，就让别人说去！"

兰妮真没有被任何一个男人这么背在背上过，臊红了脸，自己的心也是"怦怦"跳个不停，把头埋在他的右肩上，轻呵着他的耳朵，听到他均匀的喘息，闻到他温热的呼吸声。兰妮轻轻地闭上了眼睛，好像婴儿找到了母亲般的安全感，也好像听到外公在问："舒不舒服？"……

"兰妮，兰妮！"之伦在喊着，媳妇竟趴在自己背上不知不觉睡着了。

之伦双手反手托着媳妇的两条小腿，从心底里升起了从来没过的温存，这是这几年以来从来没有过的感觉。

"一定要好好对待这个弱小小巧的女人！"

细小而绵长的山路，在父亲的脚下不断地延伸，兰妮轻巧，之伦并不觉得有多累，背心温热，心中洋溢着对未来的憧憬。

兰妮醒了，发现自己还在他背上：

"让我下来，我自己走！否则，你也太累了。"

之伦把媳妇背到一个拐角处，向里延伸，里面有一个草坪，草坪上有几株桃树和李树，正是李桃争艳之时，李白桃红，好不热闹。花香蝶绕，蜂恋粉蕊。兰妮强挣脱了之伦的手。

"这里太好看了！嘻嘻，你没我这么大的劲！这不？我下来了！让我看看这里的好风景。"

"再好的美景也没你好看！"之伦觉得一点也不夸张。看她在桃花林里穿梭，红白格子的衣裳套在纤细的身材上，那么娴静合体。兰妮欢笑着，秀美的头发飘在胸前，白净的皮肤里散发着阵阵芳香，夹杂着桃花李花的幽香，直接渗入自己的鼻尖。

之伦狂奔过去，伸手合抱住媳妇，她右手轻抚着他的前额，眼睛微闭，抬头望向他迎视而来的深挚的眼睛。之伦俯下身子，灼热的绵薄的唇吻俯向她温热樱桃般的唇，两人的呼吸融为了一体，两人都听得见对方狂奔得要跳出来的心。

"兰妮，你会嫌弃我年龄大吗？"之伦终于忍不住地问。

"不会。我们好好过。"兰妮围住了他的脖子，对这个年长她十来岁的大哥充满了敬畏。

"嗯！"之伦生怕媳妇飞了似的，又一次呵护着她。

"走了！回去做饭，家里还有老人啦！"兰妮催着他赶紧回家。

爷爷和奶奶已经把红薯饭煮好了，只等两个人回来做菜。

之伦把鱼剖了，烧火，兰妮系上围裙，站在灶台旁边，煮鱼。爷爷望着儿媳，傻笑："真是一个好女孩子！贤惠女孩子！"奶奶呢，又是一个拳头打在爷爷身上：

"又夸！过门三天，哪能知道新娘子性格？"

之伦望着自己的父亲，又看看媳妇，笑笑不语。

兰妮也不恼，只笑着喊：

"阿爹，阿妈，快吃饭了。"

两代四个人，围在桌子旁吃午饭，兰妮觉得冷清了些，但只要看到他那满足而怜爱的眼神，就油然生出一种温暖。

第十五章　艰难赋深情

之伦和兰妮的日子在举头相望顾盼之间慢慢流失。那日，邻居张爷爷到家里坐，跟王老爹说：

"王老哥，你给伦伢子的十亩地的稻子来势很好，看来兰妮是个理事的好女子。"

王老爹连连点头：

"那是，那是，将来伦伢子要靠兰妮妹子发家呢！"

"你一讲就没个正经，把她捧得不几高。我看也不见得，就这么一丁点大，还能有蛮大的能耐？"奶奶一看爷爷夸儿媳就要插言。

"那是那是，干脆你们把家分了！十亩地给他们俩种，你们另外的地雇工，两个老的也可以过过清闲日子。毕竟伦伢子不是你亲生的，吃住在一起，心思也多。"张爷爷撺掇奶奶分家。

本来奶奶早就有这心思，听张爷爷这么一说，连忙跟王爷爷说。

王老爹也想看看两个年轻人会把这十亩地鼓捣出个什么收成来。"好吧，好吧。不过，要是他们两个没饭吃，我们还是得支持的不是？"于是王老爹对奶奶说。

之伦、兰妮两个劳动回来，爷爷奶奶就过来跟他们说着分家的事。之伦没主意，兰妮也没办法。

"随爹吧。"两个人同时说。这样四个人分成两个火。吃饭都没在一起了。兰妮觉得很不是滋味。

之伦和兰妮眼看着禾苗越来越壮,经常薅草、灌溉、治虫,心中说不出的高兴。

可是在农村干活,就是靠天吃饭。一点不假。那一年,就从谷穗即将鼓肚子的时候起,天地大旱,一连几个月滴雨未下。山脊上的柴草都是焦黄的,只要有一点火星,就会"嘭"地燃烧起来。大树上只剩下顶尖还有一点绿,底部的枝丫都变成焦黄。山溪断流,池塘干枯得开了竹扁担宽的裂缝。连插了稻子的水田里也开了拇指宽的口子,全村人喝水的井也干得差不多了,只最底下还有一桶高的水,供给饮用。太阳成天炙烤着,农民的背都被晒焦。山上的那些裸露的石头也是晒得滚烫,发出刺眼的白亮的光芒,似乎在说:"给点水吧,给点水吧!"村里的大小狗们吐着长长的舌头,不断地呼气,不时地焦虑地乱窜。村里的农民急得跪在地上喊天:

"老天爷啊!快下点雨吧。再不下雨就颗粒无收啦!"

之伦坐在家里发慌,走到千家冲的田地边,又无计可施,成日干着急。兰妮跟所有的女人们一样,坐在家里,等着老天爷下雨。

要是风调雨顺,现在正是收割的日子,金黄的谷子,摊在晒谷坪上,梳扒、分行、翻晒,经过四五个大太阳的暴晒,就可以进仓了。想到今年长势那么好的禾苗因为天干,竟然是颗粒无收,兰妮坐在门口流着眼泪,又想到之伦那么大一块头,不吃饱怎么行?坐一会儿,拿了个镢头到后山岭上到处找、挖土茯苓。将土茯苓挖回来,敲掉沾在上面的泥,洗干净,放点水煮熟,拿给之伦吃。兰妮望着他吃得津津有味,却一点食欲都没有,只是背过脸去偷抹着眼泪。

看到爷爷奶奶那边有陈年的米、红薯煮饭吃。兰妮对他说:

"要不,你到爹那边借点米?"

第十五章　艰难赋深情

"不是我不想去借，一去借，娘又唠唠叨叨地讲一阵。兰妮，你知道吗？娘不是我亲娘，我亲娘在生我时就去世了。这娘对我不好的！不到万不得已，我不去听这个空话！你看，她对张爷爷家比对我们都好，那么大一碗猪油就送过去了！看着我们没油炒菜，没米下锅，也没看见她给我们一点。我小时候，她对我也不好！你不要跟爹说我们没吃的。"之伦说到这里，竟然落下泪来。

兰妮拿条毛巾帮他擦眼泪，泪汪汪地望着他，心想："我们两个还真是一条藤上的苦瓜！"

"我明天跟乡上去送煤，听说有两升米一天。"之伦忽然说，"我不能让你看不见米！"

说是送煤，实际要推着土车（一个轮子的车）走十里，再将车子上的一个大框装满煤，用土车子送到十几里外的人家。

"好。不过你打土车子千万要注意安全啊！"兰妮拍了拍他背上的灰。

耐旱的南瓜还有点收成，兰妮拿了一个黄南瓜煮熟了，等待着之伦哥回来吃晚饭。

之伦哥风尘仆仆回来了，肩膀上真的扛了一小袋米。边进屋边喊：

"兰妮，这里有点米！"

兰妮迎上前去，将毛巾递给他擦汗，又把袋子取下来。打开一看，真的是白花花的大米。

"之伦哥，你可真有办法！"兰妮望着他开心地夸着。

转身把饭煮了，白米饭就着南瓜汤，两人相视而笑，又低头扒饭。兰妮吃了一点，大概是太久没有吃饱饭的缘故，剩下的米饭他竟然全都吃光了。

兰妮看了又是一阵心酸。

这样之伦天天就去送煤。

兰妮觉得这样天天让他去送煤，身体会受不了的。就对他说："再想点别的法子啊!"

后来,两个人一起都出去了。山窝里,小路边,田磡上,只要有草根的地方,之伦就会告诉媳妇仔细辨认,发现是中草药就留了下来。把这些草秆、草根采了回来,之伦就会将它们扎紧,哪些是消炎的,哪些是助孕的,哪些是祛风寒的,又一一分类。第二天一早将这些草药担到镇上去卖,卖了中草药,晌午就带了一些米回来。有一次,之伦竟拿出一个发夹别在了媳妇头上,连连夸赞"好看,好看"。另外又给了媳妇五块钱。

日子虽然艰辛并且清苦,兰妮还是觉得他很有办法,内心充满对他的感激。靠在他温暖的胸前,日子也没有什么过不下去。他就像一座山一样让兰妮觉得稳当可靠。人生那么多辛劳、苦楚都已经烟消云散了,只要有勤劳的双手,身体健康,半饥半饱地活下去也没有什么不好。外婆的教导一直留存在兰妮的心里,一定要把这个家好好经营下去。

季节交替,风霜雨雪,又到了岁暮。丽苗带着孩子来了。

"表舅父,表舅妈,我过来看看你们!"丽苗一进门就大声喊爷爷奶奶。看见兰妮,对她闪着眼睛笑,并打趣道:

"我之伦表哥对你挺好的吧?是吗?是吗?"兰妮也不言语,坐在隔壁房里只是打量着。想看看丽苗来到这里有什么事。她是无事不登三宝殿的。爷爷奶奶还真好好招待了丽苗,煮了糯米饭,煮了豆干。兰妮看见丽苗跟奶奶小声说着话,时而发出阵阵嬉笑声。

"你的孩子长得可真好!"奶奶伸手抱起了丽苗的孩子,边摸边赞。

兰妮似乎听到丽苗说,顺儿也长大了,长得很好。余下的就听不清楚了。然后看到爷爷拿了一些钱给丽苗。

丽苗吃了饭就急匆匆地走了。兰妮正纳闷:"怎么走得这么急?为什么不怎么跟我说话?"

之伦回来,兰妮说到这件事。谁知之伦竟有些闪烁了,也不正面回

第十五章　艰难赋深情

答媳妇。兰妮也不多问。

过年正是冬月，中草药也不好找，山上可吃的也少。之伦鼓起勇气向爷爷奶奶借米过年。

"爹，今年大旱，粮食歉收。借点米给我们过年。来年丰收了就还。"

奶奶就在旁边唠叨："我们自己都没多少米了，丽苗今天又来要钱了，我们也不容易。"

之伦听着奶奶这么一说，赶紧望着奶奶，想制止奶奶继续说丽苗的事。兰妮觉得莫名其妙。

"哎呀呀，哎呀呀。你就量点米给他们两个人去过年！今年荒年，他们两个也不容易的。你说这么多干什么？七说八说，扯这么远干什么？量点米去吃！量点米去吃！"爷爷一边量米一边制止奶奶别多说话，嘴里也不停地说着，又看看站在之伦身后的儿媳。

兰妮接过米，来到厨房，洗米煮饭，把用他平日给她的钱买的肉、粉丝、干鱼之类都拿了出来。之伦拖把锄头，又到后山忙了一阵，从土里撬了几个冬笋回来。农历十二月三十，兰妮也弄了一顿丰盛的年饭。

以水当酒，兰妮和他举杯互相祝福。四目对视，竟也喜笑不起来！两人的年饭，宁静、清冷，十五都的过年鞭炮声零零星星，也不会为过年增添几分热闹。兰妮的心中总觉得慌慌的，难道是有什么谜团没有解开？

第十六章　懵懂做继母

正月初二，之伦带着兰妮回娘家。顺着丝茅溪，翻过天马山，虽然春寒料峭，但是走在山路上的两个人心里暖烘烘的。

老外婆望眼欲穿，可满舅外公依然没有回家。看母亲回来，全家都聚拢了来，嘘寒问暖。

"兰姐，之伦大哥对你好吗？他那么勇敢，肯定会对你好。"有余第一个悄悄地问。

"好！表弟妹们都还好吧？"兰妮感到他们好亲切。几个舅外婆也都出来，对她问这问那的。

"总算有了个踏实的归宿。"大舅外婆也为兰妮高兴。

"都好就好！"老外婆更是喜得抓着外孙女的手，左看右看，"兰妮晓得回来拜年就比什么都好！"

兰妮眼里热热的，之伦在这一群人的围护下，也是说不出什么高端的话。只是说：

"兰妮挺好的，兰妮挺好的。谢谢外婆，谢谢舅舅舅妈！"

之伦要媳妇掏出袋子里的几样零食：四两小花片、四两炸麻花、四两芝麻糖和几个发饼，放在老外婆的桌台上。这都是他们用省下来的钱在集市上买来孝敬老外婆的。之伦说：

第十六章 懵懂做继母

"今年荒年，明年肯定日子更好了。这只是一点点小心意。兰妮不会忘记外婆的。"

老外婆笑盈盈地接了，异常开心。"都是好东西，你俩有这个心就很难得啦，我都收了，我都收了。等下给他们小孩子们送去。"

老外婆悄悄地把兰妮拖到一边，在她耳边说："他对你好吗？家里的大人都对你好吗？"

兰妮被外婆问得脸红，只说："好！都好！"

老外婆自言自语地对女儿云细说：

"云细，你可以安心瞑目了。兰妮长大成人了，也有了安心的归宿。"

这样说着，兰妮听了也红了眼眶。又挂念着满舅外公的事，不由得问起：

"外婆，满舅还有信件回来吗？"

"没有，也不知怎么一回事！我哭得眼睛都快瞎了。"

"外婆，您别着急！说不定满舅在哪里工作呢！只是因为交通不方便，才没有家信回来。"母亲忙不迭地安慰着老外婆，让老外婆那揪着的心稍微放松了下来。

午餐很丰盛，全家两大围桌，有余已经长成大小伙子了，不挤着他爹妈坐了。大舅外公、大舅外婆还是和有元舅、桂英姨坐，二舅外公一家五口坐一起，老外婆挨着之伦和兰妮坐，旁边是满舅外婆新翠、援朝。兰妮闻到了久违的气息，还有鸡、鱼、肉的香。老外婆示意兰妮夹些荤菜给之伦，兰妮照做，他又夹到兰妮碗里。老外婆喜滋滋地望着推来推去的两个年轻人，一边把之伦筷子上的鸡肉按到他的碗里一边说："吃吧吃吧，碗里还有！你们两个好就好！兰妮，你也吃！"

"嗯。外婆您老自己吃。"兰妮就在靠近自己的菜碟上夹上几筷，香喷喷的米饭很快就扒拉完了。

"之伦哥，我们郎舅干一杯！"有余舅端起米酒敬之伦。

之伦不会喝酒，左右躲闪，被有元舅舅端着酒杯灌了几口。一会儿之后，之伦的脸红到脖子根了。

兰妮躲在门槛边笑，大舅外婆、二舅外婆打趣："到这里来了，那要多喝几杯！"

"我喝不得酒咧，我哪里喝过酒啦？"之伦竟迷迷糊糊地歪在桌子上好像要睡着了！

"兰姐！你管得太严了啦！"有元笑母亲。

兰妮也不恼，只道："别闹了，家里饭都没得吃。他哪里能喝酒哦！"边笑说边把晕乎乎的之伦扶到客房睡了。

兰妮看他睡了，就下了阶基，出了禾坪，绕过池塘，跨过丝涓河上的小桥，来到了丽苗家。正在喂小男孩饭的丽苗见兰妮来了，赶紧停下手中的活，把饭碗放在灶台上，对小男孩说：

"去，到外面玩去！"

吃饱了的小男孩到外面找人玩。

"之伦对你还好吗？"丽苗不无关切地问兰妮。

"人还好啦！就是话不多。"兰妮也照实说。

"还是人不太熟，熟悉了，我这表哥自然话会多起来。"

"你这踏实过日子多好！不像我孩子爸，成日不着家，只知道在外边混，他还仗着他们家有田有地，还看我不顺眼，对我又挑鼻子又瞪眼的。我爹和我兄姐都赞成我和他分开，我去年就带着孩子回娘家了。年都没有回去跟他一起过。哎！"

"就是可怜孩子！为了孩子，只要没有什么原则上的错误，能不分开就不分开！当然，这还是看你自己的意思。"兰妮开导丽苗，也确实觉得要是分了，没父亲疼爱的孩子也可怜。

两人正说着，顺儿背着小男孩进来了，看见兰妮，就叫：

"大姐姐，你好久没到这儿来了！每当枣子熟的时候，我就想到你打

第十六章　懵懂做继母

的枣子又多又大。"

"真的呀！你长这么高了。七八岁就看起来有十岁那么高了。下次枣子熟的时候，我再来跟你打红枣吃啦！"

"好！"顺儿又背着小男孩出去了。

兰妮觉得顺儿真漂亮，瓜子脸，大杏眼，眼角向上翘，鼻子周正，加之脸色白皙，身穿一件大红格子棉袄，浑身透着一股天真活泼的活力。忍不住对丽苗说：

"顺儿长得可真漂亮，你看她五官几乎找不出什么缺点。"

"是啊是啊！顺儿将来个子也会很高，长大了是个典型的大美人。"丽苗补充说。

不知不觉中，两个人竟唠了半个时辰，看到时间不早，兰妮觉得也要喊醒之伦回家了。

春暖花开，夏虫鸣啾。时间不经意间就在之伦和兰妮的劳动工具的变换中溜走。

因为夏天的雨来得突然，正在田间劳动的之伦和兰妮赶紧跑回家来。今年的稻穗长得很好，因为高兴，浑身被雨水淋湿的之伦喝了一碗米酒暖胃，脸又红了。兰妮赶紧拿来毛巾给他擦擦。

"不能喝酒，逞什么强！"兰妮边心疼边埋怨。

"今年收成好，我高兴。而且，兰妮，我还有好多话好多话要跟你说。"之伦转过身来拽着媳妇的衣襟，随即把脸埋在她的手里说。

"兰妮，你坐着，我有话要跟你说。"

"你要说什么？好，你说吧！我听你说。"兰妮抽开他的手，顺手端了一条凳子坐在他前面。

之伦满脸通红，不知是欣喜还是悲痛，眼中带泪，攥着媳妇的手，放在自己胸口上，然后又把脸埋在她的手心里，接着开始说话：

"兰妮，我对不起你！有些事我以前都没有告诉你。今天我都要向你坦白……"

"我记得你问过我为什么比初见时瘦了十几二十斤，当时我没回答你。今天我全都告诉你，我曾经有过前妻和三个孩子：两个女儿，一个儿子。可是，由于肺疫，我的小女儿和儿子先后离世，她也熬不过悲痛的折磨，竟一病不起，最终还是撒手西去！而我，也接连病了几年……"

说到这里，王之伦已经泣不成声，眼泪鼻涕顺势而流，流到兰妮的手心窝里，他脖子上的青筋随着抽噎声咕噜咕噜地动。

兰妮坐在凳子上，听着王之伦的诉说，仿佛一时间变成了一尊雕像，一动不动，全然没有了表情，只眼角两行清泪沿着脸颊，流到了腮边，又流到了嘴角。

回过神来，看着哭得像个孩子一样的他，想：

"世界上哪里会有如此悲催的遭遇，几年之内，痛失儿女，连身边的人也撒手西去！"而这个人，如今却成了自己的丈夫。是命运捉弄？欺骗一个无父无母的孤女的感情。还是上天垂怜？让两个相似际遇的人互相抚慰伤痛。

兰妮喉咙被哽住，说不出话来。只把两只手捧着他的头搭在了自己正在绞痛着的胸口上，让两人的泪水横流，洗净这人世间无边的灾难，舔着带血的伤口，让日子远离这些隐痛，再次开出明丽的花来。

"那你还有一个女儿呢？"蓦地，兰妮清醒了。

王之伦的头在她怀里颤抖，好半天才从他口里虚弱而轻声地嚅动出一句话来："就是顺儿，寄养在表姑父家里。因为爹怕她也被传染肺病……"

兰妮猛地推开了他，从凳子上站起，径直往暴雨中奔跑，跌跌撞撞跑下了禾坪，深一脚浅一脚横过了池塘。兰妮没有停止，沿着丝茅溪，笔直往天马山上奔去……雨水疯狂地奔泻下来，打在了她的头上、眼睛上、脸上，她睁不开眼睛，心中只有一个念头：我要当一个只小我九岁

第十六章 懵懂做继母

的女孩的后母！我要当一个只小我九岁的女孩的后母！兰妮摔倒了！

"兰妮，兰妮，对不起！是我不好！对不起！是阿爹要我瞒着你的。"王之伦撒开腿在兰妮后面喊着，追着。

兰妮全然不理会他的呼唤。爬起来，又接着往山腰、山顶上跑，一路狂奔，暴雨发出阵阵嘶吼声，如同她内心对他的愤怒的咆哮，憋屈的嘶鸣。熟悉的山路，在兰妮的脚下，已经被暴雨淋漓成一条伤心的河流，她的脸上已经扭曲变形，无法用一个词来形容。

"外婆，外婆，我回来了。我再也不回那个家啦！呜呜呜……"到了老外婆家，兰妮扑在外婆的怀里，大声地哭了起来。

山洪下泻，丝涓河的水流暴涨，黄色的激流哗哗哗哗地向北奔去。

第十七章　悲喜泪夫妻

　　老外婆用干毛巾把兰妮淋湿的头发抹了抹，又找来干爽的衣服给她换了。老外婆抚摩着她的后颈，也忍不住哭泣：
　　"可怜的孩子，是什么事让你这么伤心，这么痛苦？"
　　兰妮收住了哭声，把他酒醉后跟她讲的话都一五一十地告诉了老外婆。
　　"我道什么事呢？原来是这样。也真是欺人太甚！说亲的时候，这个王之伦、丽苗硬是瞒得紧啦，一丝丝风声都没透露给我们。我当时只当是王老爹治好了你的蛇咬伤，而你也对王之伦有好感。哪里想到还有这么一层！"老外婆也是愤愤不平，挤坐在她身边，骂骂咧咧地唠了一阵。
　　一会儿，老外婆又语重心长地对她说：
　　"孩子，嫁汉嫁汉，穿衣吃饭。好在王之伦性情温柔，对你也是倾心呵护。事已至此，你只当是多个女儿。你现在还没生养，你把这女孩当亲生的女儿带着就是。后母是难当，但是那女孩吗，可怜巴巴的，这么小就没了娘疼爱。只要你是真心对她好，她会晓得你的好的。王老爹把孙女寄养在外边，还是考虑了你的感受。现在关键是你跑回来了，王之伦又喝醉了，不知他急成怎样？又哭成怎样了？也是个可怜的孩子，年纪轻轻，遭受这样的磨难！"

第十七章　悲喜泪夫妻

老外婆看兰妮又开始抽噎，又有担心的神态。接着说：

"孩子，要是你愿意把顺儿接回去，估计王之伦会高兴极了。要是你不愿意接就不接，你们两个还是过你们的日子，等到你有生养时，顺儿也就差不多懂事啦！"

兰妮还是靠在老外婆的肩膀上低低地哭泣，大舅外婆端来姜水，关切地说：

"兰妮，喝点姜水，暖暖胃！"

兰妮喝着姜水，但是脑海里浮现出他在后面追赶自己的身影，似乎又听见他"兰妮、兰妮，是我对不起你！可是是爹要这么做的"的声音，顺儿的"大姐姐，你下次还来给我扑红枣吃"的声音也响亮在耳畔。他的身影和顺儿的身影在兰妮的眼前不断交叠，她又一次闭上了眼睛……兰妮的心千回百转，他的温和体贴与顺儿的活泼可爱竟让她又有了些犹豫。兰妮浅笑了一下，胡乱摸个袋子装了湿衣服，找老外婆要了把伞，踏过淋淋漓漓的小路，往丽苗家里走去。

过了丝涓河，那儿有一大片的荷花池。雨后的荷花池更加清丽了。首先映入兰妮眼帘的是那一大片琳琳琅琅翠色欲滴的碧绿的叶，还有千姿百态的花。荷花开得还不多，翠绿的荷叶铺满了花池，不多的或怒放或绽开或含苞的荷花点缀在这翠色欲滴的荷叶毯上，各具情态。直立的花向母亲频频点头，花瓣未全绽开的好似害羞的小姑娘，只半依半靠着荷叶护莲；含苞的只露出一两片花瓣，似试探兰妮。它们好像都在微笑，散发出阵阵芳香，真让兰妮不舍。兰妮深深地呼吸了一口清新的空气。心中的郁愤和不快似乎又减轻了一些。

荷叶中突然蹦出来一个小脑瓜，是顺儿，钻进兰妮的伞下，又往兰妮怀里一靠："大姐姐，你来了，找丽姨玩？"

兰妮没提防，心里一慌，不觉地红了脸。

"大姐姐，你哭过吗？你的眼睛有些肿啦！"顺儿伸出右手踮起脚来抚摸兰妮的眼角。兰妮眼里又潮潮的，竟说不出什么话语。

顺儿靠在兰妮胸前叽里呱啦地说着："大姐姐，你到过十五都吗？"

兰妮摸了摸顺儿的头发，点点头。

"那你见过我爹吗？听丽姨说，我来这里时，我爹病得很厉害。"

兰妮的眼泪又不自觉地流了出来。摇了摇头，又点了点头。

"大姐姐，你为什么哭了啊？我妈在我很小时常给我新鲜的大枣吃。你那次给我扑的大枣也跟我妈打的一样好吃。"

"哦。"兰妮终于说出话来，抱了抱顺儿。然后，兰妮分明听见顺儿说："我要你做我的阿妈，大姐姐你愿意吗？"

"你要我做你的阿妈？"母亲很是惊讶，顺儿怎么会有这样的想法？

"嗯！你对我最好了。"顺儿毫不迟疑。

"顺儿，你贪玩到这里看荷花！走，我送你回丽姨妈家。"母亲的心如同石头落了地，打定了主意。然后牵着顺儿，把顺儿送到了丽苗家。

"你怎么啦？眼睛这么肿！哭啦？和王之伦吵架啦？"丽苗一见，就问。

"怪你牵的好红线！"母亲点点头。

"之伦哥都跟你说了？说起我之伦哥也是苦命，难得他现在对你真心真意！"丽苗把王之伦家庭不幸及他一连病了三四年的事情都一一告知，没办法才把顺儿寄养在这里的。

母亲也不言语，落下泪来，拿着袋子别了丽苗，还是想赶到老外婆家里来歇息。

来到荷花池，叹一口气，在池边坐了下来。

"兰妮，兰妮，我不是故意的。我病了，连顺儿都无法照顾。全都是爹拿的主意！"父亲呢，边申诉边拼命地在兰妮后面追，可是因为酒喝多了，没走出几步，就摔了一跤。摊在地上，任雨水浇在他身上肆虐横流，他眯着眼睛不断地说："走了，兰妮走了！哎哈哈哈！"他猛地坐起

第十七章 悲喜泪夫妻

来，大声喊！

"天啦！救救我！"大滴的泪和着如线如珠的雨水在脸上交汇，这几年以来的所有痛苦遭遇都一股脑儿地堵进了他的胸口，他好像看见儿子，又好像看见女儿逝去的惨状，还有前妻那飘忽的眼神。他一连病了几年，无法排解，连顺儿都不敢去照顾。爷爷才想法子把顺儿寄养在表姑父家……

父亲睡过去了。

醒来后的父亲，还是挺着身子站起来，再次往天马山跑去，醒了酒的他在山里如猿猴一般地飞奔，七脚绕八脚把整个天马山踏遍，雨雾蒙蒙，云滚风啸，也阻止不了他的脚步。

"兰妮，兰妮，你出来！"父亲一阵阵焦灼地呼喊。天马山到处找不着，阵阵号哭发出回声。突然，他想到：

"兰妮，会不会回了外婆家？"这样一想着，飞也似的绕过山岭，冲下杨溪村，来到老外婆家里。

老外婆和大舅外婆正在拉家常。

"外婆，兰妮回家了吗？"父亲一见老外婆就问，带着哭声。

"发生了什么事？你一身淋得透湿，满身稀泥的！"老外婆故作不知。

"外婆，你只说兰妮回来了没？"父亲恳求老外婆告诉他。

"……"老外婆也有些怪他欺瞒，但看他惶急的模样，又不忍心不告诉。

"你告诉我发生了什么事？兰妮怎么啦？"

"兰妮生我气了，我找遍整个天马山，没有找到。"父亲又开始哭泣：

"都是我骗了她，她才会这么生气！外婆，你说她会在哪里？会到哪里去？"父亲有些语无伦次。

"喝点姜汤再说吧，暖暖！"大舅外婆也端来了姜汤。拿着干净衣服给他换上。

"兰妮哭哭啼啼回来,又走了!"老外婆终究还是忍不住说了实话。

听了这话,父亲又向外面狂奔,想:

"兰妮一定是找丽苗去了!"

此时雨已经停了,父亲径直赶往丽苗家的方向,山麓边的小路也被洗刷得干干净净,他的脚步轻快起来,不久赶到了荷花池边上,老远看到母亲坐在荷池边,低着头。他脚底生风,轻轻悄悄地快步向前,赶到母亲面前,母亲竟没有察觉。

他蹲下来,两手拉住兰妮的两个胳膊,把她扶起来,抓着她的肩膀双手抱紧,说:

"兰妮,我终于找到你了!对不起!我再也不让你跑了。"

母亲一阵错愕。本能地用右手一推,见是他,模糊的泪眼专注起来。然后又移开了目光。说了一句:

"我去丽苗家接顺儿回家。"

"不,下次来接。我今天专门抱你回去。"说完父亲两手搂着母亲的腰,抱进怀里,反复地在耳边说着对不起,母亲任凭眼泪流进耳朵里,就让父亲这么抱着回了家。

第十八章　喜接乖顺儿

快到家门时，母亲看见晒谷坪围了很多人，听见有一个声音很大，传过来。

"之伦终于把兰妮接回来了，要是王之伦这个堂客跑了，恐怕再也别想找堂客。这个兰妮几好！性格又温柔，王之伦的那个女儿，就是怕没堂客进屋，所以就寄养在别个屋里。估计这次跑是因为晓得这事啦。纸包不住火啊！"

"哎呀呀，王之伦也是迫不得已才这么做的。也是啊，这堂客这么小，哪里能接受有个女儿，后娘难做！"

"兰妮这个妹子不错，这年把多，我们都看她是好妹子，心好，她说不定会做得很好！"

村民七嘴八舌，各说各的猜测。

母亲下来，父亲牵着她的手又说又笑地进了家门。爷爷奶奶正在堂屋。

"回来了？没感冒吧！"爷爷关切地问。

"你要好点对这个妹子啊！你下回要是还欺侮她，连我都不会轻饶你！"爷爷对儿子凶巴巴地说，又转眼温和地对儿媳说："兰妮，你真是个好妹子。又懂事又孝顺，要是下回，伦伢子再欺侮你，你就找我，我给你撑腰!"

母亲听着好笑,但还是不自觉地点点头。心想,你们都瞒着我的,怎么把责任都归在王之伦身上?

母亲太累了,径直来到房里,扑在床上就睡了。父亲跟着进来,掖了掖被角,眼睛红红的,望着睡着的母亲说:

"对不起!让你受苦了!我去弄点东西,等你醒来再吃。"

爷爷左手拿着一筒糯米,右手提着一袋米进了灶屋:

"这个妹子,不错啊!你可不要欺侮她。儿啊,要是你留不住这个妹子,你这一辈子再莫想对堂客,生儿女!好好的,两个人置什么气呢?"

"还不是把我的实际情况跟她说了?我不想瞒她。"父亲老实地说。

"那顺儿的事,她也知道了?"爷爷担心地问。

"是的。刚才回来时,她还说要把顺儿接回来一起吃住。"父亲眼里水漾漾,像被哽住了似的说,"她真好!"

"可不是,这女孩子,我一看她心地纯正,没丝毫坏心。难得她这么善良,愿意把我大孙女接回来一起吃住!你可要好好待她。你呢,跟二娘少说起兰妮的,你知道你二娘的心眼,就那么一点大。有什么事,你要兰妮找我!"

"好!"父亲只顾点头。看自己的父亲走了,就到鸡窝里拿了两个鸡蛋,煮鸡蛋糯米饭吃。

父亲把煮熟的糯米饭倒出来,把糯米饭弄散开,放冷;锅里放点点油,加大柴火,把鸡蛋敲碎,放点盐搅匀,再放锅里炒,待鸡蛋七成熟时,再把散开渐凉的糯米饭倒下去,一起炒。一盘香喷喷的鸡蛋糯米饭就好了。

母亲迷迷糊糊,好像来到那个荷花池边,顺儿揪着她的衣襟,指着一朵躲在荷叶底下的绽开的荷花,对她说:

"阿妈,你是大大的碧绿的莲叶,我就是那朵荷花。有你在,风也吹

第十八章 喜接乖顺儿

不到我，雨也淋不到我啦。将来荷花就会变成很多莲子。"

"好！顺儿最听话了。"母亲正准备牵顺儿的手，顺儿却从旁边的田坎上掉了下去！

"顺儿，顺儿，快抓紧我的手——"母亲焦急地大喊，但就是抓不住顺儿的手。急醒了。看见父亲端着一碗糯米饭站在床前。

"兰妮，你醒了？正好我煮了糯米饭。快起来吃。要不就坐在床上吃？"

"不！我自己起来到堂屋吃。咱爹给的糯米？"

"是的。爹还送了一袋米过来！"

母亲坐在桌前，闻着喷香的鸡蛋糯米饭，就吃了两个鸡蛋那么大一团，饱了，鼓励似的对他笑了笑：

"这糯米饭味道不错！我平时饭量小，今天吃了这么大一团，又腻又撑。"

"真的，味道好？"此时父亲天真得像个孩子。转过身在媳妇前额亲了一下。

"今年稻子长得好，我也种了糯谷。收割后，有糯米，我们经常做。"

"现在快要收割了。等到收割完稻子，谷米进仓了，我们就把顺儿接回来一起。"

"好。"父亲的心感到从未有过的安适，把家里的打风车、谷箩、扁担、镰刀、茶壶全都清理出来，清扫了一遍。

整个千家冲，两岸环绕着低矮的山丘，山丘上的草木葱郁，呈现一片墨绿色，此时的天空瓦蓝瓦蓝，依稀飘忽着棉花团似的云彩。一垄一垄田地，到处都是黄灿灿的稻子，田垄交错，形成一幅精妙绝伦的油画。人在画中，村民乐开了怀，父亲和母亲也很开心。

男人们都在扮桶（方言：打稻谷用的）上"轰隆轰隆"地打着谷子，女人们正在割稻。金色的稻浪扫过兰妮溢满汗水的前额，一阵奇痒，她依然不去理会，继续割稻。父亲干劲十足，踩得扮桶"轰轰轰"地响。

湿谷装箩，很重啊！母亲咬牙担一担湿谷回去晒，走在田塍上，一不小心，打了个滑，差一点摔下来。此时父亲在远处瞧见，赶快脚步如箭，挎泥挎水地奔过来，接抢着她肩上的扁担，放在自己肩上担起谷子就跑。"兰妮，你还小，你担不起耶！不要你干担谷子的事！你回去搞饭吃。"

母亲感激似的瞄了他一眼，他咧着嘴笑。母亲心想，他简直就是一头牛！难怪这么会吃。接着又忍不住笑了。

生产队的晒谷坪堆满了谷子。看着这些黄澄澄的稻谷，母亲就高兴。顶着大太阳，将这些谷子扬苗（就是把混在谷子里的稻草扫去）、分垄、翻晒，一点也不怕晒。到最后一步，车谷，就是把秕谷用风车车出来，剩下的谷子颗颗饱满，粒粒干爽。

"今年真是一个大丰收年，光是早稻就亩产八百来斤。"父亲把所有的谷子车完，过秤，计量后高兴地对母亲说。

母亲也很高兴，还清所有粮食欠账，上缴了税粮。粮食还有很多结余。

忙完了秋收之后，他们两人沿着丝茅溪，翻过天马山，去接顺儿。兰妮先到集市给顺儿买了一身漂亮衣服，要晚一点点到丽苗家。顺儿见了父亲，左看右看，好像认识，又好像不认识。"丽姨，我爹怎么变了，好像瘦了许多。"

"是阿爹，没错！"父亲看顺儿长得这么快、这么可爱，忍不住去抱顺儿：

"到阿爹这里来！"

顺儿趴在阿爹身上，扯着阿爹稀疏的胡子，然后贴在爹的耳边说：

"阿爹，我要兰阿姨做我阿妈！"

"为什么？"父亲听了很激动。

"因为兰阿姨对我很好。她跟我扑枣子，还跟我做针线活，还像阿妈一样保护我。"

第十八章　喜接乖顺儿

这时，母亲正好买了一些日常用品到了丽苗家。看他们父女在那里腻。

"顺儿，下来，穿新衣服咯。"母亲给顺儿买了一件浅绿色的衣服，给顺儿穿上，顺儿更漂亮了，也更高兴了。

"阿妈真好！"顺儿趴在母亲身上，抱着母亲的脖子说。

"顺儿，你叫我什么？"母亲很惊异，顺儿竟然这么快就叫"阿妈"！

"阿妈，我们今天就回十五都去，好吗？"顺儿又一次叫母亲。

"好！好！我们今天接顺儿一起回去。"母亲眼泪不听使唤地流出来，连声回答顺儿，并跟顺儿抵着额头。

顺儿抽出手来抹了抹母亲的眼睛："阿妈，你怎么哭啦？我已经跟阿爹讲了，要你做我的阿妈。"

这时，父亲走过来，把两母女紧紧地搂在怀里：

"走，我们回家去！丽苗，我们走啦。你以后多到我家去走动走动。"父亲跟丽苗道别。

"快跟丽姨妈说'再见'！"母亲拉着顺儿的手说。

"丽姨妈，再见！"顺儿朝丽苗摆摆手。

"好了，再见！爬山过岭时注意一点。"丽苗看着这一家如此温暖，也由衷地高兴。

走在稍宽一点的大路上，顺儿左边是父亲，右边是母亲。顺儿突发奇想：

"爹，妈妈，我要坐飞机！"

"飞机怎么坐？"父亲母亲异口同声。

"就是这样，就是这样！"顺儿边做边比画，说坐飞机，其实是父亲右手用力牵她左手，母亲左手用力牵她右手，顺儿在中间脚不点地，好像飞起来似的。

"爹，妈妈，飞起来了哦！"顺儿大笑。

母亲一面左手牵着顺儿，一面眼泪没有停下。想到自己，从来就没有这样站在自己的父母中间过，连舅舅舅妈都没有陪自己玩过这样的游戏！自己的一生将永远与身边这两个人联系在一起了。命运就是这样给了兰妮一个答案。

回到家里，门前枣树上的枣子有的熟了。顺儿看见大叫：

"妈，就是这棵枣子树，总在我梦中跟我打枣子吃。"

母亲拖来竹棍，一把扑过去，枣子和枣树上的碎叶纷纷落下，顺儿奔过去捡枣子。

爷爷奶奶站在阶基上，一个劲地喊着："大孙女，你可回来了！"

大家都没看见的是，连同红绿枣子和纷纷碎叶落在地上的，还有母亲的眼泪。

第十九章　拳拳慈母心

新中国成立后，田地、森林、河湖、茶园都属集体所有，天马山农场、茶场、水库，到处都聚集了劳动工作的生产队员。由于天马山地处温带，南麓茶籽树长得很茂盛，东边茶叶来势很好。茶油、茶饼、茶叶都是这块宝地的极好的产品。一排排茶籽树整整齐齐地排在天马山南麓斜坡上，东边的茶叶树较矮，但也是行是行，垅是垅，分列有序。阳光斜射在山麓，反射着耀眼的光芒。雾气刚刚消散，一群群村妇、姑娘拥向天马山采茶籽，从远处望去细长的山路上像挤着一条花花绿绿的长龙，慢慢地移动。爱唱的姑娘唱起了山歌：

"高山打石落深潭，交情容易脱情难……"

"吃了饭，下河玩，跌了一支簪子在深潭，老者哥哥捡了就退给我，哪个少年哥哥捡了就送人情，罗裙底下定恩情。"

歌声曲调高亢悠扬，旋律自由流畅，穿破云雾，飞下田园，传入人们的耳鼓。人们听着心里舒畅，劳动起来干劲充足。还有"挑担茶叶上北京"更是耳熟能详的调子，表达了祖祖辈辈就居住在此的天马山村民仰望北京，对见到毛主席的期盼和感恩。

顺儿蹦蹦跳跳地跟着母亲，走在去天马山茶场的山路上欢呼雀跃。

"妈，我要是不晓得采茶籽，怎么办？"顺儿牵着母亲的衣角，有些担心。

"不怕，我教你。一会儿就会了！"母亲不假思索。

"茶籽上有毛毛虫吗？"

"一般没有，有时也有。"

……

母亲不厌其烦地回答着顺儿的各种各样的问题。

"顺儿，有妈真好！是吗？"姑娘们中热心肠的会这么一问。

倘碰上一个话语多的坏肠子的村妇问的就不同啦：

"顺儿，你还记得你亲阿妈的样子吗？"

顺儿就会躲进兰妮怀里，翘起嘴巴，满脸不高兴：

"不记得啦！你是个坏人！"

这时，母亲脸上热热的，瞟那村妇一眼，用不高的唯独那个妇人能听得到的声音戏谑地说：

"你这么想她？可以去找她啊！说不定她等着你呢！"接着就低下头，摸摸顺儿的脸，让她靠近自己一点，努努嘴：

"她逗你玩的。别理她！"

那妇人脸色有些青，但也不好发作。只看一眼兰妮，那眼神似乎是说：

"看不出？你倒是蛮向着她哟！"

"那是当然。我们家的闺女，可巧着呢！"母亲也不生气，一个劲夸顺儿。

闹闹打打，打情骂俏，俏皮玩笑，不一会儿就到了油茶山，穿着各种各样鲜艳服装的村妇、姑娘们就点缀在各行各垅的油茶树列里，找到成熟的茶籽，用力剪下来，放在篮子里。姑娘们手法熟练，速度很快，而且越来越快。母亲拉过来顺儿的小手，告诉她如何找、如何剪、如何摘不会伤手。顺儿也很乖巧，总是按照母亲所说的去做。学了一下子，也能剪下茶籽来。

第十九章　拳拳慈母心

　　成熟的油茶有一种自然的清香，姑娘们一摘就是一整天，之后用谷箩挑下来，送到生产队的打茶场。

　　打茶场有一个简易榨油作坊，说简易，但是各种榨原汁茶油的简练工具都有，如榨籽的、粉碎的、简易灶台、蒸锅、装油盆、油瓶。

　　来到茶场，姑娘们会分组做着不同程序的事。有的除杂，即将挑好的茶籽仔细地除去杂质；有的把除过杂的茶籽在锅中搅炒，要炒到肉籽可刮成粉能挤出油的程度；有的凉籽，就是将搅炒好的茶籽装放到地上晾晒，如果人可以用手握住（不烫）就可以了；有的碎粉，所谓碎粉，就是将晾晒好的茶籽放到粉碎机中粉碎；有的蒸油，将茶籽粉末放进蒸笼蒸到能挤出油为止；最后装入榨油机榨油，茶油此时如流水般流入油盆。最新鲜的茶油就产生了，剩下茶枯，也是上好的东西，可提取残油，可做饲料，可做肥皂等。

　　母亲通常是炒茶籽，在一个大锅旁，经常拿着一把大锅铲在锅中撮来撮去，生怕锅中的茶籽受热不均匀。但是母亲很开心地做着这个事，因为有时能分到一点点茶油。顺儿呢，也可以常跟母亲在一起，帮忙烧火。偶尔，兰妮会把从山上掏到的鸟蛋、茯苓、百合用糠麸纸包着，放在冷水里略微泡一下，然后放在火塘里煨，煨熟了，顺儿就有吃的了。不过，剥开第一个蛋皮，顺儿都会跑到灶前面，踮起脚来，说：

　　"阿妈，先吃！"母亲蹲下一点，张开嘴接着。

　　"嗯，好吃！"然后就会点着顺儿额头，说：

　　"喏！出去吃去！"母亲此时会笑着看她吃得很香很满足的神情，又看着她跑出去。心里也觉得很知足。

　　顺儿此时就跑到那里晾晒一下茶籽，又跑到这边看姑娘们榨油，玩得不亦乐乎，整个打茶场里就数她最开心。

　　母亲跟父亲商量，让顺儿启蒙读书。渐渐地，顺儿就不老是跟在母亲身后转了。

散学回来,顺儿会告诉母亲学了什么:

"毛主席万岁!"

"中国共产党万岁!"

母亲很喜欢听顺儿回来讲书,又跟着顺儿学会了写"毛主席"和"共产党"六个字。顺儿背书背得开开心心的,母亲也跟着背。虽然不会写字,初级小学一二年级的语文很多课文都背得。

两母女还真合得来,开开心心地过日子。爷爷逢人便竖起大拇指夸母亲为人好,父亲更是从心里感到宽慰。

清贫但知足的日子如门前的小河般流过。母亲出落得更风韵美好了。顺儿呢,个子不住地往上蹿。也许是热毒吧,也许是顺儿体质的毛病,有半个月,顺儿的头上长了许多疮疖,奇痒无比,要是抠破了,疼痛难忍。

爷爷奶奶父亲母亲看见顺儿不断地挠不断地挠,有的疖都被挠破了,急得不知如何是好。顺儿一看见母亲,就拿手去挠,说:

"妈,这东西好痛啊!"

爷爷采来草药,母亲捣碎给顺儿敷上。母亲本想着爷爷采了一辈子草药,应该治疗这个疮疖是最有效的。可是敷了三天,疖子一点都没有好,反而还越生越密。母亲整日地守在顺儿旁边,给顺儿把疮疖边的头发剪掉,用温开水给顺儿洗头。

那一头的疮疖,真是来得蹊跷。不管怎么敷药,一批散下去了,另一批又长了出来。看着痛得日渐消瘦的顺儿,母亲到处打探,哪里有治疗这种头疮的方子。

可是就是不见效果。顺儿的疮疖还是没有完全消退。

母亲想尽办法,无法可想。

后来母亲听说天马山马头那边有个合祖师庙很灵验,能治百病。于是带着顺儿爬山过岭到合祖师庙去,去请求合祖师赐药治疗头疮。顺儿因为病了许久,人也瘦了,走到半山路上,实在走不动了,母亲背着比

第十九章　拳拳慈母心

比她只矮半个头的顺儿硬是一步一回头，一步一诉说：

"请求合祖师爷治好顺儿的头疮，千万不要让她留疤！千万不要让她留下什么不好的毛病啊！"

"妈，合祖师爷真能治好我的头上的疖子吗？"趴在母亲背上的顺儿不无担忧地问。

"肯定会的。你别担心！阿妈肯定给你治好。到时嫁个好人家。"母亲心里慌慌的，嘴巴却在安慰顺儿，眼角还带着笑意。背上的汗水沾在衣服上，眼角的泪水流进了心里，滴血般地疼痛。

"如果顺儿因为疮疖，有个三长两短，或者落下了什么毛病，人家还不知怎么说我这后妈呢！"母亲心中七上八下，直到精疲力竭时，才到合祖师庙里。

"祖师爷，我从马尾边穿山过岭赶到马头边，为的就是请祖师爷爷治好我这闺女的头疮，完全要治好啊！"母亲恳求祖师爷保佑。

守庙的爷爷看着顺儿的头疮，也很惊悚：

"都烂成这个样子了呀！"

"办法都差不多想尽了！就是不见好。"母亲差不多要哭出来。

"听说观音土熬水可以治疗这种火毒！"守庙的爷爷说了一句。

"真的？"顺儿听见这一句，忍不住问爷爷。母亲焦灼地望着守庙爷爷。

"你们回去试试看吧！这种疮疖应该是火毒。"

所谓观音土，就是灶台靠火的地方的土。母亲一回到家里，就拿一个镘头撬观音土，用熬成的水，口服一部分，并用这种水给顺儿洗头，每天如此，连续十多天，顺儿疮疖才渐渐地消了下去。

顺儿的头上虽然还有些没长头发的地方，但疮疖的痕迹渐渐淡去了。

"妈，我上学去了！"顺儿重新背起了书包。

母亲终于舒了一口气。

第二十章　交田失恩翁

东方露出了鱼肚白。

母亲担着柴往北边下山去老外婆家。

父亲担着柴往南坡回家。

母亲双眼凹陷，面容消瘦。老外婆见状，赶紧给她端来饭菜。

"外婆，我没找到大舅妈，"话没说完，母亲哭出声来。"我还得回去照顾家里，你跟有余他们说说。"

"那你吃了饭回去。"老外婆没有追问。"等老满回了家再说，现在老满没在家，连新翠都回娘家住了一段时间了。"老外婆心想。

大舅外公只能偷偷地去干点老本行贴补家用。二舅外公的手艺几乎全荒废了，与二舅外婆同心协力在家干农活。

抗美援朝战争已经胜利了四年，满舅外公音信全无。老外婆熬红了双眼，不时躲着孩子们哭泣，老人家就是不明白：依稀回来的几个志愿兵中没有月林，但也没有月林牺牲的消息。这到底是怎么回事？老外婆相信：月林一定还活着！

此时的满舅外公月林正和一群志愿军战士一起，与朝鲜人民一道在朝鲜的领土上开山、修路、修水库、种庄稼。

月圆月缺，花开花落。这里的明月不知圆了多少次，也不知缺了多

第二十章 交田失恩翁

少次。满舅外公在有月的夜晚,总会想起家乡,想起自己的老母亲。夏天,月亮悄悄从天马山角升起来,慢慢地挂上了树梢。老母亲就会拿着蒲扇出来,跟坐在席子上的小家伙们这里扇一扇,那里扑一扑。蚊子们似乎也知趣,只是轻快地唱着歌,很少叮在孩子们身上。而这里的季节似乎比家乡少,不是冬天就是夏天。冬天干冷,很多战友的脚都开了很宽一条的裂,肆虐的北风刺得人脸生疼,不两天就冻出茧子来,江南的人真难适应这气候。到处是冰雪。融雪之后,满舅外公他们就要不断地劳动,任务一项一项地完成。把整个朝鲜打扮成最美丽的第二家园。

"援朝怕快有七岁了吧?不知他长得怎样了?"满舅外公想,"只等到回国就好了!阿妈……"

满舅外公朝着南方喊了一声。

孩子们放学后,老外婆把有余舅舅他们三兄妹聚在一起,告诉他们:

"你们只管好好读书,你们的阿妈到很远的地方去了!你们的兰姐去找,根本没有找到人。"

"好。我们会等她回来。"

有余很懂事,把弟妹哄开。老外婆一面叹息一面落泪。

母亲告别老外婆,到家时,爷爷奶奶看儿子把柴担回家还这么早,正问话呢。

"今天这么早就挑柴回来了?丽苗的事咋样啦?"

"丽苗态度明确,反正不回刘家过。"父亲跟爷爷说明,"其实也不怪丽苗,大家都搞'初级社',慢慢把自己的土地收归集体。为何大刘就弄到这步田地?还不是游手好闲,不思劳动?"

太阳在这段时间钻了出来,变得更加温暖。奶奶端出来饭菜,要儿子赶快吃了去上工。

干爽的米饭,秋南瓜丝,蒸蛋。母亲看见奶奶给顺儿弄的早饭挺清爽。不停地称赞奶奶的手艺。

"真是饿了！"父亲这餐饭吃得真痛快。

爷爷思想极为开通，也向政府表态愿意将土地山林交公家，每天愿意参加生产劳动。只因爷爷替人找草药，从不收钱，治好了许多病患，是乡里乡外出了名的好老头。这样，政府就许今年一年爷爷自己家种，收割晚稻后再收归集体。

当时全国农村都是将私有的土地和生产资料逐渐集体化，再集体劳动，社员按劳力和土地多少进行分配。爷爷家里的土地、农具暂时还没有被分社统一经营和使用。

"我们家都要走在社员的前面，新中国成立了，政府说怎么做，我们就怎么做！"爷爷教导父亲。只有奶奶不以为然："如果都交了集体，你老都老了，拿什么跟那些年轻的拼？到时拿什么东西过年？"

"哎呀呀，哎呀呀，大家都这么做，还饿死我们一家不成？"爷爷思想开化，他总有理由说服身边的人。

"阿妈，别着急，我们都可以出集体工的。你就放心吧！"母亲安慰奶奶。

"是啊！是啊！今年的晚稻长得很好呢！初级社的人都这么跟爷爷说。等你老人家收割的时候，我们大家一起来帮您。"社员们对爷爷也很有信心。

"丁零零"上工的铃响了。各家各户的男劳力，妇女们都带着自己家的生产工具来到稻田，准备打晚稻。男劳力们踩扮桶，扮禾，拖打掉了谷子的稻草，固堆；妇女们一列列在稻谷行中排好割禾，或者送茶；孩子们在田里拾稻穗、挖泥鳅。干一天，男劳力底分十分，妇女底分七分。没有一个是闲着的。

爷爷十来年没进田啦。但是今年他也和儿子、媳妇一起下了田，现在也干得挺积极。

初级社的社员们完成了自己的工活，也都跳到爷爷奶奶家的田里劳

第二十章　交田失恩翁

动。一行行，一垄垄，一排排，大片的稻苗割倒了，男人们抢着去打稻，女人们抢着系管（方言：稻草），心里想着：这个深明大义的老头真愿意收割晚稻后就把自家的田地和山林交公吗？

"王老爷，您一辈子找草药，热心肠替人看地，观风水，也不收钱。一老好人！您说您家的田地要是不收归集体。我们大家也没什么话说！"热心的队员边帮着干活边安慰爷爷。

苍山如黛，西风猎猎。千家冲的两边山磡上长满了灌木，尖栗树、板栗树的叶子被风吹得飒飒作响。不时从灌木丛里钻出一只吃田鼠的小野狸，见到人声哄闹，便又钻得不见了踪影。

"妹妹扯秧哥插田，收割了稻子好过年，过了年后你家去，热热闹闹舞花灯！"有的男子汉又扯开嗓门唱起了山歌，逗得那些妇女们哈哈大笑，只有小姑娘家就羞羞地低下了头，窃窃地笑。

收割晚稻可不像收割早稻。因为季节的原因，田里有些凉，头上还有呼呼的风吹，身体不好的人是受不了这等刺骨的寒冷的。

"今年连晚稻都是大丰收。"稻谷晒干扬场之后，爷爷挑个烟杆坐在阶基上，将烟杆敲了敲，吸一口，边咳边抽边看着满地的谷子，欣喜不绝。"只要仓库里有粮食，一家人的生计便不成问题！"因为这次收割晚稻，爷爷也下田干活，着了凉，爷爷又咳了几声。一连几天，一直不停地咳。

药也服了，火罐也拔了，母亲把饮食也弄得更清淡了。可是，一直到现在也不见好。

"不好就不好，没什么了不起的！"爷爷心里想。只要粮食进了仓，爷爷心中的石子才会落地。

社里来人啦！说家里所有的粮食都要收归公家。然后所有的生产资料全要交公家所有，社员公用。爷爷背过脸去！人们有的扫装粮食，有的拖拉风车，有的抬扮桶。看着粮食和所有的生产工具被担走、搬走。烟雾腾腾而起，但是，爷爷自始至终没有说过一个"不"字！

从此以后，爷爷的咳疾更厉害了！因为所有的粮食都收走了，这年的冬天也很艰难，吃了那点剩余的粮食，捉襟见肘。父亲没法，就到武汉去修路，想赚点过年钱回来。

这天，爷爷把儿媳喊进屋来。

"兰妮，我是王家的罪人，连一点祖业都没有保住！现在，我这里就只有这些了，也不知能用到几时！"爷爷声音嘶哑，眼泪行行，跟儿媳交了家底。"将来二娘还要靠你打理啊！"

"爹，我的命都是您救的，更何况您是之伦哥的爹啊。我会好好待你们的。您安心养病。我们慢慢想办法！"母亲看着爷爷的状况，有些不好，落下泪来，一时不知如何是好。

母亲整日清茶淡饭，小心服侍着爷爷奶奶，带着顺儿，只等着父亲快点回来。

爷爷心里挂着事，病情越来越重，过小年那天，竟然咯出血来。母亲慌乱了，急忙去找赤脚医生，等母亲把赤脚医生请来，爷爷的神气已经不足了。睁眼看见母亲，爷爷鼓起劲说：

"兰妮，我知道你是个最好的姑娘。现在党的政策好，我们还是要靠双手把这个家撑起来。之伦老实，也要靠你鼓励他！二娘也拜托给你啦！"说完，爷爷的手已经支撑不起，垂下去了。

爷爷已经停止了呼吸。

母亲见状，已经泣不成声，跪在床边，呼喊着：

"阿爹！"尖厉的号哭穿破夜空，连同山风一起呜咽。

百千思绪揪在一起，爷爷为自己捡草药，敷草药，说话的样子时刻在母亲的眼前晃荡。

"之伦，你快点回来吧。阿爹已经不要我们啦。"对着北方，母亲大声地喊着父亲。

父亲直到年底才回来，因为经济不富裕，只能为爷爷举办了一个非

第二十章　交田失恩翁

常简洁的丧礼。

母亲对着苍天号哭:"爹,我们对不起您老人家啊!"圆形的纸钱在北风中纷纷扬扬,飞满后山的一路,飞到爷爷的墓地旁。它将伴着爷爷的灵魂升入天国。

愿神奇的地母永远让爷爷安息!

第二十一章　同心思党好

顺儿脸儿哭肿，跑到奶奶房里，扑到奶奶怀里哭：

"奶奶，爷爷没有啦！我想爷爷。"

奶奶也是心力交瘁，竟没想到这么快就和爷爷永诀，眼泪不自觉地流着。

顺儿趴到奶奶身上："奶奶，别哭！你还有阿爹阿妈和我啊。我们都会照顾您的。"

奶奶抱着顺儿，抚摩着顺儿的头："我的乖孙女，乖孙女！"

父亲哭得声音嘶哑，因为磕头跪拜，磕得头皮红了，膝盖皮也破了。晚上刺刺地痛，母亲端来一点茶油，调着给父亲敷上。"之伦哥，很痛吧。"

父亲"嗯"了一声，声音早已哽住。母亲抚着父亲的背，也双泪直流。父亲伸出右手，搭在母亲肩上，把母亲的头掰过来，靠在自己的胸前，抚弄着母亲的头发，对母亲充满感激：

"兰妮，要不是你，我都不知道我怎样熬过去！"

"之伦，还有很多事情要打理呢！借用的桌椅板凳都还没送回去，帮忙的工钱基本没有清，干脆把剩下的一些蔬菜、肉胚子都送给他们，折算工钱。"

"桌椅板凳，我明天去送。折合工钱的事，你做主就是。你这段熬得

第二十一章　同心思党好

几夜没睡，现在还是早些休息吧。"父亲安慰母亲。

"爹没了，家里显得好冷清啊。"母亲枕着父亲胳膊睡下，还是止不住落下泪来。爷爷生前的话语像收音机播报似的在母亲耳朵边响：

"如今党的政策好，我们一家要靠双手好起来。"

无数的思绪和无边的疲倦在母亲脑海里交合，思想终于压不过倦意，母亲终于进入了梦乡。

第二天，母亲把所有可以用来折合工钱的东西都折合，尽量让所有帮忙的乡亲们都满意。

"现在共产党的政策好啊，今后我们的日子会越来越好。"父亲送桌椅板凳，母亲折合工钱，每逢去一家，母亲开头的一句话就是这一句。乡亲大都不肯接母亲的东西，母亲不肯。很多豁达大气的乡民就会塞给母亲一些钱：

"兰妮，王老爹做一辈子好事，他就是我们一长辈。他去了，我们都很伤心哪。兰妮你还这么客气。你们快好好回去过日子。将来我们都是集体的一分子，互相帮衬的地方可多了！"两人拗不过他们的善意，就双双再次跪下还礼拜别。将所有的工钱折合清楚回到家来，母亲数着手中的零钱，竟然有几十块。母亲把这些钱收起来储备着。

正是大干快上社会主义道路的好年景，天马山的乡民们无论干什么事都干得热火朝天，效率很高。原来天马山山麓是没有一条大马路的，集体合计要修通一条杨溪村通往花石的大马路。说干就干，南麓、北麓所有的村民都参加劳动，农民们都担着箢箕、扛着锄头、带着火炮、拖着板车修路，只留着一组妇女在大屋场管理伙食，经大伙推举，母亲也在协同管理伙食之列，担任组长。

母亲笑了："我年轻！哪里能当伙食组组长？全靠伯母阿姨们帮衬！"

每天母亲煮了饭，那些负责烧火、洗菜的妇女们就会坐在一起唠嗑。

母亲就会担一担淡茶水送到修路队，请乡民喝茶。真是"久'干'逢甘霖"啊！修路队的村民对母亲赞不绝口：

"兰妮真是我们的福音！"母亲总是笑笑："大家辛苦啦，大家辛苦啦！现在政策好，干什么都有力量！对吧！一会儿就可以下山开中餐啦！"听到母亲这么一说，那些劳力们越干越起劲，父亲边挑土边闪着眼睛望着母亲笑。那意思好像是说：

"兰妮，就你有办法！"

也真是团结力量大，天马山山麓的盘山公路只三个月就挖通填平了。两边山村无一处闹事，无一人受伤，由于母亲每天送点茶盐水，也没有出现中暑的村民。社里广播宣传："都要向杨溪村、高峰村的人学习，不怕苦，不怕累，有效率，无事故！"

修完天马山盘山公路，大多数社员又去修花石水库，保证农田灌溉。

母亲也跟着父亲去修水库。花石本来是个一马平川的地方，因为考虑到要储水，"深挖洞，广积粮"，所以要修挖一座花石水库，做好这一片农田的水利输送工作。只有修好水库，这里的农业产量才有保障。因为村民都离家里比较远，都在修水库的地方架起了临时食堂点。每人每餐四两米饭，父亲母亲两人八两米，因为父亲做的体力活儿，父亲总是吃得不够，母亲就总是只吃一点点，就都倒在父亲碗里了，有时竟然还有一块有肉的筒子骨。父亲诧异地望着母亲，母亲还会说：

"我吃不下，搭帮共产党搭帮毛主席，有这么好的饭菜，之伦，你多吃点，有力气干活。"父亲总是笑笑："你吃饱了没有？我也够了。"母亲总是笑盈盈地看着父亲吃。虽说天天晒太阳，但是母亲的脸色总是白白净净的，微笑时嘴角的小酒窝拧得出水来，洋溢着快乐和温暖。父亲吃完了，母亲就笑笑走开了。旁人瞧着他们，就会打趣："感情好啊！真是羡煞人了！"

修花石水库，那真是很盛大的场面。整个花石的千把劳力都到这里

第二十一章　同心思党好

来了，挖土、运土、固堤，没人闲着；这里一堆，那里一群，研究方法，能让水库蓄洪、泄洪、防鼠、防蚁。每一个都传授着最切实可行的办法，最符合实际的办法，目的就是一个：多快好省地干社会主义！

几千年的历史经验：劳动人民的智慧是无穷的。果然，花石水库修好后，整个莲乡变得更加美丽。

除了花石、天马山，全国各地都在大干社会主义，有的地方的粮食"能亩产三万斤"，听说都上报纸了。天马山村民在收割的时候，都在谈论这个神奇的粮食产量，都充满了羡慕和神往。

"不知道是怎么种出来的？"

"兴许他们用的肥料不一样！搞科学嘛。"

"还有管理肯定比我们好！我们无论如何管理也不会有这么高的产量！啧啧，我们什么时候能有这么高产就好。"

农民们你一言我一语地分析高产的原因，都鼓足了干劲，也要管理个好收成。今年风调雨顺好年成，千家冲的粮食也是长得最好的。社员们非常愉快，个个都喜笑颜开，小学的孩子们也帮着在拾稻穗。打稻晒谷晒干之后，亩产竟然达到九百斤。

"兰妮，还是这块田地好啊！"社员们对母亲说。

"快别这么说，都是集体加油干！我们还差得很呢。人家都上报纸啦，我们村更要努力啊！"母亲总是把这些话题扯开去。

"人心齐，泰山移。"这话一点不假，那时人人都踏实做事，连大刘都走上了打禾拌打之列，只希望早点完成任务。各地上下的人都是欢声鼓舞，人心愉悦。

1958年10月，最后一批志愿军要回来了！中路铺镇花石镇都听说还有人回来。老外婆、满舅外婆牵着援朝一早就到镇上去接。母亲听说了，也从花石赶到中路铺。镇上街道的两边挤满了迎接的人们，彩色的旗子插在街道两边、铺子的边上，街口上挂着横幅"欢迎抗美援朝志愿军！""参军光荣！""立功光荣！""美帝的阴谋不能得逞！"母亲终于在街角找到老外婆和满舅外婆母子。

"外婆！""满舅妈！""兰妮！"

八岁的援朝也怯怯地叫母亲"兰姐"！

"听说整个中路铺镇只剩三个人回来。"老外婆、满舅外婆新翠都是焦灼地不断地对母亲说,"不知你满舅在不在里面？"

"等等吧,满舅肯定在里面！说不定还立功回来了！"母亲安慰她们。

欢呼声如潮。人流如潮,挤在整个街口。

"嘟,嘟……"一辆小轿车终于开过来了,渐渐地开进了街口,快到政府大门时,停下来啦！老外婆、新翠、援朝母子和母亲挤到了前边：车里出来三个身穿军装,戴着军帽,胸前戴着大红花的身姿笔挺的军人。

"有一个是满舅！"母亲第一个大喊,"外婆,满舅妈,只不过满舅晒黑了一些！"

老外婆眼睛不好,擦擦眼睛,再往前面一望：

"真的吗？兰妮,我终于等到老满回来了！"老外婆不停地激动地说。老外婆的手不停地抖动,拖着的拐杖也拖在地上发出"吱、哩、吱、哩"的抖动的声音来。母亲拉着老外婆的手向前慢慢挤进。

新翠拖着援朝一把奔到小轿车面前,跪倒在满舅外公的脚边,把旁边的几个人吓了一跳：

"月林,你终于回来了！我等你等得好苦哇！"

援朝吓得"哇哇"大哭起来。

满舅外公满脸倦容,皮肤黝黑,眼窝有些陷了下去,脸颊上有一个一指宽的伤痕。此时急忙伸出双手来扶新翠,两脚也差点跪了下去：

"新翠……"满舅外公一把把新翠拖起抱在怀里。母亲看见满舅外公大滴大滴的眼泪流下来,急忙牵着老外婆,也来到了满舅外公面前。

"妈！我回来了。我立了二等功,没给您丢脸！"满舅外公放开新翠,

第二十一章　同心思党好

抱着援朝跪倒在老外婆面前：

"妈！我生怕这一辈子再也见不到您老人家了。不孝儿终于回来了！"

老外婆眼睛不好使，颤颤巍巍地，伸出手摸摸满舅外公的脸：

"你……真的是月林！"满舅外公站起来，含泪抱着老外婆：

"妈，我是月林！"

援朝也凑过来："奶奶，我爹回来了！我爹回来了！"

"回来了就好，回来了就好！"老外婆拄着拐棍，边敲边往前走。满舅外公一个箭步，上前扶住了她。

镇里派了一个旧车把一家五口送回了杨溪。满舅外公继续在初级公社办公室工作，从此人们称他为"社长"。

第二十二章 "公社"造福田

大家同满舅外公回家,全家人都很开心,最高兴的就属老外婆啦。她虽然眼睛看不清,但是她把满舅外公的衣服、裤子、鞋子都通通摩挲了一遍。

"这衣服、裤子的料子都很好啦,又滑腻又笔挺。月林,只可惜你瘦了一圈。"老外婆不无心痛地说。

"瘦点好,瘦点好!妈您别担心!"

二舅外公、二舅外婆正准备做晚饭,一起出来迎满舅外公。大舅外公依然还在外边做工,没有回家。

放晚学了,一大群孩子围了上来。有余十六岁,菊炎、菊元十五岁,都读高中;有元十四,初中快要毕业;连桂英、桂华都有十二岁,也要高小毕业。他们都约好一齐叫:"满叔!""哎,哎。"满舅外公乐陶陶地答应。

"几年不见,都这么大了?"

"满叔啊,八年咧。你走的时候,援朝还在肚子里面。现在援朝都快八岁了啦!"援朝爬在他爹的膝盖上,被满舅外婆新翠笑着一把拖起:

"这么大了,还要抱啊?"

"满婶,你就让他过过爹瘾!"舅舅和姨妈们都打趣援朝。母亲也

第二十二章 "公社"造福田

笑着：

"援朝，就要你爹抱，把这几年都补回来！"

"我下来！"援朝被大伙说得不好意思，就亲了满舅外公一下，从他爹膝盖上跳下来，跑开去。

"兰妮，怎么不见我大嫂？"

母亲眼泪流了下来，迎着满舅外公的目光："她失踪了！我在闹哄哄的街上没有找到她。"

满舅外公的脸上显现一片阴云，他低下头，沉重地叹了一口气。

二舅外公、二舅外婆捣鼓了好一阵，终于可以开餐吃晚饭了。

父亲和顺儿也赶到了这里，还带来了一条鱼。

"外婆，快把之伦哥拿来的这条鱼熬汤给满舅补补。他这么久没有吃到家乡的泉水鱼啦！"母亲赶紧和父亲一起到厨房张罗。满舅外公不断打量着父亲，直到父亲进了厨房。接着又打量着顺儿：

"你叫什么名字？"

"顺儿。"

"顺儿，好听。"满舅外公若有所思。

不一会儿，母亲端着一盘冒着热气的鲜鱼汤出来，摆上了桌子。

又是两大围桌，孩子们都长大了，坐在一起都显得有一些拥挤。桌子上的饭菜虽不丰盛，但在那时已经是很奢侈了，有肉有鱼，有鸡蛋，有辣椒油渣，有炸豆腐。因为是晚饭，大家也不急，边吃边聊。二舅外公聊开了：

"满弟，你在外这八年，家乡也真不容易啊！大哥只能在外面做一点上门活，孩子多，靠家里这点工分也难以维持。"

"大嫂不知去向。可怜这几个孩子，好在有余懂事，他把弟妹们管理得可好了。而且，还很会读书！老师一看见我和你二嫂，就夸他。"二舅外公望着有余，有余都不好意思了。赶紧扒饭，说：

"我吃完啦！你们快吃。"又对弟妹们说，"让他们大人们好好谈谈。"

只有援朝黏着满舅外公坐着，顺儿黏着母亲坐着，边吃饭，边听着他们说话。

"好在祖宗保佑，全家人都还健康，没什么病痛。日子也能勉强过下去。"二舅外公又望望二舅外婆，"你二嫂就是胆小点，大嫂刚失踪的那些日子，她吓得天天睡不得觉，家里里里外外操持，倒是辛苦她了。"二舅外婆红着脸走开。满舅外婆也接着说："真是辛苦二嫂了！"

大家快吃完时，这次父亲母亲开始收拾碗筷，顺儿跑到外面去找姨姨们玩。

正当母亲端着碗筷要走进厨房时，听到满舅外公问：

"二哥，不是说了兰妮要找好人家吗？怎么找个大这么多的？还拖着个孩子？"

"……"后面的母亲没有听见，但明显感觉到满舅外公在生气。母亲低着头到厨房洗碗，餐布擦得碗"叽、叽"地响。父亲挑了一担空桶到外面去挑水。

"你注意一点！"母亲对着往外走的父亲喊。

老外婆听见母亲的喊声，对满舅外公努努嘴。满舅外公，默不作声。

满舅外公看父亲挑水去了，就问母亲：

"王之伦对你还好吧？顺儿跟你亲不亲？"

母亲知道满舅外公的心事，但也不想让他担心：

"嗯，都挺好的！夫妻不是缘分吗？"

满舅外公也不再多问。

一家三口离开老外婆家后，以后每天下了工后，父亲和母亲就会在后山挖呀挖，不到半个月工夫，挖出五亩斜坡山土来。母亲高兴了，悄悄地对父亲说：

"现在社里把天马山的斜坡都开出来种红薯。我们单间立户，把这里

第二十二章 "公社"造福田

挖出来，悄悄种点菜，白薯红薯之类的。冬天放在地窖里，有时也能应付点。我们外面出工有饭吃，总不能饿着老母亲和顺儿。"

父亲有些胆小，但还是听了母亲的，把种子、种苗准备好，下了工悄悄上后山播种下苗。

人民公社正是最热闹的时候，1958年过年，那些个热闹，人人都吃得饱，人们兴高采烈，做事热情非常高，每一项任务都完成得出奇地好。

母亲在食堂煮饭，在大屋场的后面小屋子还喂了几头猪。社员们干活累了，或者想改善伙食了，就嚷嚷着要屠户杀猪。

"杀猪就杀猪。"母亲请来屠户，杀了一头猪，吃完了之后，过不了几天母亲又会捉一头小猪，放在后边猪栏里喂着。反正食堂里的剩饭剩菜倒了也是倒了，怪可惜的。这样，社员们觉得母亲这个伙食组组长还真有办法，伙食也备办得让大家满意。

但是不知怎么回事，人们白天上工，记工分，食堂伙食慢慢地办不起来了，吃到后来，怎么也吃不饱。因为吃不饱，猪也没东西喂了。

也许是有的农民饭量食量大吧，也许是大食堂没有油水吧，也许是人们的激情渐渐过去了吧，到了1959年，大家基本都只能吃个八分饱，很多人都在地里找野菜吃。

到了1960年，几乎是半年糠菜半年粮，大家到处找吃的，好的坏的，好歹能把个肚子填起来一点。最困难的是1961年。十月份之前，还能吃个半饱。最最困难的是冬三月，父亲、母亲和奶奶、顺儿是靠一地窖白菜、一地窖萝卜和一点点红薯活过来的。早上一碗白菜萝卜，中午一碗萝卜白菜，晚上一碗白菜萝卜。

社里有老人被饿死了，母亲会第一个赶到那里帮忙，擦身、洗抹、装殓，并跟他们家人说：

"这人老了，就是扛不住！你们好生安排，让她入土为安，人多的地方也不要多说什么。"这是爷爷经常跟父亲母亲讲的："任何乡亲家里的红白喜事生孩子的事，你们两个不要分时间地点，能帮忙的一定要去帮，这是修福积德的事情。不要多讲话，人家会感激你的！"

有时父亲看见有病患的人家，也会找些草药。但无奈很多草药都被当作野菜被人们寻着吃了，对生产队上的一些病人效果不大。

有天晚上，父亲觍着脸，对母亲说：

"兰妮，我们再要个孩子吧？"

"这样的生活，还要个孩子，怎么养得活呀！别想多啦，把顺儿带大再说。"母亲给了父亲一阵调侃，调侃之后又一阵笑，"不要！养不活！"

"我养！我拼死拼活也要生养几个孩子！"

"你自己都养不活！还生孩子？要生你生！"母亲拍打着父亲的背，笑得前仰后合，"我看累不死你！"

"你看你满舅满舅妈有援朝，多好！你再看二舅和二舅妈三个孩子，都长得乖乖的，又很懂事！一个个都爱死人了！有余三兄妹更好，更可爱，又会读书，不要大人操心。有余更是把弟弟妹妹管理得服服帖帖。"

父亲跟母亲做工作。

"等顺儿长大一点再说，我不想让她吃苦！况且，我还小呢！"母亲笑，整个就是不答应跟父亲生孩子。

父亲失落地睡下，装作生气，母亲在他胸膛上一拍：

"饭都吃不饱！哪有力气生孩子！"

"说真的，我是想等顺儿大一点再说。况且，我真的怕饿死！你看社里饿死多少人咯。"然后母亲贴着父亲的耳朵又咯咯地笑。

真是佩服他们，在那样艰苦的岁月里，淡淡的月色下，还可以传来清脆悦耳的嬉笑的声音。

第二十三章　哀号泣外婆

过年了，母亲将红薯做了很多种吃法：油炸红薯片、软蒸红薯条、鸡蛋红薯丸、糯米红薯饭，红薯秆，红薯叶。偶尔还做剁辣椒洋姜。父亲还买了一个猪头回来，刨干，洗净。母亲用大柴火将它煮熟之后，把肉用小刀小心地剃出来，骨头依然留着和萝卜一起熬汤。剔出来的猪头肉小的碎的放点辣椒和大蒜苗炒了，简直是人间美味（大块的，母亲会留着，另餐再去配菜）。还有点熏鱼，母亲就用来蒸着吃。

开饭了，顺儿扶着奶奶出来吃年夜饭。看见这么多的菜，一个劲地乐：

"奶奶，过年啦！这么多好吃的。"

刚一坐下，就拈了一个红薯丸放进嘴里，嘟着嘴巴边含着边咀嚼着说：

"奶奶，妈做的丸子真好吃！"

"顺儿，装碗饭给奶奶！"父亲瞅着顺儿乐呵，佯嗔着叫，"给奶奶装饭，给你妈装饭！只顾自己吃。"

"吃吧，吃吧，今天做了好多样！"

"没想到这软蒸红薯条这么好吃，特别甜！"奶奶夹了软蒸红薯条，放进口里，一咬，赞不绝口。炸红薯片是父亲的至爱，吃得"咯吱咯吱"响，香气飘出来，满屋子生香。母亲再夹几块辣椒炒剃骨肉，放进他们的碗里，满屋子里都是骨肉清香。

窗外飘着一坨坨一坨坨绒绒的雪花，禾坪旁边的苦楝子树虽然光秃秃的，现在却堆积着银色的冰凌，每一个枝丫上粘着一块，好不灿烂！无花果叶子依然绿茵茵的，覆盖在上面的冰凌更是青翠可人，从上往下，淡绿碧绿，层次清晰可见。雪梨树架着木瓜梨树，大大的雪团堆积在它们中间，把两棵树连成了一座粉妆玉砌的桥。雪色使屋里更显热乎，更加增添了年味。家里各种各样的饭菜香气慢慢地弥散开去，在阶基禾坪氤氲着袅袅的热气。家的温暖，莫过于此。

"兰妮，给顺儿生个弟弟或者妹妹吧。也好有个伴！"奶奶看着日渐丰满的儿媳，忍不住说。母亲笑了：

"把顺儿再带大一点吧！阿妈，您现在就过过清闲日子啦。您放心，如果生了，到时孩子让你讨嫌！"

父亲望着母亲闪眼，那表情好像再说："你瞧，你瞧，咱们的娘下命令了吧！你总不敢拒绝！"

"……"母亲一脸绯红，不知如何回答，只好用笑掩饰过去，夹了一块蒸腊鱼放在父亲碗里："快吃饭咧，你！"

父亲得意地望着母亲笑，又立即低头扒饭。

"阿妈，阿妈，你要生弟弟妹妹，你就生嘛！"顺儿看着爹妈表情有些奇怪，就扯扯母亲的衣角。

"懒得理你们，我收碗！"母亲在这几个人中间，终究没有回答什么。但是，他们的亲切热望让母亲感到暖暖的。

第二天醒来，顺儿起得早早的，在屋里地面上找着奶奶、父亲和母亲撒的一分两分五分的零花钱，找到一个或者一张就说："阿妈，地上好多钱啊！"奶奶、父亲和母亲就会望着她笑："顺儿发财啦，顺儿发财啦！"

推开门，这个小山村的每一寸土地上都已经铺盖上了一层厚厚的雪，洁白柔软，如盐似沙，恬静安眠；天上飞的，如棉似花，活跃轻灵。

第二十三章 哀号泣外婆

对面的山上更是玉树琼枝,皑皑的白雪覆盖在山坡上,偶尔微露一点靛青色。

母亲兴味盎然,白净的脸红润润的,映照在雪地上,就像一朵雪莲花。母亲拉着顺儿在雪地上映雪菩萨。扑通一下扑下去,映在地上一个人影儿。顺儿虽然只有十四岁,着一件大红的棉袄,却比母亲高许多;母亲穿一件旧蓝色碎花布袄,身形小巧玲珑。一朵大红的美丽的芍药,一朵出尘的轻灵的雪莲,在雪地上盛开。人影子映好了,站起身,两人在禾坪闹啊,笑啊,好不开心。父亲看着她们玩的疯样,一把跳下阶基,把她们两个拢在怀里,一边抓一个,拖着她们进屋来烤木炭火:

"看你们两个玩得这手冰凉!"

"不冷!"母亲把冰冷的手捧在父亲脸上,并向顺儿使眼色,要顺儿过来,说,"不冷吧?"

顺儿也趴过来,坐在父亲膝盖上,两手摩挲着父亲的脖子:"爹,冷不冷?"

"你顽皮啦?听你妈的撮。"父亲也不生气,只望着母亲,眼神里尽是温柔,让母亲心都化了。

母亲、顺儿一个劲地乐。

不久,社员都要准备锄田薅草种秧,大伙儿都聚拢来劳动。

"兰妮,之伦要你跟他生儿女呢!"张嫂离母亲最近,轻轻地跟母亲说,"好歹还是自己生一个,带着顺儿一个也不是个事啊!"

明了张嫂善意,母亲望着她笑了笑,没有接她的话。

那边一个大嗓门的农妇李婶的声音响起来了:"不下蛋的母鸡不是好母鸡,不生儿女的女子不是好女子!"

然后母亲听到窃窃私语:"之伦嫂子怕是没得生,都嫁过来七年了,娃没看见一点影子!"

"呵呵,不下蛋的母鸡!"

"不要讲生儿，生个妹子也好。谁知有没有生呢？"

"……"

父亲是实在听不下去了，从田那头走到这几个长舌妇的旁边，大吼一声（父亲是有名的雷公声音，别人都叫他伦雷公）：

"我的老婆，她生不生孩子，关你们鸟事！哪个再敢乱嚼舌根，我一锄头锄死你们！"

从此再没听到议论母亲不生小孩的流言蜚语。

母亲暗自好笑，因为母亲心想，怕是那天晚上不小心碰上，已经有了。只不过母亲非常谨慎，不敢对任何人作声。因为老外婆在她出嫁那天就跟她讲过：

"要是月事停了，不要大声嚷嚷。因为孩子还小，一嚷嚷，他就吓跑了！"

母亲小心翼翼的，劳动的时候，尽量少干重活。

回家来，也有点懒洋洋的。父亲看见了：

"怎么？不舒服啊！"

"总觉得没劲！"

"怕是感冒啦！"父亲就忙着打水，烧火，做饭。

母亲到房里拿着一些碎花布，先照着衣服样子剪成各样的小块布料，然后穿着针，引着线，准备做几件像样一点的小衣裳，扎两双婴儿鞋。

母亲坐在窗下，左手拿布，右手缝针，刺一下，扯一下，那线走游龙，母亲的右手就往上伸得很高，这样一上一下，一上一下，不一会儿，一件小衣服就缝好了。母亲看着这件小衣服，又摸一摸自己的肚子，甜丝丝地笑了。好像她已经有了整个世界。

母亲照样上工，她并没有觉得自己有些什么异样。她素来吃得很少，现在也是不太会吃。所以父亲并没有察觉。

有一天，上工回来后，父亲不知听了谁的挑拨，坐在小矮凳上生闷气，

第二十三章　哀号泣外婆

并不着天不着地地说了一句："兰妮，你不给我生个儿子，给我再生个闺女也好哇！"

母亲听了，那个气啊，直冲脑门，怼是要父亲告诉她是哪个说的，并要父亲带着她去那个嚼舌根的那里去澄清。父亲没法，只好带着母亲到了李婶那里。

母亲指着李婶，龇牙咧嘴地骂了几句："你是看不得王之伦对我好，还是怎么的？我们家里有个闺女，现在我和王之伦生不生孩子，关你什么事？你还要来挑拨王之伦和我的关系！挑着王之伦在家里来生闷气？"

接着母亲又扯着父亲的手，大骂："你告诉我，是不是她在我背后又聒噪我？"

父亲从没见母亲生过如此大的气，不停地说："是我不好，是我不好！是李婶在跟别人说的。"

"我骂你个猪脑壳！别人挑拨你夫妻感情呢！你还真跑回家生闷气。"母亲不依不饶，硬是要扯着李婶到公社去评理。说：

"李婶你挑拨人家夫妻关系，不利人民内部团结，是犯了大错误！"

李婶也没见母亲生过这么大的气，只得说："兰妮，我也没恶意，只是说说而已！我以后再也不说了，行不行？"

"你要跟我赔礼道歉！我们家里的事，哪里由得你来说？"母亲坚决要求李婶道歉。最后李叔就来打圆场，对李婶说：

"你也是的，兰妮她这么好的脾气被你气坏了，看你平时乱嚼什么舌根？还不道歉！让兰妮消消气！"

最后这事以李婶道歉告终。

母亲几天都没有理父亲，怪父亲耳朵软，听别人调唆。父亲呢，悻悻的，不知母亲为什么会一反常态，脾气有些大。

母亲想到老外婆，就回杨溪村看看。谁知，回到杨溪村，发现老外婆病得很重。

"外婆，我回来看您！"母亲来到老外婆床前。

"兰妮来了！来，坐到床边。"老外婆见到外孙女真欢喜。

"兰妮，你好像胖了一些！"

"外婆，我有了！"

"真的？！我终于等到这一天了。"老外婆抓着外孙女的手，高兴激动得双手不停地颤抖。

二舅外婆端来汤药。

"二舅妈，你也歇歇，我来喂。"母亲接过二舅外婆手上的汤药，一口一口地喂着老外婆。

母亲想着，落下泪来。她想：这二十几年来，如果不是外婆一口米汤一口水地喂养，恐怕我也没有命了！为治疗自己的蛇咬之伤，外婆更是历尽艰辛。外婆，你一定不能丢下我！

"兰妮，你看你，哭什么？外婆老了，总有一天要去的。你看我快八十岁了，还能动能走，这是上天恩赐的好礼物！这样子，我要去了，也还算享了你们晚辈的福。快别哭了！"

母亲一连几天都没回高峰，一直守护在老外婆的身边。满舅外公也不放心，每天晚上也都回来。并去信衡山，要大舅外公也要尽早赶回家。老外婆终究还是熬不住，安安详详地走了。儿孙们都聚拢到了床前，只有满舅外婆新翠，菊元姨妈不能进去。母亲也悄悄地站在门外哭泣。因为据说怀孕的女子不能送终，要是送了终，逝去的人在阴间睁不开眼睛，看不见前行的道路。

母亲伤心地哭着，又不敢哭得大声，哭声大了，怕惹大舅外公、二舅外公和满舅外公更加伤心。

有余从北京回来奔丧，二十来岁，英气逼人，是全家最帅气的一个。此时正趴在棺木上声嘶力竭地喊着：

"奶奶，你怎么不等我回来见您最后一面？"

第二十三章　哀号泣外婆

　　母亲哭得更伤心了，她好像看见老外婆背着自己走在盘旋的山路上，说："请问您知道哪里有治疗蛇咬的伤的郎中？"

　　又好像看见爷爷，爷爷亲切地对她说：

　　"兰妮，不能哭啊！为了我孙子，不能哭！"

　　"兰妮，快别哭了！我发现了，奶奶去世时，你也没进房，我就知道你也有了！你这日子还不久，可不能大悲大痛啊！"菊元姨妈也跑过来安慰母亲。

　　父亲得到老外婆去世的噩耗，也匆匆赶了来，找到母亲，扶着母亲到后房坐了坐。

　　菊元姨妈对父亲说：

　　"之伦哥，你快劝劝兰妮，要她不要伤心。她都有喜了，这么伤心，怎么行呢？"

　　父亲听菊元姨妈这么一说，后悔不已，握着母亲的手：

　　"兰妮，对不起！你怎么不早跟我说！"

　　"现在知道了？以后看你还听别人嚼舌根！我这里不要紧！你赶快去帮着舅舅们做事去，这里正是需要人的时候。"

　　去埋葬老外婆的路上，父亲一直守在母亲旁边，生怕母亲会因为过分悲痛而晕过去。

　　嘈杂的喇叭唢呐声震动山谷，飘飞的纸钱滋滋上扬又纷纷扬扬地散落下来，母亲压抑着声音不断地哭泣，或许比放声大哭更伤害身体，父亲扶着母亲，走在队伍的最后，不知道老外婆在天堂是否安好？

第二十四章　大恸惊晕厥

　　父亲扶着母亲走在队伍的最后，在途经大舅外婆小坟墓的时候，母亲心不自觉地一惊，父亲紧紧搂住了母亲的肩，不让母亲滑倒，惊出了一身冷汗！心有灵犀，两人同时想到几年前的那个雨天，是多么让人心痛的日子，一幕又一幕在母亲的脑海中回放。母亲泪已滂沱，竟然暗自诅咒自己所造的罪孽。母亲想：前方送葬的有余显得多么伟岸和高大，在他面前，在家人面前，我是多么渺小啊！送葬的队伍随着盘旋的小公路，走一走，孝子们拜一拜，亲戚邻居们的鞭炮接一截，又送一截，"呜哇，呜哇"的唢呐喇叭声使这个沉寂了很久的天马山热闹了起来。飞鸟、野兔们不知所措，纷纷向山窝深处飞翔、奔逃，树木们也避闪得很慢，抬着灵柩的人们觉得越来越沉，越来越沉，但是他们打起了号子，是送亡的号歌："半夜听到丧鼓响，不管是南方是北方，你去南方我要去，你去北方我要行，打不起豆腐送不起情，打一气丧鼓送人情。"老外婆的儿孙们也把早就准备好的烟酒，在墓地下方腾出跳丧的场子，将老外婆的棺材慢慢地停放在早已经刨好的墓穴中，墓穴的左前方放一个自制的大牛皮鼓。

　　随着"嗵、嗵、嗵"三声炮铳响起，几个道士带着一班男女老少，在墓穴前的空地上互相邀约，踩着鼓点边歌边舞。他们的头、手、肩、腰、

第二十四章　大恸惊晕厥

臂、脚上下一齐协调动作，跳着变幻多姿的舞步。他们时而相互击掌；时而绕背穿肘；时而扭肩擦背；时而嘴唇触地衔物，说是"燕子衔泥"；时而蹲下跺脚打旋；时而相互嬉戏；时而沉默；时而呼啸唱和。祈求老外婆的灵魂早日升入天国。

快要撮泥封穴了！接着儿孙们不止歇不停息的哀怨的哭声，让母亲忍不住号啕大哭起来：

"外婆啊！是你救了我的命啊。为什么您竟会撇下我而去？"母亲朝着墓穴，"扑通"一声跪了下去，父亲从背后搂着母亲，硬是也被母亲带着跪了下去。父亲也是涕泪交流：

"兰妮，你还不忍着点。你肚子里还有我们的孩子啊！"

母亲看着泥土一铲一铲地下去，众多帮忙的人一起行动，很快地，老外婆的棺木就被泥土盖住了。

母亲不断地哽咽着，她想着所有和老外婆在一起的日子，从今以后，连心疼自己的老外婆也和她天人永隔了！以后还有谁，会像老外婆那样心疼自己呢？母亲一张一吸的声音让父亲心碎，和有余、有元、菊炎舅舅们的声音和在一起。

此时，西边传来一声沉闷的雷声，不一会儿工夫，雨水倾泻而下，哗哗哗哗地，没有停息。母亲一脚下去，一气接不上来，晕倒在了父亲的怀里！

"兰妮！"父亲一声大叫，抱住了即将坠落下去的母亲。父亲力气不济，也差点摔了下去！

"兰姐！"有余一个大踏步，奔到父亲前面，扶住了父亲。一把抱起母亲就往山下的卫生院跑。

"兰妮！"父亲双腿发软，但是还是深一脚浅一脚，上一脚下一脚，趔趔趄趄地跟在有余后面追赶。

满舅外公见状，跟二舅外公嘱咐几句，也跟在父亲后面追赶。

无情的阵雨哗啦哗啦地下个不停，不知是被老外婆纯朴善良的心感动落泪，还是为老外婆的逝去悲伤落泪，抑或这阵雨是要洗刷、卸去母亲所背负的所有的委屈和负累？

到了公社卫生院，医生和护士们都迎面而来。看到后面的满舅外公，有余身边聚集了很多人。父亲赶忙进屋去。他们慌忙把母亲小心翼翼地抬到床上，父亲趴下身子，在母亲耳边说：

"兰妮，你一定要挺住！"

护士拿来吊针瓶，给母亲注射点滴。针尖扎一下，父亲的手跟着颤一下，终于扎通了静脉血管，父亲的眼神移动到了吊瓶那里。看着吊瓶里的液体一点一滴地滴落进母亲的血管，父亲迫不及待地问那个大夫：

"大夫，我堂客怎么样？"

"她有快四个月身孕了！是悲伤过度，加上贫血，所以才会晕过去。等会就会缓过来的！"

"兰妮，你可吓死我了！"父亲带着哭腔。

"兰姐，你何苦要这么不保重自己，弄成这样！你要赶快醒过来啊。"有余也是眼泪汪汪，看着病床上的母亲，自言自语。

父亲找来条凳子在母亲的病床边坐下，握着母亲的手，把头深深地埋在了被子里。

白色的床单，白色的被套，连枕头也是白色的。刚刚还是身着白色丧服的有余不由得叹了一口气：奶奶终究没让他见上最后一面，无言的悲哀、伤痛在有余的心里蔓延。自己的母亲竟然一去不复返。到底是什么原因会让她舍弃三兄妹而去？总有谜团在心里。然而，人不能因为有谜团有疑惑就放弃未来。所以，他引领弟妹们努力读书，每个人只有成就了自己的梦想，才有资格去谈孝顺父母。或许等到兄妹们都有出息了，母亲也就回到了我们的身边？有余舅舅这样想着，竟然畅快了一些。看到之伦哥趴在被角上睡着了，有余舅舅又看了看吊针瓶，点滴完好。

第二十四章 大恸惊晕厥

有余到外面买了点点心回来,放在了床头桌上。

床上的母亲的手动了动,母亲醒了!

有余示意母亲喝水。

"嘘!"母亲看睡着了的父亲,示意有余舅舅别发出声音,让累坏了的父亲再睡一会儿。

"姐,你吓到我了!"有余绕到床的另一边,对母亲压低声音说。

"应该没什么毛病吧!"母亲不以为意。

"姐,你还是改不了老毛病。逞强!你都有孩子啦。还这么不注意自己的身子可不行。"

"好好好!都听你的。"母亲看着这个表弟,心中充满怜爱。

"你呢,在北京读书,怎么样?肯定特别好吧。"

"挺好,大家都是鼓足干劲,力争上游。学习自然也是如此!"

"还有两年就毕业了吧?"母亲记得的。

"是,将来还不是随国家统一安排,安排在哪就是哪。"

"现在国家培养先进人才,你要争当先进,到祖国最需要的地方去!"母亲说。

"当然,都是统一分配的。"有余望了望睡着了的父亲:

"姐,姐夫对你还好吧!"

"榆木疙瘩,就那样!对我,还是没得话说的。"母亲笑笑。

"姐夫对你好就好!我还有点担心呢。"有余舅舅欲言又止。

吊瓶的点滴往下滴落,又让母亲的心往下一沉:"莫非有余要问他母亲的事情?如果他问了,我该怎么回答?是如实相告,还是继续隐瞒,等待一些时日?"

母亲微闭双眼,看起来很累。终于还是阻止不住有余的询问:

"兰姐,你最后一次见到我母亲就是去乡公所那次吗?"

"什么?我和你姐那次去乡公所没见到你母亲呀!"父亲迷迷糊糊,

听见有余舅这么一问，父亲回答得比母亲还快。

"你醒啦？！"母亲见父亲醒了，拿着床前桌上的点心就给父亲吃。

"哦！姐夫醒啦，吃点东西。我先出去一下。"有余没有继续追问。

"兰妮！你看我又睡着了。你醒来我都不知道。真该死！"父亲看到母亲醒来，脸色没有先前那么苍白，放下心来。

"什么'死'不'死'的？这么大个人了，一点不会说话！再过几个月就要做爸爸了，一点没长进。"母亲笑骂。

"你们母子平安就好！刚刚我吓得腿都是软的。"父亲也不怕母亲笑话。

"兰妮，你不要命了！怎么能和有余提他母亲的事？"父亲不无担心。

"我还没说什么，就被你糊里糊涂打断了话题。"

"目前不知是一种怎样的形势，这事千万不能说。虽然又划归了山林，又重新分配了土地，但还是不说为好。"父亲说得好像有理。

"有长进了！你去找医生，我打完针，就回去。"母亲也觉得父亲打了圆场，是最好的结局。不管怎么样，不能让大舅外婆的灵魂不得安宁！

满舅外公和有余舅舅一起进来，听母亲说不想住医院，要回去住。就跟医院商量，要了一副担架，母亲躺在上面，由几个男人抬着，把母亲抬到了高峰。护士反复叮咛：

"不能再乱动，不能再动怒，更不能大悲大痛！否则动了胎气，孩子怕是难救！"母亲吐着舌头，听着护士的话。

"哎呀，还真不敢了！"

奶奶对几个护士和几个帮忙的也是千恩万谢：

"您们真是好人啦，救了我媳妇和孙子。哎呀呀，有余舅舅可真是一表人才啊！今儿来了，就多住两天再走！"

有余被夸得红了脸。

第二十四章　大恸惊晕厥

　　父亲再也不敢要母亲做事，只要母亲安心养胎。母亲赶制着小孩衣服，一件又一件，各色各样的小衣服把母亲的脸映得通红。月缺月圆，绵密的针线缝走了夏雨，缝红了秋果，也缝香了桂花。

第二十五章　欢喜添"龙凤"

母亲正在做针线活儿,外面人声喧嚷。村里许许多多的伯母婶子都聚在我家门外,她们大都听说母亲怀孕了,都赶着跟母亲来贺喜。因为母亲平日里,只要知道有哪家妇人或者媳妇临产,母亲就会跑去,替她们接生。要不就会一边帮忙,一边陪她们唠嗑。

因为外婆难产而死,母亲心里总有些后怕,只要听到谁家媳妇要生孩子,母亲就不由得打个寒战:"妇人生孩子,就是在阎王面前打个转!"加之爷爷是这么教育儿子儿媳:"帮人难处,人家会一辈子记得你们的。"

那时公社卫生院没有妇产科,富贵人家生孩子一般要到县里医院去。大多数农村妇女生孩子都选择在家里生,请接生婆。母亲帮助过很多农村妇人生孩子,见得多了,自然就成了当地闻名的接生婆(虽说还年轻,人家也是这么叫的)。只要哪家妇人要生孩子,别人就都会说:"赶快去叫伦嫂子!她是里手。"

这些受过母亲帮忙的村妇们听说母亲怀孩子了,在家里休养。那种热闹程度可想而知。

"我生我儿子的时候,胎位是有些横着的,肚子痛了两天,都没出来,我全家人急得团团转,幸好伦嫂子从老远赶去,慢慢地把胎位摸正,第二天晚上才生了出来。是个儿子,可把他爸喜坏了!"一个虎背熊腰的

第二十五章　欢喜添"龙凤"

大个子妇人说。

"哎呀，堂客们生孩子真是造孽！我生我女儿之前，也没啥征兆，我坐在火塘旁边生火，肚子痛得不可开交，我动都不能动一下，我们家的那位又在出工，幸好我家大宝在，我叫大宝去喊伦婶。兰妮赶到时，我正在火塘旁痛得打滚。幸亏兰妮有见识，从床上拖了一条被子，就铺在灶下，她把我慢慢地移到被子上，她发现我羊水破了。就说：'嫂子，你这孩子就要下来了，我赶快去拿包被、剪子，同时要烧水，你用一把大力，你这是二胎，肯定快！'我就照她讲的使劲，还真下来了！兰妮给孩子剪了脐带，边剪边说，'万一是你一个人没办法，孩子出来了，你自己也可以给孩子剪脐带，记住：剪脐带前要捋干净脐带血，男婴剪脐离肚脐眼一拳零一指，女婴剪脐离肚脐眼一拳！'然后兰妮把孩子包好，把我又帮忙移到房里，她才放心离开！那次把我吓得半死。幸亏是兰妮及时赶到了。"隔壁张嫂子充满感激地说，边说还边往里屋张望。

"你们没瞧见我生二凤，三龙，真是惊喜！我把二凤生出来，她爹一看，又是个女孩，有些不高兴，一边往外走，一边嘴里还嘟嘟囔囔：'肚子这么大，看起来就是个男孩子。怎么又是个女儿！'我气得要死。'男的真没一个是好东西！我生小孩痛得都快麻木了，他还在埋怨我没生个男孩。因为晚了，接生婆说要回去，我气鼓鼓的，就打发点辛苦费，说'您老回去吧！胞衣等下会下来。我自己弄就好！'这时，兰妮正好来看看：'她要回去？那我在这里等胞衣下来再走，你还是好生休息！'等了半个小时，胞衣还没下来，兰妮觉得奇怪。就问我：'你有没有感觉什么不同的？我说：'就是麻木得很，没感觉。'兰妮就说：'让我看看怎么回事，这么久了，胞衣还不下来！'兰妮一看：'阿姐啊，你真是痛得没知觉了，我试着探了探，还有一个在你肚子里，头皮离出口只有一指长了！'然后兰妮给我弄了红糖煮鸡蛋，我吃了之后，加把劲才生出来，是个男孩。我就叫他三龙，孩子爸在路上听说又生了个男孩子，高兴得把兰妮要当亲妹子看！兰妮接生之后还偷偷抹眼泪，说：'听我外婆说，我妈生我时，也像你这种情况。可是我妈就没你这么幸运哦！'"李嫂子说的声调可不低。

……

母亲听见外面闹得厉害，挺着个大肚子到了堂屋：

"这么吵，都说我什么坏话呀？"

"兰妮，才几个月不见，你的肚子就这么大了！几个月啦？你一定是瞒了我们日子！"

"兰妮，你这肚子还真是大，我们到快生了，肚子还没有这么大！几个月了？"

"兰妮，到快生时，我的肚子比你的还大！你怕莫是两个吧？兰妮，你想要男孩还是女孩？"李嫂子很亲热，走过去摸母亲的肚子。

"快了，快了，也快足月了。"母亲说这话时，脸上洋溢着幸福的红润。

这些伯妈嫂子都是这么好，有拎鸡蛋的，有送小孩衣裳的，有送红糖片糖的……母亲一一谢过她们：

"乡亲伯婶姐妹们，你们太好了，大家也都是为我高兴，还特意来看我。我哪里过意得去？要不，大家都在我家吃饭？"

"哪里还敢要你做饭！你好好养着吧。等生完孩子再给我们做饭！"乡亲们都心疼母亲，怕母亲累着，各自散了。

只李嫂子和母亲进房唠嗑。

"兰妮，你肯定想要个男孩？"李嫂子直言不讳。

"管他是男是女，平安健康就好！"母亲也不多想。

"之伦哥肯定要个男孩，女儿有顺儿嘛！还有你家婆婆，肯定想你生个男孩！"李嫂心直口快。

"也是实话。他们家三代单传！但我想要个女孩，女孩孝顺。"母亲似在沉思。

第二十五章　欢喜添"龙凤"

"总之，只要生得快，大人孩子健康平安就好！"

两人唠着，不知不觉天都黑了，李嫂子才离开。

奶奶已经把晚饭做好，等着母亲吃，母亲托扶着大肚子送了李嫂几步，进家门来时，奶奶喜滋滋地对母亲说：

"妹子，你肚子挺大，大得有点反常，我看是两个。你真有怀毛毛的命，又不呕吐又不娇菜，什么都吃得。最好啦！你看我今天做了鸡蛋羹，秋南瓜丝。你看合口味不？"

"妈！两个啊，养不活咧。现在，我这身子不太方便，都要辛苦您给我弄饭吃，我都过意不去！"母亲半开玩笑半当真似的回答奶奶。母亲觉得自从公公去世后，婆婆对自己挺好，并不像公公以前所说的那么小肚鸡肠。而且还经常想法子做点开胃的小菜，让自己多吃一点。

"妹子，蒸蛋羹，好吃吗？我放了一点点石膏水。"奶奶瞧着母亲的肚子，就乐。

"嗯，真好吃，又滑嫩又鲜香，还有淡淡的石膏味！"母亲对奶奶的手艺赞不绝口。进而觉得，如果真像奶奶说的那样，生了两个，那可真难养活啊！又反过来想，自嘲地笑笑，要是两个，那倒又省事了。

有天傍晚，父亲下工，带了一条半斤左右的鲫鱼回来，说是要给母亲补补，养养胎。

"兰妮，你是两个人吃，现在肚子饿了吧！我搞鲫鱼煮白米粥给你和我们的儿子吃。"父亲瞧着母亲圆鼓鼓的大肚子，视线又向上移动，发现母亲的脸上胖了一些，脸色红润，闪着安谧的神情。看着母亲，父亲很满足。多少年没有这种感觉啦？父亲想，只要再有个把孩子，家里就更热闹了。想着想着，父亲不自觉地笑了起来。

母亲发现父亲的异样。

"之伦哥，你怎知道就是儿子？我就要女儿。你刚才在笑什么？"

"我没笑啊！"父亲辩解，其实还在笑。

"说呀,笑什么?"母亲顺手拿到旁边的笤帚,指着父亲。

"我说,我说,我刚突然想到咱爹说的话,'我们家之伦是要靠兰妮发家的,你看咯,将来一定会的'。咱爹讲这话的样子,我还记得清清楚楚。说真的,咱爹对你,那是比对女儿还亲哟。"父亲闪着眼睛对母亲交代。

"原来你是笑我!看你还笑。看你还笑。"母亲拿着笤帚追着父亲打。

"快别追了!等下动了胎气。"奶奶连忙出来制止,"伦伢子,你这么大个人了,还撩撩打打的。都快足月了,指不定随时会生!"

奶奶话还没说完,母亲就觉得肚子突然一阵绞痛,接着一下一下地紧连着痛。

"不好,要生了!之伦哥,快把我扶到床上去!"母亲连忙招呼父亲过来。

父亲一把横托着母亲,把母亲托到床上平躺着。

母亲感到肚子一阵一阵钻心地绞痛,然后感到羊水破了,奶奶赶快请了对门的接生婆过来。

父亲赶紧在厨房炖鲫鱼白米粥,听说这种粥给待产的孕妇吃,既催产又催奶。

母亲明显感到孩子在努力地想出来,但是感到自己的力气不够。奶奶握着母亲的手,焦急地说:

"妹子,加把劲,就快出来了!你因为平时喜欢活动,才发作不久,就有现在这种状态,是最好的。到底是年轻,好生养!"奶奶又喂了母亲几粒煮熟的红枣,"妹子,再加把劲,就快了。"

"应该是快了!兰妮善事做得多,生孩子来得这么快的少。"接生婆也说。

"咦哟!"母亲努力加了把劲,一声尖叫。紧接着,一个孩子的头就出来了!

"出来了,出来了!是个男孩!"接生婆大叫,她拎着孩子的脚,倒

第二十五章 欢喜添"龙凤"

过来，在孩子屁股上轻拍了一下，孩子"哇哇哇"地响亮地哭了起来。

端着鲫鱼白米粥站在门口的父亲听到接生婆的话，脸憋得通红，"哎呀呀，我终于有儿子啦！"

然后快步走近床头，凑近母亲，说："兰妮，你辛苦啦，没力气了吧！快吃点鲫鱼粥增加体力！"

"我还没生完咧！好像肚子里还有孩子在动。"母亲气喘吁吁。

接生婆走近一看，另一个孩子的尖尖的头已经出来一点点啦。

"啊呀，真的。这个又快要出来啦！"

"嘣"的一声，另一个孩子呱呱坠地。

"这是个女孩！伦伢子你上辈子积德啦，龙凤胎！"

父亲都喜傻了，站在母亲床头一动不动。这时顺儿从堂屋跑了进来：

"哦，哦，哦，我有弟弟妹妹咯！"

母亲力气用得差不多了，这时父亲缓过神来，赶紧将装有鲫鱼白米粥的勺子送到了母亲嘴边，母亲吃了几口，沉沉睡去。

生活就像一个转动的辘轳，过程相似，而结局却迥然不同。第二天，父亲坐在母亲床边，和母亲商量给孩子取名。

母亲正在奶着孩子，因为发奶及时，奶水还足。父亲看着男孩吃奶，摸着孩子的小脸，调皮地笑：

"就你吃，就你吃。给我吃点咯。给我吃点咯。"

母亲点着父亲的头，笑骂："尿不死你！"

父亲看着孩子就笑："兰妮，谢谢你，你是咱们家的功臣！"

令母亲焦灼心痛的是，女婴吮吸奶头时，吸了半天吸不出，"哎哎"大哭，后来经过无数次的反复，终于可以吸出来，已经是满头大汗，并且那小嘴上唇喔出了一个水泡泡。

母亲吻着她的小粉脸蛋，说：

"造孽，你怎么没有哥哥这么大的力气哟！"

从此，顺儿多了一个弟弟，叫孝儿，多了一个妹妹，叫纯儿。

第二十六章　婆媳乐天伦

奶奶每天手中抱着大孙子，摇啊摇，看啊看，拍啊拍，要顺儿说：

"顺儿，你看孝儿像不像你爹？本来你爹也就像你爷爷，这代代相像代代传哦！"

"奶奶，像呢，像呢，又像爹爹又像爷爷。本来就是一家人啊！"顺儿大了就是会说话。

孝儿呢？半眯半睁着眼睛望着奶奶，嫩毛伢子什么都不懂，只有时突然咧下小嘴，好像在笑。

奶奶乐颠颠地把孝儿抱给母亲："顺儿说孝儿又像他爹又像爷爷。我看他还真像老头子！"

"妈，看您说的，本来之伦哥就是阿爹脱了层皮，一模一样，只是年轻点。"

"是的，是的。太好了！我们家这下好了，还真应了你爹所说的！辛苦了你兰妮！"奶奶又去抱纯儿，"你看，这女娃多漂亮，多乖巧，刚吃完奶睡着还在抿嘴呢！"

"妈，这不都是女人家应该的吗？"母亲见奶奶如此高兴，也真松了一口气。母亲想，"也是啊，婆婆在王家没有生养，背地里遭了别人多少闲话。也真难为她了。现在公公去了几年，好在她晚年身体还过得去。"

第二十六章　婆媳乐天伦

这样想着，母亲不由得叹了口气，又对奶奶说：

"阿妈，您放心，以后只要我们有口吃的，绝不会少您一口。这么多孩子，孩子大一些，我还是得出工。您就跟我看娃，过过祖孙乐。"

奶奶抱着纯儿就坐在母亲床边，看母亲给孝儿喂奶，一会儿，顺儿打了些红枣过来给奶奶吃。吃着吃着，虽然牙齿不多，嚼不烂，但是奶奶觉得这是世界上最幸福快乐的事。

待顺儿走开，奶奶把纯儿放在床上躺着，自己从内衣服里摸出一个银镯子，对母亲说：

"兰妮，你真是个好孩子！你刚进门时，有些事，我恐怕没做好，伤了你的心。但我现在懂了，你真是王家最大的福报。这是我陪嫁的镯子，现在老了，也用不上了，我把它送给你，也是你为王家辛苦了这么多年，我的心意。"

母亲抬眼看时，只觉眼前一亮。这是上好的银镯，光鲜闪亮，内层雕满"福"字，外面雕着两个大"寿"字，雕工精美，字纹纤细精致。

"妈，这么精致的东西，您留着吧！我整天做事，这个也用不上啊！"母亲跟奶奶讲明道理。

"就当我送给王家的功臣啦！别嫌弃我的，也别计较做娘的不是！以后这个家全由你做主。"奶奶说完，就把银镯套在母亲手上，眼睛笑眯眯的。

"妈，瞧您说的！谢谢您！这么贵重的东西，我还真没戴过。我先不戴，我替您先收起来。"母亲边说边把手镯取下来用布包起来，收在箱子里。

奶奶无奈地摇了摇头。

"这丫头怎么这么拧呢？"

"阿妈，好啦！您也别在意。"

正说着，有元舅舅、桂华姨，满舅外公夫妇带着几个月大的劲允，菊元姨带着刚满月不久的谷香，一起来看母亲和毛毛。这下我们家热闹啦！堂屋里坐满了客人，大家忙得不亦乐乎，父亲竟然站在锅灶旁边做饭，奶奶呢，帮忙烧火。顺儿在外面井台旁边洗菜。前坪的大枣树上，枝条被累累的大枣压得高兴地笑弯了腰，梨树叶子沙沙地响，似乎唱着轻快的歌。

只有坐在床上的母亲正准备起身出来帮着一起弄饭，被满舅外婆一把按下去：

"让王之伦去做！就你只晓得疼他。"

"哪有？这么多客人，他招待得过来不？"母亲抢白。

"没事，我们只要吃点饭就可以。主要的是来看看你和毛毛！"菊元姨也不示弱，跟着满舅外婆一气。

"兰妮，真个你会生，一胎两个，还儿女双全！啧、啧、啧，我怎么没有这么好的命啦？老天爷也太不公平了！"菊英姨嘴巴不饶人。

"他们都讲双胞胎是遗传的！这肯定是遗传了我大姐的。要是我妈还在,还不知怎么替兰姐高兴呢？"满舅外公沉默半晌,终于忍不住说话了。

满舅外公抱着孝儿，边看边捏着他的脸蛋："这小子，将来命好着呢！"孝儿脸被捏红了，硬是没哭，瞪着眼睛看着这个捏他脸的人。

有元舅舅抱着纯儿：

"你看这女娃多白净，将来定是富贵花！兰姐，你知道吗？我哥分配到北京电机厂实习。他说，以后还有可能分配回来呢！"

"哦，回家乡吗？"母亲听见这一句，就说话了。

"大哥说，看国家怎么安排！他总会服从分配。"

母亲又"哦"了一声，略有所思。看着眼前的孝儿、纯儿，母亲想起小时候和有余一起上山采蘑菇，一起下河捞虾米，一起爬树摸鸟蛋的日子。岁月真是不饶人啊！母亲笑笑：如今，自己的孩子都降生到了这个世上！那童年的艰难岁月，留下的，都是一些模糊的，并且带着一丝

第二十六章　婆媳乐天伦

美丽色彩的记忆。

父亲弄完了饭，快步走到房里，抱起孝儿，跟母亲说：

"我可不太会做饭，只是弄熟了而已，只看舅舅舅妈，弟弟妹妹们合不合口味？"

"有得吃就行！他们没什么讲究的，来这里，还不是图个热闹，跟你一起开心开心？"

母亲抱着纯儿，来到堂屋桌前，不觉笑了：

父亲弄了一大盆筒子骨炖黄豆，一大盆南瓜，一大盆青椒炒虾米，一大盆煮红圆蛋（圆蛋是用煮筷子的红煮出来的）。另外有一缸米酒。

"之伦哥，这就是你做的菜？"

"是啊！我们俩娘崽在厨房鼓捣这么久，就只弄出来这么几盆！"奶奶笑眯眯地出来搭腔。

"蛮好的，今天兰姐家大喜事，就要大块吃肉，大口喝酒，都沾沾喜气！"满舅外公大夸父亲手艺好，酒菜味道够劲！原来是奶奶拿了一个银圆才弄出来这一桌酒菜。难怪这么好的味道！这么丰富的内容！

草长莺飞，杂花生树，静美秋叶，冬蕴雪芽。过年的门槛上总会坐着一个啃着筒子骨或者猪脑壳肉的男孩。门边的小凳上会坐着一个吃着小碎肉的女孩。

他就是孝儿，我的大哥。她就是纯儿，我的二姐。

大姐顺儿会在禾坪的枣树下唱歌，唱的歌曲清亮婉转，很多人都喜欢听顺儿唱歌。

父亲和母亲会在厨房里忙，奶奶在母亲房里烤尿布片，把尿布片烤得热烘烘的，让我的大哥二姐舒服极了。

一家人围坐着吃年夜饭，母亲尽量把年过得丰盛而圆满。

二姐不小心碰下去一个饭碗，破了。母亲也不恼：

"碎了好，碎了好，岁岁平安！"

大哥每次都不知道那个很大的"鱼"是用木头做的，总要去夹它几下，母亲总会止住大哥的筷子，说：

"年年有余！年年有余！'鱼'是要到正月十五才能吃完的。"然后母亲就会夹一些别的菜放到大哥碗里，大哥就忘记了"鱼"的事，继续吃着他碗里的饭菜。

大姐顺儿总是会早早地吃完，等着收奶奶吃完的饭碗，然后一起洗碗。

火塘里的火将顺儿的脸映得通红，心里的火苗渐渐地也被有心人点燃了！

他是一个流动性比较大的煤矿工人，姓施，虽说是一个煤矿工人，却满脸儒雅，文质彬彬。因为见过大姐几面，竟不能忘怀，就托人来说亲。

母亲一见到顺儿那烙红的脸就明白了几分，但是还是把大姐喊到身边：

"顺儿，你看他怎样？人倒是真热诚老实！"

"……"顺儿不作声。

父亲这时走过来，问：

"顺儿，你要是没其他合意的，小施倒是真不错！你呢，因为家里穷，也只让你读到高小毕业。一个农村姑娘，能找一个吃国家粮的，安安稳稳地过日子，未尝不是一件好事！"

"之伦，这事，不能霸蛮！还是要听顺儿自己的意思。"母亲小声跟父亲说。

"我晓得！"父亲也是谨小慎微：

"顺儿，阿爹还是想听听你的意见。"

"我听爹的！"顺儿芳心暗许。

一米六七的个子，白净的肌肤，浓密的秀发，苗条的身姿，并且能歌善舞，农活家务，样样来得。顺儿可真是山里飞出的金凤凰。

第二十六章　婆媳乐天伦

顺儿嫁入施家，街坊四邻都夸顺儿是个好姑娘。

那天，孝儿纯儿正在板栗树下玩耍，大姐和大姐夫回来了，他们拿着小糖果，蹦蹦跳跳地跑回来告诉母亲：

"妈，妈，姐姐姐夫回来啦！"

母亲喜出望外。

"回来了就好，回来了就好！"

俗话说得好："不是一家人，不进一家门！"大姐夫既是个实在人，又是个勤快人。一进家门，就帮着父亲封地窖，汗流浃背也在所不辞。

大姐越发保养得好啦！苗条的身材，合体的服装，引来天马山人艳羡的目光：

"顺儿真是命好！找了个吃国家粮的，而且脾气性格这么好。你看她男的，一点都没有架子！不像有些吃国家粮的，看不起农村的堂客！"

顺儿笑笑，也不搭话。只高兴地把手里的糖果分给左右乡邻："吃吧！吃吧！家里还有呢。"

午饭的时候，大姐说，同车到这里的还有几个从外地回来的大学生，说是要支援家乡建设。

"外地来的大学生？"母亲迫不及待地问。

"见到有余舅舅没？"

"妈，我倒真没留意。再者，我也真记不清楚有余舅舅的样子了！"

第二十七章　亲情暖姐弟

"我也记不清楚有余舅舅的样子了！"大姐正说出了母亲的心里话，母亲的耳边响起了一声闷雷，这时，"啪啦，啪啦"，西方的天空浓云翻滚，乌云下面似有火星，惊人的雷声，此起彼伏。一时间，整个山村，乃至中华大地暗流如潮，掀起了一场前所未有的风暴。

母亲心里的潜流也如乌云般翻滚，有余靠着自己的努力，一举成为北京工程机电大学的高才生，被分配到北京机电厂负责技术。"知识青年到需要自己的地方去"，各种各样的各行各业的有学识、有文化的中年、青年群情激动，愿意到全国各地的农村支援祖国建设，大干一番。"有余会不会真回家乡，为改造美丽家乡而做出应有的贡献？"母亲这样想着，屋外狂风大作，枣子树被摇得枝条乱舞，有些枝条都被吹得掉落在地上，木瓜梨上的梨子几乎全被吹了下来，有的掉落在了树下的杂草里，有的砸在地面，白花花的梨肉被摔开来。红花梨树上的叶子被吹得呜呜作响，有一大块树枝被拦腰刮折，"哐啷"一声，树枝尖斜斜地插在了地面。空中树叶碎飞，这些碎叶携卷着急促的雨线在空中游走，一会儿飞到这边，一会儿又飞到那边。

母亲收拾好屋里，把三岁的哥哥二姐打理停当，父亲说，社里好像说有一些文化人要到队里劳动。

第二十七章　亲情暖姐弟

入夜时分，外面的雨似乎小了些。有人来敲门。母亲打开门，真的是有余舅舅：

"兰姐！我被分配到你们村劳动，同来的还有几个同事。"

有余舅舅全身几乎湿透了，头发、脸上、衣服上全滴着水。母亲讶异地把有余舅舅迎进屋，拿了父亲的干爽衣服给他换了。父亲赶紧起来烧火，给有余舅舅煮红薯粉条。

母亲等有余舅舅吃完就赶紧让有余舅舅安置，一夜无话。

有余舅舅老老实实地在生产队里当了一个计工员。有余舅舅这么想，既然回到家乡，就要为改变家乡的落后面貌做贡献。母亲也赞同有余舅舅的想法。

何况这时的天马山，是集体田和自留地双轨制。集体田还是按包工计工分。包工就是以工作量计算工分。当时天马高丰的包工活有"收稻子""打土坯""搞竹编""割猪草""喂猪"。"收稻子"一般是包工，因为要赶时间，赶天气。稻熟的季节，怕变天，错时，譬如稻子熟了，一场暴雨足可以毁了收成；再譬如稻子熟透了不收遇到暴晒，一碰谷粒就往下掉落。所以收稻子得"抢"，因为还要"抢"时间插晚稻，称为"双抢"。这时候就用包工的办法，譬如收一亩给多少工分，以亩计算。父亲有一天早上收一亩稻子，挣40个工分。"打土坯"和土坯往烧砖的窑里装、往外出，都靠人背，背多少，数块数，按块数算工分。还有生产队的牲口要吃青草，队里要积肥，如果你去割草、拾粪交给生产队，论斤数算工分。"搞竹编"就是从山上砍下竹子，细剖成竹篾，编织成箢箕、谷箩、篮盆、簸箕之类。这么多的包工活，这时的高峰其实也不是"大锅饭"了。母亲包了队里的"喂猪"的活。而母亲和父亲在后背山上开垦的五亩山地就成了自留地。

所以，那时，家里虽然孩子多，但是穿衣吃饭还能维持。有余舅舅告诉母亲，城市里的工业倒是相反，从一穷二白的基础上建立起来，基础薄弱，北京的工业区尚且薄弱，更不用说其他全国各地。而农民们给予了极大的资金积累和支持。生产队员们都历尽艰苦为国家做贡献，农民们的苦也没有白吃。母亲也常常说，要不是那个时代全国各族人民支持农村，再加上农民们的大贡献、大吃苦、大修水利，大集公粮支持基础薄弱的工业，哪里会有今天的发展？广大农村形势的发展是喜人的。

母亲说："没有共产党和毛主席，哪里有现在农村如此的好日子？不但不愁吃，不愁穿；小孩上学，小学五年，学费一个学期五毛钱。中学时一个学期二块五毛。顺儿读到初中毕业，一个月还可以领取两块钱助学金，一年二十四块，除去一年五元钱学费，还剩十九块，购买学习用品还花不完，还可以给家里买点油盐。真的，没有共产党建立的新中国，世代佃农贫农的我们也不可能有今天。"

与有余舅舅一同到我们乡的还有七八个人，但在我们队的就只有两个人，一个叫肖玉香，大姑娘；一个叫雷战生，男青年。

有余舅舅曾经跟母亲提起过这个肖玉香。说肖玉香是他大学的低一届的校友，有一次在图书室认识。说来奇怪，见过第一次面后，肖玉香就经常找机会和自己聊天，经常说什么见头一次就觉得好像在哪里见过，但就是想不起来。母亲怔了一下，就说：小青年，有这样的感觉也没有什么奇怪的。

雷战生，是个抗日战争时荷花荡里的娃娃兵，水里功夫极好，1960年参军，转业后因军功多，就到大学去深造。他很是稀罕肖玉香，肖玉香走到哪，这个雷战生就跟到哪。

当时母亲在帮集体喂猪。母亲看肖玉香就是个细皮嫩肉的姑娘家，就跟队长申请，让肖玉香帮着母亲一起喂猪，包干了扯猪草的活儿。

肖玉香首先扯草时，也不知道哪些草是生猪能吃的，第一篮草扯回来，母亲告诉她：

"妹啊，这种草生猪都不能吃的，像蛇死草、臭牡丹、蛇乌泡、夹竹桃，

第二十七章 亲情暖姐弟

都是极厉害的有毒的草,生猪吃了,会被毒死的。"肖玉香听了,把一篮子毒草全倒进了河里。母亲带着她去认识一些生猪能吃的野草,像嫩青蒿、灰灰菜、白菊花、木耳草、糯米草、竹叶草、车前子……如此种种,母亲教一种,肖玉香就记一种。

母亲扯着一把青蒿嫩苗说:"比如,青蒿,是我们山区普遍生长的野草。嫩芽可以做菜,做粑粑,长大以后,会开花,老茎、枝叶、花都可以入药,有解暑、凉血、止血、去湿毒等功效。我们这个地区,山坡上,河礓边,田埂上,菜地里,随处可见。虽然味道有丝丝清苦,然而苦过之后,它对身体可大有益处啊!"

"兰妮姐,你懂得可真多!"肖玉香看见这个凹地里,果然到处生长着油绿的青蒿,嫩嫩的。她一边扯了一把,一边羡慕地对母亲说。

然而,在山坡上,在小河边,在千家冲的池塘礓,肖玉香扯一把草,就要哭一次。大太阳底下,或者双脚站在水里,或者爬上山坡,她觉得累啊!她嘤嘤地哭。母亲也不理她,等她哭完了,就让她把装满草的篮子提回猪场去。

雷战生在另外一个小组干着劳力的活,还时不时望着养猪场这一边。

快到黄昏的时候,雷战生就会跑到养猪场来,"玉香,玉香"地喊。有时,为了讨好,他会穿着一双大套靴,使用扒头帮着把猪栏里的猪粪扒到箢箕里,然后担到菜地去。母亲看着这个大个子战士,笑了:

"这小子,倒是对肖玉香蛮有心。但是恐怕是剃头挑子一头热哟!"

肖玉香也笑:"兰姐,他人倒是蛮好的!就是直肠子,藏不住话。兰姐,你认识有余吗?他也是来了我们这里支援农村建设。他可棒了,而且长得文质彬彬的。"

母亲琢磨着肖玉香的话,却也不忘接茬儿:

"认识,他暂时住我家里。你跟他很熟吗?"

"我们是校友。我总觉得我和他好像认识了好久似的!不知怎么回事，看着他，就觉着他很亲切。"肖玉香觉得兰妮姐对她极好，帮她渡过了很多难关，教她明白很多事理。她觉得这些东西，在原来那个家庭，都没人教过。在大学，这些更没人教。在兰妮姐面前，她拉开了话匣子。

"你对有余这种感觉有多久了？"

"我第一次见他就有这种感觉！"肖玉香也不害臊。

母亲没有搭话，只是觉得这姑娘，也太成熟懂事了一些。转过身来，又为有余窃喜："这如花似玉、细皮嫩肉的妹子竟然看上了你，我的有余表弟！"

晚上见到有余时，母亲聊起了这事：

"老弟，好像肖玉香对你蛮有好感哦！"

有余正在核对社员们的工分，听到母亲说话，抬起头：

"兰姐，你说什么？"

"我觉得肖玉香对你很稀罕。"母亲像是回答又像是自言自语。

"姐，你说她哦！她总说好像好久以前就认识我似的。而且在大学时常常到我宿舍来找我聊天。我呢，看她很像妹妹一样！但是……"有余舅舅不说话了，脸不自觉地红了。

"你对她有感觉没有？"母亲追问。

"没有，就是觉得她很亲，很熟悉的感觉。"有余舅舅也不讳言。

"那不就对了？"母亲嘲讽似的看了有余一眼，"还说没感觉！"

"大雷最喜欢她了！他都为了她追到这里来了，我怎么能夺人所爱呢？"有余舅舅说不出什么，也显得不是那么热切。

"这当然关键是看肖玉香，她稀罕谁就是谁！"

其实母亲也琢磨不出一个所以然来，既然是觉得亲，怎么就不会好上呢？这大男大女的，难不成还有别的什么渊源？

昔日的尘埃，好像再也不会飘飞在阳光下，"文化革命"的干部也不曾踏进这孤寒边鄙的山野。天马山一切如旧，生活越来越好，农民的日

第二十七章 亲情暖姐弟

子也是越来越滋润。只要家里没人生病，正常的工分收入和包工的分红收入，让60年代末的农村呈现一派欣欣向荣的景象。但尘封的旧事，母亲无时无刻不在挂怀。有余的身世只有母亲知道，然而母亲又能有什么法子呢？既然打开无益，不如继续封存。只要天欲破晓，没有什么乌云、灰霾可以遮挡得住太阳的光芒。

第二十八章　创新刘有余

"今年的晚稻产量是特别的高。"有余舅舅边记录边看着就着大太阳晒出来车出来的二季稻，高兴地跟车谷的社员们说。有余舅舅挥着笔杆，灵动而流利地记录着每担谷子的重量，并快速地算出亩产。晒谷场上，扬场的扬场，梳谷的梳谷，车谷的车谷，装仓的装仓，农民们各做各的事情，每当走到有余舅舅的身边的时候，就会欣喜地看着有余舅舅算出来的各种质量田地的产量，笑容从脸上蔓延开来：

"可真是辛苦了你这个大知识分子咯！有余。"大伙都这么跟有余舅舅打招呼。

"这都是我的分内事呢！"有余舅舅也会笑着礼貌地跟乡亲们打招呼。

年轻姑娘晒着晒着谷子就会把脸转过来瞄一眼坐在阶基上专注自己的事情的有余，进入遐思。秋日的阳光投射在屋檐上，在阶基上留下一明一暗的分界线，阳光斜射在有余英俊帅气的一边脸上、头发上，以及他正在写字的右臂上，成了高超的神奇画手，勾勒出一幅明暗鲜明、活力迸发的人物画！侧面是油绿的远山，有余坐在阶基上，静逸儒雅，无须言语，让人沉静；前方是金灿灿的铺满晒谷场的稻谷，人影幢幢，热火朝天。

第二十八章　创新刘有余

这个淳朴的山村，并没因为有余有知识懂技术就把他推到一边，也许是山村确实需要这种知识人才，也许是年轻惹的祸？

肖玉香刚刚将一篮猪草送进了养猪场，跟母亲扮了个鬼脸就往晒谷场这边来，老远看见有余舅舅坐在阶基上，横穿晒谷场而来，踩着谷子嘎吱嘎吱响，引来众人聚集的目光。

肖玉香，此时一件白底带玫红碎花的棉毛衫衣，围裹在她丰润的上身，青春凸显，一条劳动布裤，穿在她的身上，也是那么合体，腿形修长，腰围纤细，处处充满着撩人的曲线。她走近了阶基，停驻，仔细端详着有余，似在探究有余的思绪；感动，他专注于自己工作的沉稳；敬畏，默然承受历史与生活给予他的灰尘。

"嘿，怎么这么入神？"终于忍不住啦！肖玉香知道自己不说话，有余始终不会抬起头来。

"你看你的鞋底上踩了多少谷子？"听到嘎吱嘎吱响声的有余早就意识到是谁，此时抬起头，轻轻说了几句，"知识改变命运，但是知识人并不糟践粮食。我们是来到老百姓这里取经的，可不能胡来啊！"

肖玉香不自觉地看自己的鞋子，连鞋子里有谷子自己都不知道。她赶紧敲掉粘在鞋上的谷子：

"有余哥，我知道了！"然后上了阶基，凑近有余舅舅的本子，看到本上有一个图样：

"有余哥，你在画什么呢？"

"我想在大田里用收割机收割稻子，肯定会节省很多劳动力！老乡们也会轻松很多。"

肖玉香仔细一看，本子上的图案真的是一台收割机的雏形。

"可是今年稻子都收割完了，况且学院也没要我们改进农村的工具啊！"肖玉香不解。

"今年不用，明年用；明年不用，后年用，只要真能提高效率，以后一定用得上的。"有余舅舅坚定地说。

"嗯,有余哥,你比我进步多了!"晒谷场上的农民们都朝这边望,充满着欢乐的笑声:

"有余真是好样的!"

雷战生也踏上了晒谷场,抢占着风车,摇着风车把手,边车谷,边朝阶基上张望。看见有余和肖玉香隔得这么近,就大声地朝肖玉香喊:"玉香,玉香,快到这边来,我来教你车谷。你看,黄灿灿的谷子从风车撮口出来,看着就是一种享受。"这个身材魁梧的汉子,声音洪亮,脊背挺拔,充满了力量与刚劲之美,一边说还一边把风车摇得飞响。

肖玉香听见他当众这么大声"玉香玉香"地喊,一把就飞跳过来,跳到雷战生面前:

"谁叫你当这么多人,而且还当着有余哥的面'玉香玉香'地喊我的?别人还以为你和我真有什么啦!"肖玉香小脸涨得通红,埋怨雷战生。

一脸热情一脸笑意的雷战生突然像霜打的茄子蔫了下去,高仰着的脸也渐渐地低了下来。

"干吗呢?干吗呢?振作些。"有余舅舅似乎觉察到什么,也快步走到风车旁边,拍了拍雷战生的肩膀,"我们好战友,好同事,永远都是好朋友。不跟女孩子计较!"

有余舅舅不来倒好,一看到有余舅舅,雷战生干脆丢下风车,直往晒谷场底下的小路奔去!失望、痛苦与委屈啃啮着这个大个子军人的心,多少场战争,他都坚强地蹚过来了,可是,在这个女人面前,他一直揣摩不到她真实的心意。肖玉香告诉他,要到农村去锻炼锻炼,他说要跟着她一起落户到这个偏远的山村来,肖玉香并没有拒绝;来了以后,肖玉香却再也没有跟他有如何多的话,甚至还有些疏远。她到底在想什么?雷战生怎么也想不通这个女人的心。他奔下去,直接往生产队养猪场去。

母亲见雷战生脸色不对,赶紧拉着他进去。

第二十八章 创新刘有余

"看你兴冲冲地去找肖玉香，却失落地跑下来，发生了什么事？"母亲关切地问。

"没用没用，无论我怎么努力都没有用！"雷战生语无伦次，像斗败了的公鸡。

这时，有余舅舅也赶在后面，追着雷战生跑到母亲这里来。

母亲一并给他们俩端来了凳子，要他们坐下。问他们：

"你们这一个个，都是怎么啦？"

因为明天要杀猪，队员们要聚餐，母亲蒸了几缸甜米酒。母亲端来三大碗米酒，一人一碗。让他们边吃边聊。母亲自己也抿着米酒，边抿边说："吃吧，这米酒真香，也够劲！"

有余舅舅开了口："老雷，我们是老同学，老同事，而且我很敬畏你军功章多，是从死人堆里拼搏出来的英雄。我绝对不会看上你喜欢的女子！你放心。我一直把肖玉香当作自己的妹妹看待。"

听到这话，母亲诧异地看着有余舅舅，虽然看到了有余舅舅眼窝深处的含义，但是母亲并没有说出什么，只是背过脸去流泪。

听到有余舅舅这么说，雷战生把碗中的米酒全倒进肚去：

"真的吗？你说的是真的吗？但是肖玉香不是一直和你亲吗？她对我一直是不冷不热的。"

"你想多了！我压根儿就没想过！你多好，战斗英雄，常胜将军，肖玉香能跟你走到一起，真是一件让人开心的事！"有余舅舅补充。

"你真是这么想的？有余。"雷战生拍打着有余舅舅的肩膀，"兄弟成全，是我最大的荣幸！"

雷战生喝完米酒，满足地走出了养猪场的大门。

母亲拉住有余舅舅：

"有余，你疯了吗？你怎么能这样去承诺雷战生？"接着也喝干了碗里的米酒。

有余舅舅的脸黯淡了下去:"兰姐,你知道什么?我能怎么样?雷战生,革命烈士之后,战斗英雄,无数场的战争,他抛头颅洒热血,救护同志、战友,优先保送上大学。我拿什么和他比?母亲下落不明,甚至还有人传言我是国民党之后……"有余舅舅的脸悲戚得有些扭曲,痛苦地发抖:

"兰姐,你告诉我,你最后一次见到我母亲是去乡公所那一次吗?我母亲到底到哪里去了?她一个女人家又能去哪里?"

看到如此痛苦的有余舅舅,母亲只想把藏了多年的秘密痛快地告诉有余,一吐为快。但是,理智告诉母亲,现在绝不是能说的时候!母亲的心一阵一阵揪扯得疼痛,大舅外婆风悲雨摧的奇耻大辱,大舅外婆去世的模样,和父亲一起掩埋大舅外婆的悲惨场景,都一一在母亲的眼前浮现,母亲一声号哭,冲出了养猪场。

有余舅舅觉得母亲醉了,紧跟着母亲回到了家里。

父亲见状不妙,赶紧扶着母亲睡下,在堂屋安抚着有余舅舅:

"有余,你快回房去歇着!你兰姐多年不曾喝酒,今天这米酒怕是太醇了。她也许是醉了!"

之于母亲,之于有余舅舅,生活同样是如此残酷。岁月流逝,历史积淀,对母亲和有余都不公平!母亲承载得太多,有余舅舅懵懂太多。他们的隐忍和挣扎又能给生活带来多少明丽?

母亲昏昏沉沉倒在床上,父亲给母亲洗了脸。

"之伦哥,我今天就差一点说给有余听了,我实在是受不了!我经常会梦见大舅妈,听见她跟我讲过的话!"母亲的眼泪奔泻而出,多少痛苦的回忆、无奈的悲酸都化作泪水,任它奔流!

"兰妮,我知道你憋得很痛苦,但是又能怎么办呢?原想等着他大学毕业就告诉他,谁知他依然回到山的这一边?我们再等一等,再等一等!"

父亲打理好大哥二姐,挨着母亲睡下,母亲一时梦魇一时呓语,一

第二十八章　创新刘有余

时惊惧一时流泪,父亲不忍睡去。

父亲拢了拢母亲耳边的头发,触摸到母亲眼角的泪水,满腔柔肠,吻干母亲的眼泪,希望自己的温存安慰能平复母亲的委屈和哀怨,负载和重压。

"兰妮,你放心!我永远都会在你身边。"

"之伦哥!"母亲紧紧地抓着父亲的手,父亲的话语让母亲安宁,疲倦的母亲终于在父亲的怀里平静地睡去。

第二天,生产队里庆祝丰收,杀了两头猪,集体聚餐,推杯换盏,谈笑风生,每一桌都说着各自的收成喜事,有余舅舅当众宣布:

"明年,大面积的田地就可以用收割机收稻啦!"

"有余真是我们村的福音!"

"有余是我们村最有知识的人!"

"我们都要向有余学习技术!学习他为家乡做贡献的精神!"

一时间,欢乐嬉笑声,碰杯把盏声,赞美表扬声,互让夹菜声,窗外蛙鸣声互相交汇,融合成一支划时代的山村交响曲。

第二十九章 天降小真女

看着雷战生和有余相继离开晒谷场,肖玉香心里很不是滋味。此时天色渐渐地暗了下来,晒谷场上劳动的人们也渐渐收了工。黄昏过后,各家各户也上起了油灯,这家一处昏黄的光亮,那家一处昏明的光线,星星点点,把整个天马山山麓点缀得异常静谧。

肖玉香默默地走在回落户家的路上,一手拿着晒谷耙,一手不自觉地扯着路边伸出来的树枝或者茅草,心里闹哄哄的。

"玉香,玉香,我来接你!"雷战生从养猪场走出来,径直赶往晒谷场,正和肖玉香撞了个照面。

"你来干什么?你不是气冲冲地走了吗?"肖玉香有些意外,雷战生并不像她想象的那样生气,反而语气柔和,好像没发生什么事似的。于是就调侃起雷战生来:

"我以为你永远不会理会我和有余哥了呢!原来是个急性子!脾气来得快,去得也快!呵呵!"肖玉香清亮爽朗的笑声在清雅静谧的夜里显得格外响亮,让整个天马山,丝茅溪都受到感染,山林悄默默地笑了,山溪也轻快地笑了。

"好啊!你嘲笑我。"雷战生接过肖玉香手中的晒谷耙,就要去拉肖玉香,肖玉香从雷战生的臂弯下一溜烟就闪过去了,留下一串银铃般的

第二十九章 天降小真女

笑声。

群山静默，山溪潺潺。银铃般的笑声洒满一路，雷战生"我让你笑我，我让你笑我"的追闹声也是响满一路。

有余舅舅在家里听着这一低一高，一男一女，一浑厚一娇柔互相交错的声音，拿出一本书来，靠在床头上看着，书是倒着拿了，然而有余舅舅并没有察觉，眼光直直地盯着书本，嘴唇微微嚅动着，然而最终还是心痛地闭上眼睛。书本滑在了地上，有余舅舅也不知道，鼻孔里长长地呼着气，分明眼角似有濡湿。

有余舅舅扯过被子，盖住了脸："我就是一个懦夫！"他狠狠地骂着自己。心脏的搏动急促而又有力，肖玉香的影子在有余舅舅的眼前晃动，有余舅舅又一次闭上眼睛。

"有余哥，我第一次见到你就觉得在哪里见过你！是上辈子吗？"草地上，肖玉香肆无忌惮地横躺着，望着天空中的月亮：

"今晚的月亮真圆啊！有余哥，你看，月亮是你，我就是月亮旁边的那颗最大的星星！"

"你就爱胡乱联想！我哪里是月亮？你是月亮还差不多。"有余坐在草地上，有一搭没一搭地接着话，就是没有把肖玉香拢过来抱在自己的怀里。

"世界上怕是再没有第二个像我这样愚蠢的男人！"有余舅舅咒骂自己，今天又是自己亲手把肖玉香推进了雷战生的怀里。

有余舅舅无法原谅自己的懦弱，狠狠地在被子里跺着脚。然而这又有什么用呢？后悔不迭，悲伤叹气，恍恍惚惚地，有余舅舅终于进入了梦乡！

有余舅舅好像走进了一座大山，前方是树林，后面依旧是树林。一条狭窄的小路，两旁长满了茅草，小路上铺满了松绒。忽然，有余舅舅好像看见了肖玉香，又好像是大舅外婆站在那里！

"肖玉香，不，是妈妈，等等我！"有余舅舅大喊，可是，前面那个像大舅外婆的女人就是没有停下来。

"妈，妈，等等我！我考上大学了！妈，你怎么还不要我们呢？"

有余依然声嘶力竭地呼喊。忽然，大舅外婆停了下来，回头看了看有余舅舅，有余舅舅发现她脖子上的鲜血，红红的一片！有余舅舅吓得大叫！

"妈！妈！你这是怎么啦！"

隔着一间堂屋的母亲听到有余舅舅惊慌的喊声，连忙下了床，摸着火柴，"唰"地划一下，火柴点燃了。母亲点上油灯，端着油灯来到有余舅舅睡的房里。

"有余，有余！你醒醒。"母亲摇着有余的手，有余睁开眼睛，看见是母亲，就说：

"兰姐，我看见我妈了！我妈脖子上有好多血！"母亲吓得倒退了一步！母亲看见有余脸上的大汗，摸摸有余的手，手心也是湿漉漉的。

这时父亲也披件衣服过来了。父亲拍了拍有余的脑袋："怎么，大男子汉，也做噩梦了！"

"姐夫！我怕是喝了点酒，睡得沉了！以前从不做梦的。"有余舅舅掩饰地自嘲地笑笑，然而梦境里的画面让他心有余悸。

"没事！你是搞设计太累了。还有，回到家乡，自然想母亲了吧。"父亲拉了拉有余舅舅的被角，安慰着。

母亲退到父亲身后，脸色惊惶，默不作声，不知怎么安慰有余舅舅。

"兰姐，别怕！也许是我想我娘了！日有所思，夜有所梦。这天也快亮了，明天还要上工呢！兰姐姐夫你们赶快去歇着。"有余舅舅看着母亲惶恐不安，又安慰起母亲来。这样，父亲母亲才终于回房歇息。

但是，肖玉香与雷战生的关系并没有像有余舅舅想象的方向发展。他们更像兄妹，因为他们俩住的农民家相隔不远，所以做完事情就会各

第二十九章　天降小真女

回各家去，虽然有时一路走，但人们也再没有听见雷战生的类似于"玉香玉香"的亲昵的欢叫声。

这让有余舅舅颇为费解。

"肖玉香，你跟雷战生到底怎么回事？"有余舅舅终于鼓起勇气问肖玉香。

"没怎么回事啊！"肖玉香也回答得干脆。

"我总觉得你们的关系有点不对？"有余舅舅又问。

"很好啊！我不结婚，他也不结婚。我们早几天都谈好了的！"肖玉香不以为意。

"你不结婚，他也不结婚，这还没有问题？"有余舅舅急了，"那你们两个要拖到什么时候？他都追了你这么多年啦！"

"有什么问题吗？有余哥。这你总管不着吧！雷大哥知道我心里怎么想的，你知道吗？雷大哥知道我想要的是什么，我想要的是谁爱的是谁，你知道吗？这你管得着吗？我不结婚，他会一直等我，你会吗？"肖玉香连珠炮一般地反问，让有余不知如何回答！

"你可不能一辈子不结婚！那么一个女子有什么幸福可言？"有余舅舅没话找话。

"你管不着！"肖玉香很恨眼前这个榆木疙瘩，竟然不知道自己中意的是谁。

"随便，一辈子也很短，也没有那么难挨。不结婚就不结婚。"肖玉香也没有了以往的对有余舅舅的柔和。

远处的雷战生正对着有余舅舅笑呢！

自从喝了点酒的那一天起，母亲就觉得有些昏昏沉沉，整日里好像提不起精神。纳鞋底的时候想睡，织麻时也想睡，偶尔坐在椅子上，不到几分钟就睡着了。

"兰妮，兰妮！你怎么又睡到这椅子上，赶快到床上去睡！"父亲的呼唤把母亲弄醒了。

"哦,我又睡着啦!我怎么这么困啊?老想打瞌睡!"母亲满眼困意,边打哈欠边说。

"兰妮,莫不是你又有了?"奶奶从房子里走出来,喜出望外。

"那还得了?!已经有一儿一女两张嘴巴了,还来一个,那全家都没饭吃啦!"母亲被奶奶的话吓了一大跳,母亲感觉到肚子里动了一下。心里一慌,算算日子:

"哎呀,莫不是真的又有了?"

"妈,您说真的?兰妮难道是又有了?那就好!我正想着还要一个老来子。快五十了,生一个,可好啦。"父亲眼里闪出异样的光彩。

请个中医郎中来闻脉,果不其然,母亲又怀上了,已成定局。

母亲不想要这个孩子,偷偷地搭着别人的大篷车跑到县医院去打胎,都到了产房里,母亲突然一阵肚子痛,医生问:

"胡兰妮,你怎么啦?"

"我肚子痛!"母亲脸色苍白,虚弱地回答。

"肚子痛,可不能做流产手术!走,走,走,多个把孩子是好事!流什么产?"医生一阵骂咧咧的。

母亲捧着肚子,又觉得肚子里的孩子动了一下,母亲流泪了!突然母亲不想流产了。正好父亲追到那里,把母亲扶着坐上车回家了。

这大概就是我和我的父母的缘分吧。母亲不想生,进了产房,讨了医生的骂,却突然又想留着。父亲批评母亲背着他去流产,说是忤逆了上天给他老来子的旨意。母亲最终又还有不忍,加之父亲坚决要生,终于保全了我。现在想想,如果这个家庭没有我,也许日子要好过很多。然而,母亲终究还是把我留着。发作的那一天,父亲正在田间用牛,听到别人报信,急匆匆地赶回来,我已经生了下来,正眼睛睁得老大,在吸奶。母亲对父亲说:

第二十九章 天降小真女

"女儿,八斤。"

父亲捧着我:"兰妮,你看,这闺女八斤,身体健康,大眼睛,大脑壳,将来一定有出息!多好,幸亏老天爷护佑。"

母亲高兴啦!说什么:"要是个小子,我就会被害死去!幸亏是个闺女。闺女好,闺女好,疼娘!老天爷保佑,留着你好好的!希望你以后实实在在做人,做一个真正有出息的人!"于是父亲母亲给我取名字,叫"真儿"!

哥哥和二姐要抱我,"真妹妹""真妹妹"地叫。

从此,家里的负担又加重了。

第三十章　家国小"卫星"

大哥孝儿看到我这个这么小的妹妹，觉得挺奇怪，问母亲：

"阿妈，这个妹妹怎么这么小，你看那小脚指头，比大蒜粒还小。你看大妹妹一点也不小，别人都说她比我长得高！"大哥边说边不服气，"我是哥哥，她还比我长得高咯。你看烦躁不？"

母亲乐了："在娘胎时，你和大妹妹在一个肚子长大的，只不过你先出来一些而已。当然你们出来时都不大，都不到四斤！"

母亲说着，用右手指轻弹了一下大哥的脑袋："女娃发育得早些，谁叫你不努力长啊？"

"真妹妹就不一样啦，在娘胎时，只一个，她一生下来就八斤！你看看她的脸，滚圆滚圆的。"

哥哥孝儿扑闪着眼睛望着母亲，饶有兴味地专注地听着母亲讲述生他们时的事情。

二姐干脆跑过来，把我的小手从袖子里摸出来："阿妈，你看妹妹的小手手！好可爱。"接着又对我扮了好多鬼脸。

我呢，看着他们，什么也不懂，连"啊"都不会"啊"！恐怕我那时候是最幸福的吧。

从此，母亲一辈子就被这三兄妹牵绊住了，好像从来就不知道劳累似的。她抓着二姐的正摸着我小手的手，说：“以后可要好好带妹妹！”

“嗯。”纯儿显得很懂事。

“阿妈，我和哥哥明年就可以读书了吧，大人们都说七岁就可以读书。”纯儿突然问。

“是呀，你们俩兄妹明年就可以在一个班读书。”母亲开始唱起来：

“小嘛小儿郎呀，背着个书包上学堂，不怕太阳晒，不怕那风雨狂，只怕那先生骂我懒呀，没有学问无脸见爹娘！”

哥哥二姐就跟着母亲唱着这首极为好听的儿歌。奶奶也鼓起了掌。爸爸在阶基上用竹篾织篼箕，不时朝母亲这边笑。屋里充满着欢乐的气氛。

我三朝时，大姐夫和大姐带着他们的女儿婷婷也回来了，婷婷比我大几个月。奶奶放了很多东西在桌子上：布娃娃、银镯、铜钱、毛线、小书、笔。要婷婷和我一起抓。婷婷一把抓了一个布娃娃。听母亲说，我性格迟缓，反应慢，怕是智力不好。隔了一阵才抓住一本书不放。这下大家拍起手来，大声欢呼，说什么“将来真姑娘只怕是个‘书虫’‘书呆子’”。我呢，什么也不懂，只紧紧抓着那本小书不放。

有余过来，正好看到我这样，就跟母亲说：“这个女娃头大，头大君子，头大君子。现在抓了书，将来会读书，兰姐你可要好好培养。”

“那是，三兄妹只要会读书，我尽力量培养！就怕他们不读哦！”母亲一直是这么想的，也是这么说的，更是这么做的。

肖玉香给我买了衣服，也跟着有余后面来了，一见我就轻捏我的脸蛋，龇着牙说：

“小毛毛，就你来得是时候，三朝日还只拿书，让大家这么开心！”

雷战生看到肖玉香买的衣服，一脸的开心：

“没想到玉香妹妹你还那么细致，想得那么周到！”

“你没想到的多哦！”肖玉香看也不看雷战生只调皮地回答雷战生，

又不停地逗着我，偶尔抬眼看一看有余舅舅。

有余舅舅瞅了肖玉香一下，四目相视，玉香脸红了，有余舅舅赶紧把目光收回。母亲一边抱着我，一边招呼大家坐在桌子边，因为父亲请了个师傅做了两桌饭菜，舅外公们和舅外婆们都会过来吃饭。

客人到齐，大舅外公、二舅外公二舅外婆，满舅外公满舅外婆新翠带着六岁的劲允都来了。甚是热闹地吃了中饭。

大舅外公跟父亲聊天，说：

"我们家有元也没读多少书，在家务农，出集体工，还有自留地。现在兴这个，反正城里知识青年也要到农村来锻炼。给他物色了一个本乡姑娘结婚了。"

"桂英由满弟做介绍，嫁给了镇上的一名干事，日子倒还过得下去。现在我倒是蛮担心大的有余，他上了大学，可是又回到村上摸泥巴。都二十七了，个人问题他一点都不着急！真急死人，真是对不起他娘。"

"老二屋里的菊炎也结婚了，找了乡里搞总务的一个女子，叫梁淑香，也是下放到乡里来的，听说蛮有技术。人好身体好，老二都快要抱孙子啦！"

大舅外公喝一口茶，接着说：

"尤其老满家里援朝听话，1965年7月招兵入伍，1968年毕业于哈尔滨工业学校，是强文义教授的学生，现在分配到了最艰苦的荒漠地区酒泉搞研究。"

大舅外公顿了顿，又喝一口茶，望着天空，自豪地说："指不定援朝会为祖国的航空航天事业做出应有的贡献呢！"

父亲唯唯诺诺地搭着大舅外公的话，不断地给大舅外公添茶。

满舅外公边听边跟劲允揩着嘴巴，说：

"你啊，一定要向你大哥学习，成为一个或者保家卫国或者飞上蓝天的真正的男子汉！"

"你还要他保家卫国，还要他搞航天事业！我本来想生个女儿，所以

第三十章　家国小"卫星"

取的名字都像女孩名。这小子,我无论如何不把他送到部队里或者送到很远的地方去了,我要把他留在身边!你看援朝咯,搞航天研究,干的好像是大事业,实际上在那个艰苦的地方,鸟不拉屎的地方,日子够辛苦。这也就罢了,可是我一个做娘的,就是见不到他的面!想着都慌。"满舅外婆新翠不乐意了,嘟着嘴抱怨满舅外公。

原来援朝是1965年招兵,满舅外公找了黑龙江省的老战友,让他在东北那边求学,一个机缘巧合,说援朝小了点,先学习再说,就进了哈尔滨工业学校。由于"文化大革命",学校经历了一次伤筋动骨的南迁北返和院系调整,航空工程、工程力学、工程物理等系相继外调到其他院校,许多专业教师被分到北航、南航、西工大、清华等校,致使尖端专业的学科建设和科研几乎处于瘫痪状态,可谓元气大伤。哈尔滨工业学校就只剩下强文义等几个教授,而且他们的一部分学生已经派到酒泉那个艰苦的地方。这期间哈尔滨工业学校承担的"陀螺漂移测试台"取得了突破性成果,同时,学校在离心机、三轴台、动平衡机、卫星仿真装置、卫星姿态仿真台等方面的研究也取得了重要成果。援朝初到学校,是学的卫星仿真装置的适用操作。1968年援朝毕业后也分配到了酒泉那个荒无人烟的基地。援朝分配到那里,住的是帐篷,吃的是野菜,风餐露宿,一望无际的是一片白茫茫的戈壁滩。有时唯一见到的生命就是大漠里的胡杨:生,一千年不死;死,一千年不倒;倒,一千年不朽。基地里的研究者们,包括援朝也学到了胡杨这种坚韧不拔的精神,为创建酒泉人造卫星发射基地做出了应有的贡献。

援朝先是做一些基础性的工作诸如搭建试验台,后来才越来越靠近自己的专业卫星仿真装置操作。一天工作下来,望着南方的天空发呆、流泪,最后大喊一声:"我是男人,要干男人的事业!"

然后再也不为想家而落泪,成为一个铁骨铮铮的航天人。

在架建"东方红一号"人造卫星仿真台的时候,援朝无数次地架建、拆卸、重组数据、实地勘测，在经历过无数次的失败之后才慢慢接近实际操作数据。援朝是去基地的最年轻的操作人员之一，然而十八岁的援朝工作起来没日没夜，宿风雨，沐寒暑，顶风沙，十八岁多一点点的援朝已经有了白发。

1970年4月24日，我国第一颗人造卫星"东方红一号"发射成功，使中国成为世界上继苏联、美国、法国和日本之后第五个完全依靠自己的力量成功发射人造卫星的国家。东方红一号卫星的成功发射是中国航天史上的一座丰碑，凝结着航天人的智慧和汗水。

当时援朝正在基地，不过他所做的都是前期工作：仿真操作。那里是"地上不长草，天上无飞鸟，风吹石头跑"的茫茫戈壁。他用自己最美好的青春年华，在中国的航天史上写下了他自己的一段最为华美的篇章。

镇上广播里播报了这个消息，满舅外公和满舅外婆都热泪盈眶。因为援朝每次写信都是说："爸爸妈妈，我工作繁忙，条件很好，毕竟是研究院嘛！研究嘛！"而他们听说的是援朝的工作场地是露天的，且没有草地、树木，唯有与阳光、沙漠、帐篷为伴。满舅外公朝着北方喊：

"儿子，好样的！你没有给阿爹阿妈丢脸。只有坚持才能胜利！你们是共和国的新一代航天人！工作不分台前幕后，贡献不分巨大和渺小。你是我的骄傲！也是我们全宗的骄傲！"

满舅外婆新翠思念成河，泪湿了衣襟。

我们全家人听到这个消息，都为援朝舅舅感到自豪。母亲呢，一在我们兄妹面前就是教导我们说："要向援朝舅舅学习，多读书，为国家做贡献。我们搭帮毛主席，搭帮共产党，才有现在的安稳日子、太平日子过。所以一定要争气！"

哥哥二姐自然记得清楚，连不到一岁的我都知道"争气！争气！援朝！援朝！舅舅！舅舅！"的一顿牙牙学语。

那一年，哥哥二姐上了小学一年级。

第三十一章　急救王真儿

到哥哥二姐上小学三年级时，我也有了三岁多。我成天屁颠屁颠地跟在母亲身后，跟母亲帮倒忙。母亲纳鞋底的时候，我把她的鞋底样子翻得到处都是，母亲织纱衣的时候，我又把她的纱线团扯得乱七八糟，有一次我跟着母亲到猪场喂猪，趁她不在时，我把猪栏的插栓扯了，一窝七八只猪崽子都跑了出来，害得父亲母亲有余舅舅赶了许久才全部赶了回圈。

"你，你，你，你老是跟我捣乱！猪崽子跑了，回不来的话，哥哥姐姐就没钱读书了！你也没饭吃了。队里还要罚款！"母亲把猪崽子赶回来后，十分生气，在我的屁股后面拍了两巴掌：

"你怎么这么多手啊！害得我们找了这半天，才把这些小猪崽子赶回来！真真气不气人！"母亲边骂边哭，"掉了一两只都会被队里说闲话，你真正把我气死了！"

我不知道鞋样子是不能乱翻的，我不知道纱线是不能乱扯的，但是从来没有挨过母亲的打！我也不知道猪栏的插栓是不能弄下来的！怎么母亲今天就打我了呢？

我放声大哭，不知是因为猪崽子跑了，还是挨了母亲的打，打痛了我！我不停地哭，母亲也没有理我。听大人们说，我哭了半个多小时，母亲连看也没有看我一眼，只顾喂她的猪。最后是有余舅舅抱着我回了家，奶奶把我哄睡着了。

晚上吃饭的时候，母亲要哥哥端饭喂给我，我看见母亲看了我，又看见父亲往大哥碗里夹南瓜。

我眼睛一眨不眨地望着母亲。父亲过来，打算抱着我喂饭。"我要妈妈"，我又哭起来。

母亲左手放下碗，我爬过去，爬到母亲怀里。母亲左手搂抱起我，右手里的筷子夹着菜往我的嘴里送。我看见母亲好像哭了。

"阿妈，真妹闯祸啦？"哥哥看见母亲流泪，就问。

"还不快吃！淘死了，捏捏捏，让猪场里的猪崽子跑出去啦！"母亲这时看着我，被大哥问着却有了些笑意。

"很久没见阿妈生气！难怪今天阿妈有点不同咯！真妹是要把猪崽子放出去吃草！"姐姐却笑了起来。

我似乎听得懂大哥和二姐的话，直接往母亲怀里钻……

母亲这时要父亲洗了毛巾给我擦眼屎，很仔细很仔细，生怕毛巾的角蹭进我的眼睛里。母亲擦时，我的眼睛先眯一下，擦完，我眼睛又睁一下，这样反复着。母亲又低下头，看我鼻子里有什么东西，我离母亲那么近，怀里那么温暖，真是最开心的事，可惜那时候我表达不出来。我傻傻地看着母亲笑。

"你笑啊！今天你差点坏了事。妈妈的鞋样可以撕，妈妈的纱线可以扯，但有些事可不能多手。"母亲看着我傻傻的样子，忍不住说。

从那时起，我似乎知道有些事是不能做的。我用一只手摸着母亲正说着话的嘴巴。只可惜我那时不知道我错了，也不知道跟母亲说"对不起"！

母亲给我们几个洗洗漱漱后，把我们几个安顿下来。母亲又要招呼奶奶洗漱好。奶奶身体日渐不好了，有时奶奶还有点发蒙，根本不知自

第三十一章　急救王真儿

己在做什么。把我放在奶奶身边已经不让母亲放心了。

那年冬天，父亲也修路去了，哥哥姐姐读书去了。母亲带着我在家，但又记起要到猪场去给猪栏里放稻草给猪取暖，当时奶奶正坐在灶塘里烤火，母亲就把我放在奶奶身边坐着。

起先奶奶还扶着我，可是后来奶奶就没有扶我了。我也就乱动起来，不想绊倒在火塘里。我的左边的棉袄都烧着了！等母亲回来时，奶奶坐着睡着啦，连我的哭声也没能把奶奶吵醒。我的左边棉衣袖子烧着了，我的左手被烧烂了，我痛得哇啦哇啦地大哭，往外边爬，但是穿得太厚实，爬也爬不动，但还是在哭着往门边爬！母亲惊呆了，大叫一声：

"我的崽耶！"

随即舀了一桶水倒在我左袖子上！我已经哭得不成样子，脸是黑乎乎的，左手手腕到手肘处烧掉一大块肉，血糊糊的，看着都叫人发麻！可能是被烧得尿了裤子，棉裤下面都是湿的。母亲大哭起来：

"我的崽耶！这是为什么啊。我的天啊，崽你烧成这样，怎么痛得过啊！"

母亲把哭成泪娃娃的我抱起，拼命哄："不哭，不哭，是阿妈的错，阿妈应该带着你去放稻草！"母亲的眼泪直接掉在我脸上，并且不断地亲我。然后到厨房里找茶油，用一条棉花滚成筒筒擩着茶油涂抹在我的左手烧伤的地方。

母亲涂一下，我叫一下，大概我是因为很痛才叫吧。我的左手烧伤，烧脱皮的地方现出了红肉，有一大块地方还现出了骨头，没脱皮的地方全是血疱。母亲拼命似的跟我吹，而且说：

"崽，是妈造了孽，阿妈对不起你！"母亲湿乎乎热乎乎的脸贴在我的脸上，我似乎听得懂母亲温热的声音！

涂完茶油，母亲抱着我去那个离家十多里路的乡郎中那里治伤。不知是被烧的时候我哭累了，还是母亲怀里确实温暖让我的疼痛缓解，抑或是母亲帮我涂的茶油真的能减轻我的痛感，在去郎中家的路上，我奇迹般地停止了哭闹，并在母亲怀里安然地睡着了。

到了郎中那里，那个郎中姓黎。黎医生揭开母亲帮我左手包的棉絮，惊得说不出话来！缓了一下才说：

"怎么让她烧成这样？你是打算她这只手不要的吧！"

黎医生话没说完，母亲又开始哭诉：

"都是我不好，都是我不好！只求您救救她。"

"茶油是谁给她涂的？"医生揭开最后一层薄棉布，看见我的伤口上都涂满了茶油，就问。

"我涂的！怎么？是不是我帮她抹茶油抹坏了？"妈妈异常焦急。

"好在茶油抹得及时！没烧脱皮的地方会好得快！但是脱了皮现出肉的地方难好啊！恐怕还要打消炎针，我这里又没有好的消炎药，像青霉素之类的！唉，就怕伤口发炎、作恶、溃烂！"

"我先给她处理一下，先消毒，再开点消炎的中药。内服外用一齐来，看效果会好一点不？"

后来母亲说，医生给我检查时，我很乖巧，一声都没有哭。但是，母亲说看到医生用刀把血肉上的灰尘清理时，她心里绞着疼痛，医生的刀刮一下，她的心就绞一下。弄了半个多小时，黎医生才把我的伤口上的灰烬弄干净，然后上药包扎。弄好后，黎医生的额头上布满了细细的汗珠，终于松了一口气：

"幸好火源没靠近手掌，否则她就没有手掌了！"

"谢谢您！黎医生。要能治好她手臂上的伤，我天天为您祈福！"母亲眼里一热，又开始哭着求黎医生。

"以后每天要来一次，换药。吃的中药也要按时。"黎医生说，"希望不要留下太大的疤痕！"

"好！"母亲时刻在担忧，但是面对医生又什么都说不出来。

第三十一章　急救王真儿

那天直到母亲和我回家后，奶奶才醒来。看见我的左手被烧成那样，她也是后悔不迭，捶胸顿足，号啕大哭："我真该死！我怎么就成了一个废人啦？"

哥哥和姐姐去扶奶奶，奶奶依然还是只顾哭泣。最后，母亲含着眼泪把奶奶扶起，哄着她吃了点东西，好不容易让她睡下。

以后连续半年，母亲每天都抱着我到黎医生那里换药敷药，同时还替换着熬中药。那半年里，母亲抱着我，是走一里，哭一里，扯着围裙揩眼泪。泪水和汗水洒满了一路，我的左手的烧伤总算是痊愈了，虽然手肘处留着一条很大的疤痕，而且随着年龄的增长，那条疤痕也更加明显了。

第三十二章　茹苦育儿女

那时因为我们山村交通还没现在发达,书信往来也较有阻碍,加之母亲因怕在武汉修铁路的父亲分心,不安全,不想把我左臂被火烧伤的事情告诉父亲,所以父亲一直不知情,没有回家。就读三年级的哥哥看到我的伤势还很重时,加之又快到了年边上,就写了一封很简洁的信给父亲:

"爹,真妹意外被火烧了左手,妈心里很着急,很累。奶奶后悔不已,身体也更不行了!不知过年前,您回不回?"

父亲收到信,连夜搭车,第三天赶回家中。一见到母亲背着我正准备去医院,一个快步走近母亲和我,右手搂住母亲的肩膀,下颌靠近母亲的头部,我在母亲怀里,似乎听见父亲粗重的呼吸,熟悉的气息我闻着很亲切。父亲哽咽了一下:

"兰妮,苦了你!"

父亲的左手也围过来,抱紧我们两母女,我抬起头,看见母亲的眼泪不自觉地流了下来,抽噎地说了一句话:

"我也不知道怎么会烧成这样子?我没看好我们的真女!之伦,我对不起你!对不起我们的孩子。"

父亲极力地摇头:"是我对不起你们母女,是我!"我挤在他们中间,

第三十二章　茹苦育儿女

脸贴在母亲右肩上，瞥见父亲左脸靠着母亲左脸，很快地亲了母亲的额头一下，然后从母亲手中接过我，抱在怀里。

"爹回来啦！"我心里特高兴，躲在父亲怀里喊。

"疼不疼？"父亲用他的胡须扎我。

"不疼！"我乖乖地靠在父亲肩上，觉得挺舒服，半眯着眼睛说。

"真懂事！"母亲看着我，笑了一下。

那时，应该是我的烧伤开始要愈合但是伤口又痛又痒极为难受的时候。现在想来，应该是久违的父亲的气息让我感到特别的安心吧。所以我这样的回答脱口而出，也让母亲感到意外。

"真儿真坚强真勇敢！来，今天爹妈两个一起带你去黎医生那里！"

"你才回，坐车辛苦吧？要不还是我带她去？"母亲拈着落在父亲背上的小树叶和小绒毛，看了看父亲，终于还是说。

"一起去吧！"父亲回头打量了母亲一阵，我看见父亲眼神里的温柔和最美好的东西，水一般地流动。我喜欢父亲看母亲这样的眼神，觉得我是世界上最快乐的孩子。

一路上，我觉得父亲抱着我走得很轻快，母亲也很开心地和父亲并排走着，不时地对父亲问这问那，父亲也是柔和地说着他在外面修路的各种各样的令人高兴的事。我脸贴在父亲肩上，在轻微的晃动中不知不觉地睡着了。

到了医院，黎医生给我拆开了纱布，站一旁的父亲看见我那一条长条形的伤口，倒退一步！眉头皱了一下，随即又平复过来，口中难受地"哼"了一下。

"辛苦你了！黎医生。"父亲只是对黎医生说，接着转过脸去望着窗外。母亲又一次濡湿了双眼。

"这孩子坚强！我从开始治疗她起，她就没有哭过！现在都已经要开始愈合，架势（方言：开始）长新皮了！"黎医生在我爹面前夸我，让我很满足,其实这次也确实不像第一次要黎医生刮掉伤口上的灰尘那么痛。

"痛吗?满伢。"父亲又过来,看着我,问我。

"不痛!"我竟有些高兴地说。

"真听话!"我听见母亲说,同时我又看见母亲濡湿的双眼带着笑意。这时的母亲全身散发着丰韵的气息和鼓舞人的魅力,迎着父亲的目光,笑了笑。

"我们最勇敢的孩子!真是好样的。慢慢地就好啦!"父亲等医生给我换了药,把我扛上了肩。

我们在乡里集市上转了转,母亲买了一点猪肉和虾米之类,还买了糖果,给我含了一颗。其余的一小包放在我袋子里。

"爹回来了,真好!还有糖果吃。"

回到家里,大哥二姐正好放学了,已经到了家。

我从父亲肩上下来,从袋子里拿出小包糖向大哥二姐炫耀。

"由你分,给大哥二姐分一点。真妹!"哥哥飞过来,姐姐也放下书包跑了过来。

我们三个坐在桌子上,我打开小包,里面有许多糖。我每次给他们一粒,自己这边也放一粒,分了三轮,就没有了!

"哥哥,姐姐,没有了,没有了!"

"真妹,你知道妈买多少粒糖吗?"二姐问我。

我举着食指,说:"一粒。"

二姐摇头:"你给大哥一粒,给二姐一粒,自己还留一粒。几粒?"

我又摇头:"不知道!"

这时哥哥把一粒糖伸到我面前,姐姐也把一粒糖伸到我面前,我面前我自己有一粒糖。

"哥哥、姐姐、我都有一粒。"我很高兴地说。

第三十二章　茹苦育儿女

"对！"哥哥很高兴，问我，"一共几粒？"

"哥哥，二姐，我。都有一粒。嗯！三粒！"我指着哥哥、又指着二姐、最后指着我自己说。

"哇！真妹好聪明！知道是三粒。"姐姐从桌子上下来，抱着我转了一圈。

"大妹，我来抱，我把真妹背背背。"接着哥哥把我放他背上，我听见大哥含着糖用有些含糊的声音说："真妹，真聪明！知道数字一、二、三啦！"

那是我第一次对数字的启蒙认识，后来知道母亲给我们三兄妹买了十粒糖！

父亲和母亲这时并排从房里走了出来。父亲满脸的愉悦和满足，抚摩着母亲的头发，口中还说着："真香！"母亲脸色红润，散发着动人的神采，靠在父亲胸前。看见我们，就悄悄地走开了一些。

"爹回来啦！"姐姐快步地跑到父亲面前，抱着父亲的腿，父亲抱着二姐："纯儿，书读得好不好？"

"好，老师说我数学很有感觉！"姐姐自豪地说。

哥哥背着我，也向父亲母亲跑过去："爹，爹。"

父亲放下姐姐，抚摩着哥哥的头，又摸摸我的头，说：

"孝儿，又长高了！真是个好大哥！是个小小男子汉！"

母亲到厨房去收拾碗筷做饭，姐姐就跟着母亲到厨房烧火。

父亲带着哥哥和我，到奶奶房里。

"妈，您好些没？"

父亲看见奶奶虚弱地躺在床上，心中不是滋味。

"妈。"

"之伦，你回来了就好！"奶奶看了看我，又接着说：

"这孩子成这样，都是要怪我！是我不知怎么失神了，竟然让她跌火塘里了。真是我该死！你爹走了这么久，这些年，我也没给你们帮什么忙！真是苦了你和兰妮了！"

父亲又一阵难过。"妈，一家人，说什么呢？这不都是我们应该的吗？"父亲坐在奶奶床沿，看着奶奶的状态，觉得奶奶时日无多。

"奶奶，奶奶。"哥哥和我也都喊了一声。

然后，父亲给奶奶穿起衣服，抱她出来，让她坐在桌前。

那天晚饭，全家人都吃得很开心很舒服。母亲炒的青椒肉丝（虽然没什么肉）美味无比，韭菜虾米也是下饭的一绝。我看见母亲夹到父亲碗里的青椒肉丝又被父亲夹到了母亲的碗里，不知怎么一回事，大哥、二姐和我的碗里也多了青椒肉丝！

童年的生活就像天马山蜿蜿蜒蜒的小路，路旁时而布满荆棘，时而又开满鲜花，时而黄蜂隐匿，暗藏危险，时而芳香馥郁，沁人心脾。

我五岁时，山那边的村里放映露天电影《孙悟空三打白骨精》。哥哥二姐都想去看。我听见他们在说，我吵闹着母亲：

"妈，我也要去看。"

"真儿，你还没读书，你怎么看得懂？"母亲看我太小，不允许。

大哥看我闹得厉害，就安慰母亲：

"我和大妹带她去吧！妈，放心，真妹走不动了时，我和大妹轮着背她就是。包你没事！阿妈。"哥哥跟母亲打包票。

母亲早早地做了晚饭，我们吃过晚饭，大哥二姐就带着我去看电影《孙悟空三打白骨精》。我们爬上了天马山，又下了天马山，才到山那边放电影的地方。

那里人山人海，当时《孙悟空三打白骨精》到乡下放映刚刚开始起步（我们村还没放映过呢），所以人山人海。我们三兄妹挤到中间靠前一点的位置站定了，开始看电影。《孙悟空三打白骨精》的情节太吸引我了，我看得津津有味，有哥哥姐姐在场，我根本就不觉得要有什么危险。

第三十二章　茹苦育儿女

可是电影快完的时候，天气闷热得不行，后面的人都往前边挤，我本来个子矮，站在哥哥二姐中间，感觉我好像透不过气来。

"哥哥，我觉得我要晕了！"我喊哥哥。

"真妹，什么？"哥哥摸着我的额头，额头冰凉。

"不行，大妹，真妹中暑啦！额头冰凉。"恍惚中，我看见哥哥拼命地挤开周围的人群，听见哥哥喊着"请让开一下，让我们透一点风，我妹中暑啦。""请让开一下，让我们透一点风，我妹中暑啦！"有一个靠近我们的大人也跟着一起大喊。然后我们这就有了一块席子那么大的空地方了。哥哥摇着那个大人的手：

"叔叔，请您帮我妹妹掐一下，平时在家里我爹阿妈一看见我妹妹这样，就帮她掐痧。"

那人就拢来，在我的脊背左右、腋窝、肘关节不断地掐、捏、揉，我的手指尖和脚趾尖有一种麻麻的感觉！我听见那人对哥哥说：

"这孩子真是闭痧了！等我帮她掐完，你们赶快带她到通风的地方去，或者赶快回家。"

等他说完，哥哥左手抱着我，右手不断地分开前面的人群，二姐不断地说着："请大家让一让，让我们出去！让我们出去！"人群自然分开了一条路，我们总算出来了。

哥哥又将我放在背上，飞也似的往山上跑，二姐紧跟着哥哥和我。哥哥背不动了，哥哥就将我放到二姐背上，尽快地往家里赶。赶到家里，快晚上十点，我柔软的身体舒展了许多。

"妈妈，妈妈，真妹好像闭痧了！"哥哥一进门就喊。

母亲抱着我，眼泪一下子就出来了："我说了要你别去！你看哥哥二姐都急哭啦！把哥哥二姐累坏了。孝儿纯儿，赶快去洗澡！否则也会生病的。"又心痛地对哥哥姐姐说。哥哥姐姐已经是累得全身汗湿透了，赶紧去洗澡。

然后，母亲把我放在禾坪的凉席上，喂了我温水后，又用扇子给我扇着，扇着……

第二天，我完好如初。《孙悟空三打白骨精》里孙悟空手拿金箍棒怒打妖精的形象依然在我的脑海里跳跃，哥哥为我推开人群背着我向前奔跑的模样也在我脑海里定格，二姐清脆悦耳的"请大家让一让，请大家让一让，让我们出去"的声音也还在我耳边回响……

第三十三章　尽孝葬家婆

母亲见我醒来了，摸摸我的额头：

"不凉也不烫了！真儿，昨天你可把哥哥姐姐吓坏了。起来，吃饭。"

我开始穿衣服。母亲牵着我到厨房。

"妈，奶奶呢？奶奶她吃早餐了吗？"我问母亲。

我看见母亲的脸上突然阴暗了下来，显现出焦虑的神色。

"真儿，我们去看看奶奶。"

"好！"我把洗脸毛巾拧干，搭在竹篙上，飞快地跑到奶奶房里，边跑还边喊：

"奶奶，吃饭了！起来吃饭哦。"

我跑进奶奶房里，母亲跟在身后，到了奶奶床前。

我看见奶奶很平静地躺在床上。

"妈，我招呼您起床，您老起来吃点东西吧！"

奶奶听见母亲的声音，极力地睁开眼睛，将右手伸出来，招呼母亲过去。母亲坐在床沿：

"妈，您起来吃点东西吧！"

奶奶摇摇头，显出很吃力的样子。

"妈，那我把东西端到床边来？您洗把脸，我喂您吃点，好吗？"母亲看着奶奶的模样，很是焦虑。

母亲和我又到了厨房，母亲用脸盆盛了点热水，叫我端着去奶奶房里，母亲呢，就把饭菜装进碗里，也一起端进了房。

我拧了手巾，扶奶奶坐起，用右手给奶奶洗脸。奶奶眼睛通红，对我说：

"真儿，都是奶奶害了你被火烧伤了。我这病也不知何时才好？难得你这么懂事，还对我这么好！"

"奶奶，阿妈说应该对奶奶好，照顾好奶奶，才是乖孩子！"我率真地说。

我看着母亲在笑着，又望着奶奶笑："真儿真是一个没心肝的孩子！"

奶奶也笑了笑。

母亲用勺子给奶奶喂饭，奶奶勉强吃了几口，挺难受的，好像没有什么胃口。

母亲轻轻叹了一口气，端着碗出来，显得更着急了。

"妈，你说奶奶还会好吗？"我追着母亲出来。

我不问倒好，一问，母亲就哭出来了：

"我也不知道！我想到你爷爷把你奶奶托付给我，我从来没有见过奶奶病成这个样子！你爹现在又不在家，还在武汉修路，真不知如何是好？我怕……"母亲边说边哭。

"兰姐，你这是怎么啦？出了什么事？我能帮到你什么吗？"有余舅舅从外边进来，见母亲哭得伤心，就问。

"有余，你帮我出个主意！我婆婆病成这样，都起不了身了。你说怎么办？"母亲担忧地说。

"我看要写加急信要姐夫回来！"有余舅舅要母亲打定主意。

有余舅舅给父亲写信："母病厉害，速回。"

这时，母亲跟我提起爷爷，说爷爷是世界上最好的人。爷爷把母亲

第三十三章　尽孝葬家婆

当女儿看待，从来没有对母亲讲过一句重话，即使有时和父亲因为一点小事怄气时，爷爷也总是说是父亲的不是，说：

"兰妮是一个好妹子，都是我之伦的不是！之伦，你可要对兰妮好哦！"

母亲刚嫁过来不久的一天，奶奶在纺棉花。母亲就对奶奶说："妈，我不会纺棉花呢！"其实母亲想要奶奶教她纺棉花。可是，奶奶说：

"这活儿，不学也罢。"也没有想到要教会母亲这活儿。

爷爷知道后，就飞快地走到纺车前，要母亲坐在纺车前的凳子上，要母亲右手拿摇手，左手拿锭子，手把手地硬是教会了母亲纺线纺棉花。

有人笑爷爷："爷爷，你对你们家媳妇这么好！别人疑心你'烧火'啦！"

爷爷就会打哈哈："哎呀呀，哎呀呀，我一个快八十岁的人啦！兰妮是个好妹子。开这样的玩笑，不污了她名声？哎呀呀，以后快别这么说！"

母亲又回忆起爷爷去世前把奶奶托付给她的样子，不禁落下泪来。"真儿，只希望你奶奶能踏过这个坎，我就对得起你九泉之下的爷爷啦！要是奶奶有个三长两短，以后，我怎么去跟你爷爷交代啊？"

"妈，你别着急啊！我们每天都送饭给奶奶吃，看着奶奶吃点，奶奶就会好的。"我只能这样安慰母亲。

过了几天的一个下午，哥哥和姐姐放学后，正好父亲也赶到家了。父亲带着我们一家人都到了奶奶房里，奶奶撑着睁开了眼睛：

"之伦儿，你回来了就好！之伦儿，我嫁给你父亲，最不得力的就是没给他留下一儿半女。好在你父亲人好，不怪我。总是说：'你好好带着之伦，是一样的！'只可惜我那时不太会做人，总是没能周全地对待你们俩！"

奶奶又转向母亲："兰妮，你可是我们家的功臣，现在儿女双全，而且个个都这么懂事孝顺，这可真是我们王家的福气啊！……你们对我这么好,我也知足啦……"

奶奶熬不过,终究撒手离开了我们。

父亲"扑通"一声跪倒在地:"妈,您为什么也要离开我!自我懂事时起,就是你带我的啊。"

父亲这么一哭,母亲心都碎了。说句实在话,自从母亲嫁过来之后,奶奶的性子并不像爷爷所说的那么"小心眼",反而对父亲母亲越来越好,尤其是看着四个孙子孙女,奶奶更是左右打理,没让孩子挨冻受饿。母亲想到这儿,更觉得对不起故去的爷爷,也是一把眼泪一把鼻涕地哭。

哥哥姐姐和我也哭作一团。

有余舅舅也写了信告知大姐大姐夫回来。

哥哥、二姐和我毕竟还小,也不知怎么处理奶奶的后事。

此时,有余舅舅、雷战生、肖玉香都到了我们家里。父亲在外面打小工修路,要到年关才结账,此番回来并没有多少工钱。母亲拖着三个孩子,出工只有六分底分,总共也没有多少工分,供着五张嘴,家里也没有足够多的闲余的钱。所以,奶奶的棺木并没有预先准备好。

雷战生看到父亲母亲一家这么凄凉,摇摇头,往木场里赶,给奶奶买了棺木。村上的人们也都赶到我家里来,装殓了奶奶。

肖玉香急忙到灶屋烧火烧水,泡茶打理来往的客人。

有余舅舅在家里摆好了灵堂,招呼着来我家吊丧的人。

大姐大姐夫到家后第三天,终于把奶奶送上山了。

整个山村都热热闹闹地放鞭子迎跪,送着奶奶上山。送葬的喇叭唢呐奏着凄婉的曲子,诉说着奶奶悲惨的一生,为女子一生,因无所出,带着爷爷前妻生的孩子,误会、猜疑、闲话不绝于耳。好在爷爷的教育公正,让父亲母亲能让她安度晚年!父亲母亲双双下跪,哥哥也是披麻举杖戴孝送行。他们走三步,跪一步,一直跪到坟墓前方!大姐大姐夫、二姐和我也着素衣,戴孝,扶棺而哭,凄惨的哭声回荡在整个山谷。希

第三十三章　尽孝葬家婆

望奶奶灵魂早登极乐！

送走奶奶，回到家里，异常冷清。雷战生、肖玉香、有余舅舅都不愿在此时离开，又生火做饭，让我们悲伤贫寒的一家吃上了一顿清净的晚饭。

奶奶去世后两个月，我开始读书了。

"有余，你落户住到王之伦家里，兰妮工作做得好，兰妮姐对人好，对你那是特别好！真是羡慕你！"那晚雷战生在我们家吃完饭后，羡慕地对有余舅舅说。

这话正好被母亲听见了。

"要不，雷战生，你和肖玉香也住到我家里来！在我婆婆去世的那段日子，你可帮了我们家的大忙啦。这个恩情，我们得报！"母亲邀请雷战生住我们家。

肖玉香坐在旁边笑："队里没这个政策的！一家只能落户一个知识青年。"

"你们三个人，不知道玩的什么游戏？"父亲也在旁边说，"都老大不小了，怎么就不上心自己的终身大事？"

"是啊！怎么就不上心自己的终身大事？"肖玉香瞟了瞟有余舅舅，"有余哥，你怎么就不上一点心？"接着嘻嘻地笑。

"你还说他！你一个姑娘家，老大不小了，也不想着把自己嫁出去！"雷战生责怪似的看着肖玉香。

有余素来不喜欢谈论这个话题，变得局促不安起来。

雷战生、肖玉香陆续离开了我家。

父亲和母亲觉得这个话题又谈不下去了，也不知到底是什么原因造成的这种局面。

父亲来到有余房里，想问问有余，有余舅舅只字不提。

过了两个月，听说有一些知识青年可以回城了，雷战生榜上有名。

雷战生兴冲冲地来找肖玉香："肖玉香，你回城去吗？"

"什么？回城，有几个名额？"肖玉香一脸不屑。

"如果你要回城，我可以让你先回城，回头我再想办法回城。你觉得怎么样？"

"雷战生，你回城去吧！我没有想到要回城。"肖玉香态度也不含糊。

雷战生脸色突然黯淡了。

有余舅舅知道了，跟雷战生深谈了一次：

"战生，你就自己回城，你回城之后，我说服肖玉香回城去。你们待在这个小山村，还真不是个事！"

"有余，我们明人不说暗话！你倒是说说你对肖玉香的感觉。我是真舍不得肖玉香，我真的喜欢她。"雷战生直言快语。

有余舅舅没有直接回答雷战生，只表态："我和她是兄妹情。你应该早点娶肖玉香！"

事后，我们才知道雷战生放弃了回城指标，一直还是待在我们乡，一直跟在肖玉香的背后转。

历史的车轮从来都不会因为人世的爱恨深情、悲欢离合而停下前进的脚步。公社大面积的稻田都可以用收割机打稻谷，有余舅舅功不可没。

肖玉香只是对有余舅舅深情，可是我们村里的闲话不堪入耳：

"怎么能这样？拖着这个，又拖着那个！不如选择一个，定下来。既害了雷战生，又害了有余！不知这些城里人怎么想的？"

"脚踏两只船，有什么好结果？"

"都怪这个破鞋，含含糊糊的。害了这么好的两个人！"

人与人是不一样的。山里的那些人是无论如何不能理解肖玉香对有余舅舅以及雷战生对肖玉香的情感的。

大多数知识青年都可以回城了。但是有余舅舅、肖玉香和雷战生都没动静，依然还待在天马山。

第三十三章 尽孝葬家婆

"肖玉香,你应该早一点与雷战生结婚。我是打算待在家乡,不再回城了。"有余舅舅有一天对肖玉香生气了,直接说出了这样的话。

父亲因为奶奶去世,肺疾复发,就再没有外出修路了,看到有余舅舅这种情况,暗自为有余舅舅着急。

"他们三个这样,真不是办法!"父亲边咳边对母亲说。

"那有什么办法!他们三个人都倔强。"母亲也拿这个表弟没办法。

"……"

父亲的肺疾越来越厉害了,成天咳嗽,有时还咯出血痰来。所以父亲不能按时出工,队里就不记工分。全家都靠母亲六分底分来维持,生活越来越艰难了。

那天,我放学放得早,回家就问:

"阿妈,今天吃什么?"我边问边跑到厨房揭开锅盖,看见锅里放着三碗萝卜菜。

"妈,我吃哪一碗?大碗还是小碗?"我又问母亲。

"随你吃!"母亲想都没想。

"我吃这一小碗,大碗留给哥哥二姐吃。"我高兴地端出一小碗萝卜菜,津津有味地吃着。

这段艰难生活中,我们一家就在这种互敬互爱、互让互助中流淌着。

第三十四章　独撑全家计

1976年是一个具有特别意义的一年："王张江姚四人帮"终未得逞，拨乱反正；同时又是一个多事之秋：还未放寒假，我们敬爱的周总理逝世了！举国同哀，我看到老师为我们深情地讲述，热泪盈眶，我听到高年级的同学们悲哀地朗诵，声调呜咽，毕业典礼上，我们所有学生先全体默哀，然后听小学校长作动情的报告，悼念伟大的周总理，后来我知道联合国都为周总理的逝世下半旗致哀！

我们三兄妹都拿着学校奖励我们的"三好学生"奖状、本子高高兴兴地回家。

"都得奖了！"母亲也很开心。拿着我们的奖状到了父亲身边，"之伦哥，孩子们都获奖了！都是'三好学生'。你看，让你也高兴高兴！"父亲从床上坐起，边咳边看我们的奖状："好，好。兰妮，你辛苦了！只可惜我这身体不争气啊！不行，我过了年，开春后还是要出工，要让孩子们多读书！"

母亲拍打着父亲的背："之伦，你别急，别急，现在闲时，你多休息！到开春了再说。我们会想办法的！"母亲含泪安置着父亲睡下，又拿着我们的奖品出了房。

"妈！"

第三十四章　独撑全家计

"妈！"

"妈妈！"我们三个都一起哭向母亲。

母亲要我们三个坐在桌前："崽，真好！你们都会读书。我一辈子没读过多少书，再怎么样也要让你们读书。现在你们爹咳疾厉害，根本不能出工。怎么办啊？"

哥哥看着二姐，二姐看着哥哥，我望着他们，都没有说话。

"妈，要不，下个学期开学后，我每天早点回来，帮着队里干活，队里总要给我记点工分？"哥哥突然说。

"妈，我也可以早点回来干活挣工分。"二姐接上话。

"妈妈，要不，我还小不去读书，在家照顾阿爹？"我也说不读书了。

母亲一声叹息，抚摩着哥哥二姐的头："还只十四五岁，就要你们挑起重担，怪妈无能啊！"母亲又对我说，"真儿，你还小，不要你想这么大的事情！"

我们三兄妹陪着母亲坐在桌前一起哭泣。

"兰姐，总有办法解决的吧？"有余舅舅来到堂屋，看我们母子四个哭得伤心，很不是滋味，就过来安慰母亲。

"兰姐，置办年货了吗？"

"没有，地里还有韭菜。"母亲敷衍有余舅舅，不想给他添麻烦。

"光吃韭菜哪里行？"有余舅舅跟着我们住，韭菜都快吃腻了！

二姐因为餐餐吃韭菜，一吃韭菜就恶心，呕吐。

我看见有余舅舅在袋子里拿出三元钱给母亲，说：

"现在猪肉七毛钱一斤，你去跟孩子们买半斤肉，剩下的买点米，让孩子们过年。"

母亲有些犹豫。想想有余现在落到这步田地，大材小用不说，住在我家里，连衣食都没有保障，何况自己还有那么重要的事情都没向他明言。母亲愧意更深了！

"拿着,兰姐,我在这里吃,在这里住,也没帮衬你们。现在姐夫有难处,我怎么能袖手旁观呢?这是我积攒了多年的余钱。能救个急,也是好的。"

母亲那天到了集市,买了点肉、一副筒子骨(一毛钱一副)和米回来。

父亲喝了些骨头汤,精神好了一些。母亲又带着我到后山扯了青蒿、车前草、土茯苓、百合根、川贝根,用文火煎了汤,给父亲喝,到过年那几天,父亲咳疾稍微缓解了一些。

我不知道我的这个举动有没有伤母亲的心。一年级下学期,我没有去上学。我整天陪着父亲,父亲要喝水了,我就给他倒水,父亲要咳痰了,我就给他拿痰盂。一年级学费两块,至少这两块钱学费不要母亲去借,我当时是这么想的。

"真儿,你怎么不去读书啊?"有天父亲问我。

"爹,我还小,书以后再读。这样妈妈就不用给我借学费!况且,妈妈要出工,没时间照顾你。我照顾你,你也好得快一些。"我想都没想。

"真儿,你傻啊!我好了,你去读书。"父亲大发脾气,再也不要我端水端药。

"爹,爹!"我哭着大声喊爹。

"这个时候已经开学半个月,我去读书也没课本了!"我跟父亲争辩。

也许是机缘凑巧,也许是我的宿命,我对门一个叫慧儿的女孩,比我大四个月,和我同年级,因为男同学打她,跟她爹妈哭闹着不肯再去上学。母亲去问明究竟,她哭得很厉害,再也不要上学。

"那你明年去上学吗?"晚上母亲到对门问慧儿。

"明年我大了一岁,就不会被别人欺侮啦!呜呜呜!"

母亲明白了,女孩六岁读书小是小了一些,但反应这么强烈的不多。于是就追问慧儿娘的意思。慧儿娘说:

"她硬是不肯去了,我拿她没法子!"

第三十四章　独撑全家计

"……"母亲欲言又止。

第二天，我就去上学了。第三天，慧儿将她的课本送给了我，并跟我说：

"我下半年再读个小一，这些课本给你。你不怕，你要好好读哦！"

后来知道母亲给慧儿娘送了几担柴火。

从此，我无比地珍视这些书本，是它们引领着我不断向前，也是母亲的温情呵护和老师的辛勤教育让我阳光地成长。

哥哥和二姐每天下午四点左右就会来到大人们劳动的田地里，或除草，或施肥，或插秧，或割稻。周日就是一整天的劳动。田地里的村民们一见到哥哥他们，就会指着他们对旁人说：

"真听话，这俩孩子，做事还挺卖力的！不知队里怎么跟他们记工分？"都心疼这两个孩子，十四岁不到，就挑起了家里的重担。

春风送暖，夏草依依，秋阳明丽，冬雪纷纷。

到了年底算工分的时候，一贵队长只肯给他们两个一天计四分工，四点做到九点只给两分工。母亲去问一贵队长：

"为什么给我孝儿、纯儿那么点工分？"

一贵队长意味深长地看着母亲，那眼睛里有不干净的内容，他答非所问：

"兰妮，搞不清你为什么会看上王之伦的？大了这么多！现在还什么事都不能做！你看我，多好，多强壮！"

"你再好，也不过就是个队长！别说这些没用的！你只说为什么只给我们家孝儿纯儿那么一点工分？"母亲加紧问。

"为什么只给这么多工分？你看看村上，哪有十四五岁的小孩做事的？"一贵看着母亲，眼珠子都要爆出来了。

"不过也不是没有办法！"一贵队长不安好心，伸手来拉母亲。

"什么办法？你，你，你要干吗？"母亲心里气愤。

"你从了我吧！我给他们八分工一天！"一贵队长厚颜无耻。

"你做梦吧，你！"母亲气冲冲地急急地跑回了家，眼泪也被气出来，回到家余怒未消：

"真是欺人太甚！"

"兰妮，出什么事啦？"父亲看着母亲的泪眼，就问。

母亲抬眼望着病弱的父亲不语。

父亲下地来，显得轻松地说：

"兰妮，别着急。我明天起就出去出工。队里总要给我记点工分。"

从那以后，父亲坚持出工，但是一贵队长说他有病，只给八分工分，哥哥二姐依然只有四分工分。母亲一想起这些欺侮人的做法就一肚子火。

由于哥哥二姐的参与劳动，父亲也坚持出工，我们一家的生活又慢慢有了一点起色。

这一年，母亲日子过得压抑。国家也属多事之秋，7月唐山大地震，死了许多人，村民传得扼腕叹息。不到两个月，整个中华大地又沉浸在悲痛的洪流中，因为毛主席逝世了！9月，广播里播放着这个噩耗。老百姓个个都是眼泪鼻涕，尤其是妇女儿童，还有那些过去没地的农民，包括母亲。山河泣泪，草木含悲。田里地头，河沿村口，只要碰到一个人，就会相视流泪，悼念我们伟大的领袖毛主席。农民们都知道毛主席，知道共产党，知道是共产党带着农民翻身做了主人。

1977年恢复了高考，普及两年制高中。哥哥和二姐满怀热望，上了乡高中的高一，希望边读书边下地劳动改善家中生活状况，而父亲因为没有钱用好药，病依然不见好，身体也很疲弱，但是，为了孩子，依然还在田间劳动。许多回城青年又重新走进了大学的校门。有余舅舅立志改进农村技术，肖玉香好像已经认定有余舅舅。雷战生呢，始终放不下肖玉香，竟然连村上最钟情他的最漂亮的女孩也得不到他的心。

1979年初，国务院副总理邓小平对美国进行了长达九天的访问。不

第三十四章　独撑全家计

多久，对越自卫反击战开始。

雷战生来找肖玉香，对她说：

"玉香，我的父母给我取名为'战生'，言外之意就是'为战争而生'。现在，对越自卫反击战打起来了，你愿意让我去吗？"

"战生，你为战而生，为国而战。我怎么可能阻止你重返战斗？不过，你一定要活着回来！"肖玉香回忆起了雷战生对她的好，不禁泪流满面。但是，人各有志，她拧着拳头，目送雷战生远去。她不可能阻止雷战生义勇从军。

雷战生和其他八人奔赴中越边境参加对越自卫反击战。

镇政府礼堂门前，几乎全镇的百姓都来为他们送行。到处贴着"自卫反击战，意在主权"之类的标语。即将赴战的年轻战士们，雄赳赳，气昂昂，抱着满腔卫国的热忱。只有雷战生这名老兵是自请去作战的，县里也知道他是有经验的老兵，也遵从了他的请求。老百姓们个个挥手，给自己熟悉的勇士送行。父母送别儿子，妻子送别丈夫，妹妹送别哥哥，抱头痛哭，哭过之后，转上汽车，奔赴老山前线！

第三十五章 "英雄"雷战生

因为肖玉香的支持,雷战生抱着"不成功便成仁"的心事离开了天马山,奔赴了中越边境,投入了自卫反击战。

雷战生带领一支小分队七人向前突进山岭腹地时,被越兵卫戍侦察队发觉,敌兵机枪猛烈扫射,猝不及防,雷战生边掩护战友边想从旁撤退,一颗子弹飞过来,就要击中一名年轻战士聂勇时,雷战生眼尖、块头大,一个健步冲到聂勇前边,子弹刚好射中了雷战生的胸膛,雷战生口中还只刚刚吐出"聂勇小……"三字,就倒下去了。聂勇立马蹲下,趴在草丛里,怔怔地看着雷战生,然后哽咽着:"战生,战生,你救我干什么?你醒醒,你醒醒,……"

雷战生似乎看见肖玉香在朝着他笑,终于说了一句"我要回天马山……"聂勇再喊时,雷战生已经没有了呼吸。

大卡车"咔嚓""咔嚓"回了天马山,车上运回了三名战士的骨灰盒:雷战生的也在其中。

肖玉香听说了,急急忙忙地赶到镇上。镇上挤满了认领的人!三名战士的骨灰盒被随行的军人端着,庄严肃穆,下车来,行军礼,正仪容,然后整齐地排列在街道中央,等待亲人认领。肖玉香拼命挤到前面去,不看则已,一看认出了有雷战生的名字,她亲手接过雷战生的遗骸,号

第三十五章 "英雄"雷战生

啕大哭：

"雷战生，你这个不负责任的人，你怎么就这么走了？你不是说我们是最好的兄妹吗？"肖玉香竟然趴在雷战生的骨灰盒上痛哭失声。

母亲和有余舅舅也追着肖玉香到了乡上，看着认亲人遗骨的人员端着自家儿郎的骨灰，都禁不住流泪，"少年英雄保国，捐躯魂归故里"。这是多么壮烈而又催人泪下的场面啊！

有余舅舅稳步走到肖玉香背后，喊："玉香，你要节哀啊！"然后，有余舅舅伸出右手去抚摸雷战生的骨灰盒……"战生，你……"竟然哽咽得说不出话来！

道路两旁全场肃立。老百姓个个热泪盈眶，痛悼家乡儿郎！

我军为了一举取得全面的胜利，军队正在不断地增援，在全国各地征集参军人员。

整个镇上又征集了十三个新兵，满舅外公的二子援回、满子劲允也都在被征之列（因为满舅外公想带好头，帮他们报名了）。满舅外婆新翠追到乡上，抱着劲允大哭，死活不让劲允去换军装参军，并指着满舅外公大骂："你参加了抗美援朝，连续八年在朝鲜；大儿子援朝在鸟不拉屎的研究基地，根本见不着面；现在你积极，竟然把家里的两个都报名参军，你看看那些端回来的骨灰盒啊！你这不是要我的命吗？"然后她拖着满舅外公的手，往自己脸上打，"你干脆打死我算了！"满舅外公望着哭闹的新翠，一言不发，满眼通红，任由她打骂哭闹……

终于满舅外公也哭泣："我不报名，两天之内完不成全镇的指标啊！"

那些换好军装的新兵也已经齐刷刷地站在了大卡车前，准备出发。

有余舅舅终于知道是怎么一回事，对母亲说：

"兰姐，帮我照顾好玉香，我到满叔那边看看。等我回来！"

母亲、肖玉香和村民们终于按照雷战生生前的遗愿把他的骨灰盒埋到了天马山腹地的一棵大松柏树下面：真可谓"埋骨何须桑梓地，人生处处是青山！"雷战生，真正的英雄！他既用他的青春热血建设着祖国的山村，又用他的壮烈情怀保卫着祖国的边疆，而且，还用他的铮铮誓言捍卫着他的痴迷爱情和热恋家园。

村民从看着阵亡的战士们的骨灰盒的凝重面容舒缓过来，因为又要送走一批新兵。有余舅舅撇开了母亲和肖玉香她们，三步并作两步地跑到满舅外公和满舅外婆面前，接过劲允手中的新军装，对劲允说："劲允，照顾好你的爹妈。等大哥回来！"又转身对满舅外婆新翠说：

"满婶，我去！留着劲允在家照顾你们！"随即穿上新军装，飞快地跑进了新兵的队伍。几分钟之后，就坐上大卡车上了前线。

对越自卫反击战，持续一个月，以中国胜利告终。就这样，有余舅舅包括行程参加了近二十天的对越自卫反击战，成了英雄凯旋，到处都是拿着彩旗欢迎英雄归来的人们。回来之后就转业分配到了县里电机厂上班。

母亲得知这一消息后，立即回到养猪场。

"玉香，有余英雄归来，分配到城里去了。我知道由于雷战生的牺牲，你一时半会儿难以接受有余，但我一直知道你爱的是有余，对吗？"

肖玉香抬起泪眼："兰姐，你怎么知道这么多？"

"这不明摆着吗？这么多年，你一直和雷战生保持距离，但又不忍伤害他的一片痴情。"母亲旁观者清。

"兰姐，你和有余感情非同寻常，你们是什么关系？很熟吗？"肖玉香一直想问的问题终于说出口。

"我和有余是表姐弟！"母亲也很坦诚。

"哦，原来是这样！"肖玉香恍然大悟。

"正因为这样，我才关心有余的终身大事啊！"

"是啊！你们两个的事情真的早就要解决啦！"父亲下工进门后也对

第三十五章 "英雄"雷战生

肖玉香说。

肖玉香在父亲和母亲的撺掇下，终于到县里电机厂，推开了有余舅舅宿舍的门。

1979年是恢复高考的第三年，哥哥和二姐正好那年高考。当时，农村中学的教学质量很差，听哥哥说，英语单词全部都是写有汉语拼音去跟着读，语文写作更是一窍不通，唯一好点的就是数学。

父亲依然是咳疾严重，但不忍儿女荒废学业，八分的工分，他每天也多花时间，做出十二分的事来。但终于有一天站不起来了，躺在了床上，还必须吃药！一贵队长让母亲猪也喂不成了，虽然母亲没日没夜地劳作，但是所分的口粮还是很少。哥哥二姐他们两个每天下午都准时回来劳动，拖草、割稻、围田、植树，什么都做。就是希望家里日子好点。

那时，开始改革了。农村也允许做点小生意了。

有个周六的早上，哥哥把我喊醒：

"真妹，听说，我们这一带的杉树苗可以卖一毛钱一把。今天我带你到天马山上去扯树秧，聚成把后，可以带到镇上去卖钱。去不？"

"哥哥，真的吗？"

"真的。走！"我一陀螺翻身真的很早很快就爬起来，跟在哥哥后面爬到了天马山上的杉树林里，四处寻找小杉树苗。

四周黑黢黢的，只有林子里的风声呼呼作响，我抬眼抬头望望，夹在树梢缝隙的天空中只有零星的星子。呼呼的风声反而使这林子异常静寂，我打了一个冷战。

突然，山尖上的夜鸟"咕咕咕"地叫了几声，我当时不知是什么声音，吓得我寒毛倒竖，不停地喊：

"哥哥，哥哥，我怕。"不用说找树苗了，我整个人都吓得软了。

哥哥走向我："真妹，不怕，我们回家去。好吗？"

"好！"那是我第一次跟着哥哥去劳动，听说那天树苗在花石镇上卖了二元五角六分。

即使这样，因为没有劳力，家里经济依然没有太多的好转。孩子们正是长身体的时候，家中总是没米。母亲就到溜口、河沿一带去借米。

读四年级的我总是等着母亲回来。每次母亲回来都是带着一小袋子米，踏着黄昏时放牛娃牧笛的节奏回来。母亲累得气喘吁吁，额上渗着细细的汗珠。但是一见到我，还总是问：

"真满伢，你今天放学回家专心看书没有？"

"阿妈，我等你回呢！"

母亲这时就会马上开始淘米、煮饭。我看见母亲疲惫的眼神，没有以前的幸福笑意。我心里不是滋味。

饭熟了，母亲会叫我送一碗到父亲床边上去，让我看着父亲吃完。从此，母亲背米回到家的影子一直留在了我的记忆里。

多少年，母亲就是这样为我们操碎了心，多少年，母亲就是这样为父亲坚守了她的承诺。

因为哥哥二姐经常周末出去采小树苗，或者捡中草药，或者弄爆米花在放学回家的路上卖，帮衬操持着家里的经济，高考成绩就不理想。二姐只上了一个中专，哥哥低录取分数线两分。哥哥异常落寞。母亲把哥哥叫拢来：

"孝儿，镇上中学招复读生，你去复读吧！"

哥哥坐在门凳上，拧着：

"我既然没考上，还复读什么？"

"也只四元钱复读费，你就去吧！"母亲含泪对哥哥说。

"妹妹们都要读书，我要是还去读书，阿爹又是那样的身体，那家里你们都会被别人欺侮死去！"哥哥倔强着不去复读。

第三十五章 "英雄"雷战生

听说后来是病着的父亲说家中要留一个人照顾，让哥哥和二姐抓阄，结果二姐抓了"读书"，哥哥是不是抓了"读书"我不可知，可是哥哥一直没有去复读。

为了这个事，母亲不知哭了多少次，哥哥暗地里也不知后悔了多少次。

第三十六章　奔走治夫婿

　　二姐顺利进入她所考的煤炭学校。虽然读的是一个中专，但是能转户口，能去城市读书，并且每个月有二十七斤口粮和六元钱的生活补贴，在全村都可以说是大事。村民们也有来祝贺的。母亲以此为荣。

　　有个周日的黄昏，我看见哥哥躲在后山的大板栗树下哭泣，连忙跑过去，去拉大哥的手：

　　"哥哥，哥哥！"

　　哥哥看见我走过来，连忙用右手衣袖擦干眼泪，说：

　　"真妹，我抬头看这板栗树上有好多枯枝，想把它们弄下来当柴烧。不想被灰尘迷了眼睛！"

　　"哥哥，那我们去找竹篙，把它们弄下来！"我说这话时，看见哥哥的嘴唇瘪了一下，但是收住了声音。我觉得哥哥是世上最好的哥哥，眼泪也悄悄地漫湿了我的眼睛。

　　我们两兄妹把枯干的板栗树枝打了捆，背到禾坪。我和哥哥一起劳动的场景，那次在我心中印象是最深刻的。

　　近来父亲的咳嗽好像奔跑的火车，一咳好像要吐出五脏六腑来，脸憋得像红面关公，吐出的痰丝中还是有点点猩红。

　　母亲望着父亲这一阵阵揪心的咳嗽，走近前去，拍打着父亲的背，

第三十六章 奔走治夫婿

漾着眼泪：

"之伦，你慢点，这咳嗽真要命啊！"母亲心里暗暗下决心，"一定要治好之伦哥这个陈疾！"

秋风一阵强过一阵，母亲思量着山上的青蒿枝、河畔的川贝根、路边的车前子、地里的芦根是对父亲的咳嗽没有一点用！虽然这一段咳嗽的血量少了，但是咳嗽的声音煞是吓人！难道之伦的病情是更严重了？母亲这样想着，准备到县里中医院去问问。倔犟得像牛一样的父亲怎么也不肯花这钱到医院去看这个他认为是顽疾的病：

"这是老毛病，医院看不好的，孝儿转眼就十七岁，书不去读，总要去学一门手艺！纯儿读书也得花钱，真儿也快五年级啦！兰妮，你就别管我这个病了，好好打理这个家要紧！"

母亲探了探父亲的额头，知道父亲这段该是受了风寒。越是受寒，这咳嗽就来得更加厉害。

快入夜了。母亲找到了一坨老姜，洗净切片，捡了几粒红枣，掰开去掉核，弄了点白糖，和在一起放碗里，放在锅里蒸。母亲估摸着这白糖姜片红枣水散寒化痰去湿，晚上可能会让父亲的咳嗽有所缓解。母亲端来，给父亲喝了。

"兰妮，可苦了你了！"父亲喝完姜片水，喘着气，把碗递给母亲，眼里满是愧疚和无奈。

母亲接过碗，偷偷哭泣：

"你都这样啦！还说这些话。日子还不是照样要过下去！"

"我这样拖累你，还不如早死了好！"父亲的话充满绝望。

"之伦，你，你怎么能说这话？我们都要了真儿，她还这么小，还要读书。现在你却想撂挑子，叫我怎么活？叫孩子们怎么想？你别急，我一定想办法给你治病！"母亲略带责备但最终还是安慰父亲。

我在房门外，分明看见母亲泪湿的双眼和听见母亲有些哽咽的声音。

我觉得我可以依靠的大山就要崩塌了！我冲进房里，趴在父亲的床上，喊：

"爹，你的病一定会好的！妈妈一定会帮你想办法治病，大不了，我不去读书了！"

父亲见我冲进来，一惊：

"真儿，你怎么进来了？！"父亲的手从被子里伸出，宽大温暖的手掌抚在我的脸上、额头上，手指轻轻地擦着我的眼角：

"别哭！真儿。我会好的，只要我好一些了，就不会让你们娘女受这些苦。"

父亲又把脸转向母亲，母亲被突然奔进来的我怔住了，直到现在才坐在我的旁边，抚摩着我的头发：

"真儿，你最懂事了！阿妈一定想法子去给你爹治病！你先别急，你只管读书！"

"妈，爹咳嗽太可怜了！还有你，妈……"我只顾哭，怎么也说不下去了。

母亲把我搂在怀里，哄着我："你早点睡吧！不准哭了啊。不然明天眼睛肿了，同学们会笑话你的。"

我信以为真，慢慢地停止了哭泣，靠着母亲，竟睡着了。

无边的暗夜让母亲夜不成眠，父亲的咳嗽声让母亲的心揪着疼痛。母亲想：和之伦一路走来，初次相识，是在天马山上抓阿彪叔的时候，那时的之伦，是多么的魁梧健壮，充满力量；结为婚姻，最是难忘那桃林蜜语，心灵相惜，温情相守竟然已经二十五年；其中的笑与泪，风和雨，逝者与生者，都从母亲质朴的思绪中划过。母亲又想到大舅外婆的嘱托、遗愿，想到与之伦一起将大舅外婆埋葬，让她不至于曝尸荒野。之伦哥为了自己，为了这个家，做出了多么大的努力！看着喝过姜汤后竟然安睡了一阵的眼前的这个男人，母亲自言自语：

第三十六章 奔走治夫婿

"一定要想法子让他把这咳嗽的病根治愈!"

母亲想到了有余舅舅:"是啊,有余在县里电机厂上班,我去找他,兴许他能帮我想想办法,或许还能找到好医生。"母亲这样想着,也眯着眼睛睡了一会儿,天亮了。

哥哥早上正准备上山打柴。

母亲招呼哥哥一声:"我今天到县里去找有余舅舅,你打柴回来看顾一下你爹!"

母亲去公社搭车,我去读书,正好可以和母亲同一段路。一路上,我看见母亲微肿的双眼和疲惫的面容,我感觉到母亲把手拉抻我衣领时的微温:"真儿,你要努力读书!我要想办法把你爹的咳疾治愈断根。"我似乎看到了母亲下定决心的眼神。

"嗯,一定会的。"我快到学校了,"阿妈,你一路上小心!"

我在交叉路口朝母亲望去,直到母亲瘦削的身影越来越远,渐渐地变成了一个点,背着书包的我才朝着学校的方向飞速地奔去……

汽车颠簸地进了县里,母亲没吃什么东西,加之也没休息好,头脑昏沉沉的。母亲在车站下了车,问到了去电机厂的路,沿着一条大公路向电机厂走,显得异常疲惫。那时的城市自然没有多少繁华,道旁的乔木也落叶了。但是,母亲只要一想到躺在床上咳嗽着的父亲,她就又加快了脚步。

看到写有"电机厂"的大门了,但母亲并不认识。母亲笔直地往里面走,这时看见一个老工人,母亲探寻似的问:

"请问电机厂宿舍怎么走?"

"就是这里!"那老工人热情地为母亲带了路,把母亲送到了宿舍门口。

母亲一阵欣喜:"世上还是好人多,这次找有余这么顺利,之伦的咳疾一定会治好!"还没进门,就看见有余舅舅和一群工人从宿舍出来,准备去上班。有余舅舅老远认出了母亲，迎上来：

"兰姐，你怎么过来了？这个时候，你应该还没吃中午饭吧？"

母亲眼睛一热："有余老弟！"看见有余舅舅显得更加精神了，皮肤白净了许多，整个像换了一个人，自己却有些晕，不知接下去说些什么。

"兰姐，你这么远来了，肯定有事！"有余舅舅把母亲请到一个小饭馆里，要母亲等着吃口热饭。

"你姐夫的咳疾老不见好，乡下那些草药、单方，我都给他用过了，也无济于事。我想跟你了解一下城里有哪个医院或者好医生能医好他这个病？真儿还这么小，孝儿也还没到娶亲年纪，他要是扛不住，那我真没办法了。"母亲就把来意说明了。

有余舅舅告诉母亲中医院有一名老中医，听说很著名，可以去看看。

"哦，那我到那里去问问。"但母亲没有挪动脚步的意思。

"兰姐，有什么困难吗？"有余觉得母亲欲言又止，就问。

"有余，我……"母亲想把大舅外婆临终的遗言告诉有余舅舅，但是，话到嘴边，又咽了下去。

"兰姐，莫不是没有钱给姐夫治病？我这还有十五元，兰姐，你先拿去！"有余舅舅把手中剩下的十五元借给了母亲。

"有余老弟，加上上次三元，总共十八元，算我借的，以后我一起还！"母亲满眼是泪，不知如何感激有余舅舅。

"我们姐弟，不说这个，以后日子长着呢！"有余舅舅对母亲很是尊重。

"有余，你呢，怎么样？肖玉香和你一块了吧？"母亲想问问。

"还没有，战生牺牲，对我们两个打击都很大，我呢，也不着急这年把。顺其自然吧！"有余舅舅有一丝淡淡的伤感，转而又高兴了：

"但是，她对我倒是非常好。"有余舅舅把身上穿着的新毛衣给母亲看，"这是她帮我织的！"

第三十六章　奔走治夫婿

母亲一看那军绿色的毛衣确实很漂亮，针脚细密，花纹新颖，比买的更显得结实大方！母亲赞不绝口：

"想不到肖玉香的手艺这么好啊！你要好好珍惜。找机会把事情办了！"

离开有余舅舅，母亲终于找到中医院的那名老中医，买了一些青霉素之类的消炎药。老中医告诉母亲，吃完消炎药后，川贝、雪梨、冰糖和在一起隔水蒸一个小时，给咳嗽病人吃上一个月，陈年的肺疾可以断根。母亲又买了很多川贝、雪梨、冰糖回来，按时给父亲吃药，按时蒸川贝雪梨羹给父亲吃。有余舅舅借给母亲的钱虽然所剩无几，但是，一个多月以后，父亲的咳疾竟然奇迹般的好了。

山村里的人都传言：王之伦的病如有神助，说母亲是积福之人，这许久的痼疾竟然不治而愈！

父亲病好后的第一件事就是攒了一点师傅钱，送哥哥到大舅外公那里去学漆工。

第三十七章　学艺王孝儿

哥哥一早起来,正准备去打柴。父亲要我去叫哥哥。我正扒拉一口饭,嘴里含着小口剁辣椒。

"哥哥,爹叫你!"

哥哥悄悄地来到堂屋,用探寻的眼光问父亲:

"爹,您好些了吗?我正想到山上挑那些枯柴!"

父亲见儿子已经出落成大小伙子了,一阵惊喜,但想到自己这几年让儿子受累,又放弃了学业,一阵愧疚:

"儿子,快长成大男子汉了!能扛事,好样的。"

"爹,你吃了阿妈给你弄的消炎药和单方,真的大好了?真是太好了。"哥哥看爹说话很有中气,也不见咳嗽,心中异常高兴,"爹,我还要去担柴呢!"

父亲双手搭在哥哥肩上,有些欣慰也有些愧疚,语气温和地对哥哥说:"不急着去。儿子,爹知道你为了这个家,放弃了许多东西,都是我害了你!"

父亲从没跟哥哥说过这样的话!哥哥眼眶一红:"爹!你好些了就好。"

母亲也走过来,跟哥哥说:"我和你爹商议着让你去学一门手艺,舅

第三十七章　学艺王孝儿

外公一家是油漆世家。师傅钱也可以少点，孝儿，你就跟大舅外公去学漆艺，总要想法子维持生活啊！"

"可是你们不是正缺劳力吗？队上的工还是要上的。"

"我病好些了，不能总耽误，伢子。"父亲望着母亲，好像下了决心。母亲好说歹说，又跟哥哥讲了一些学徒的规矩。

我放下碗筷，跑到哥哥面前："哥哥，你的字写得好，丝毫不比这床上面的雕花字差，要是学漆艺，你肯定学得拔尖！"

"嗯。"哥哥终于答应跟大舅外公学油漆活儿。

母亲和哥哥一起翻过天马山到大舅外公家去，我自然还是背着书包去上学。

母亲和哥哥一前一后走在了天马山的山路上，山上的鸟儿鸣啾，花儿欢笑，山这边，丝茅溪也唱着歌飞泻而下；山那边，丝涓河的水也上涨了。青山绿树，水郭横斜，好一幅初春江南明丽山水画！

大舅外公瞧瞧哥哥那眉清目秀、方正的脸：

"兰妮，这伢子一定聪秀，干吗不让他多读点书？"

"……"母亲无言以对。哥哥立即接话：

"大舅外公，是我自己不读的，阿妈有叫我复读的。"

此时母亲已经满眼含泪：

"这几年王之伦老是病怏怏的，家里也没人上工，伢子懂事，就不肯去复读了！"

"伢子秀秀气气的，学漆工定是好手！好吧，我收他。也不用什么师傅钱，只需他在家看事做事就好。手艺还不是靠自己学？"大舅外公看了看母亲又看了看哥哥说。

这时，有元舅舅的一大一小两个小孩兴宝和幼宝在前面追追打打，围在大舅外公左右"爷爷，爷爷"地喊，好不热闹。

大舅外公抚抚兴宝的脑瓜，又捏捏幼宝的小脸蛋，满是宠爱：

"乖孙，出去玩吧。兰姑来了，我跟他们说话。"

大舅外公看着一对孙儿孙女出了门，不禁发出感叹：

"你看，有元的孩子都上小学三四年级了，有余还是那样子。既然回城了，就该与肖玉香解决终身大事，可是他迟迟地拖着，正月回家里来也不见肖玉香，不知他是怎么想的？兰妮，你这段跟有余联系没？"

大舅外公把脸转向母亲，探寻的眼光在母亲脸上搜索，似乎想了解到有关有余舅舅的一些究竟。

母亲心里一紧，回想起大舅外公和大舅外婆在一起时的往事。大舅外公虽然漆工手艺很精，但为人懦弱胆小，一辈子没有发过什么火。母亲幼年时对大舅外公印象最为深刻的事莫过于他们为了减轻家庭负担要把自己送给花缪湾寄养的事情！在那件事上，母亲曾经恨过大舅外公，但是，因为后来大舅外婆对母亲的细心教育，推心置腹，从没把母亲当过外人，反而让母亲对大舅外婆有些感激，而对大舅外公也只有感恩、原谅和愧疚、同情了。

自从大舅外婆遭难，这么多年，大舅外公孑然一身，出门做艺，维持家庭，养育子女，三个子女都可以说是各有所成，孙儿绕膝，晚景可慰。唯一烦忧的自然只有有余的婚事啦！

"大舅舅，去年为了王之伦的病我去过有余那里一次，当时有余给我看了肖玉香给他织的毛衣，我看他们关系非同寻常。这么多年，肖玉香也没外人，再等一等吧，大舅舅，有余上过大学，插过队，上过战场，也算经过大风大浪，您老就别为他个人的事担心了！"母亲回过神来，把去年见有余舅舅的情形跟大舅外公说了。

"肖玉香帮有余织毛衣？真有这一回事？"大舅外公放下心来。

大舅外公凝视着墙上大舅外婆的像，有些出神，然后自言自语：

"你大舅妈这么些年也不知在哪里？兰妮，你还记得那年她被抓走后，外婆要你和之伦去看看的情形吗？她这生不见人，死不见尸的，真

第三十七章 学艺王孝儿

是蹊跷！那个时期，也不知她是不是死了？"

母亲心里"咯噔"一下，几乎想把大舅外婆去世的前因后果都告诉大舅外公，但想到今天是想让哥哥在大舅外公面前学徒，如果说了，哥哥怕是没指望了。母亲憋出泪来，终究还是不敢和盘托出。只是说：

"大舅舅，大舅妈并不会放弃这个家，不管怎么样，她肯定有她的苦衷。"

"哎，不提这事也罢！好吧，孝儿，我就带带他。"

从此，哥哥就跟在大舅外公身边学习油漆活儿。

母亲和父亲给的师傅钱在当时来讲也是相对少的，但是大舅外公在手艺的传授上丝毫没有保留地传给了哥哥。哥哥呢，勤快能干，看事做事，大舅外公不上门做漆活儿时，哥哥就把大舅外公家里的事打理得井井有条。要是上门做漆活儿，哥哥随行，磨砂、上色、涂料、画画、上清漆、雕丝工、写寿字，大舅外公样样都教，哥哥呢，样样都精细地学，脑壳里快速地悟。大约一年把工夫，哥哥就可以独自上门漆家具了。

那年，我以优异的成绩小学毕业，上了乡上的初中。不久，哥哥又可以独自承揽各家各户的红白喜事的所有油漆功夫。父亲咳嗽再也没有复发，脸色红润了许多。二姐偶尔把积攒下的生活费寄上三四元回来，一些旧账包括有余舅舅的十八元也陆续还清了。我看见母亲久违的笑容又荡漾在了脸上，当她看见我瞧着时，就会开心地唱花鼓戏曲《董永》或者《刘海砍樵》：

"胡大姐，我的妻哎，你把我比作什么人啦哦？

我把你比牛郎，不差毫分来！

那我就比不上啰哦！

我看你比他还有多啰哦！

走啰哦，行啰哦！走啰哦，行啰哦！

……"

"阿妈，你好久没唱啦！你唱得真好听！"

"真儿，好听吧。我教你！"

"妈妈唱得好听，我学不会。"在我看来，那确实是世间最动人的乐曲，让我的童年生活有了最温馨的记忆和最美好的向往。

改革开放的脚步似乎也慢慢地踏进我们山村了，家里不仅可以养鸡鸭，还可以养猪。山村的副业也没有受到那样的约束了，父亲各方面才华都能用上了。父亲的草鞋编织得精致，一双又一双；父亲的筅箕、箩筐也编制得实用，一担又一担。每到镇上赶集的日子，父亲母亲就会担着这些编织的物件到镇上去卖，这些物品都是镇上人们的抢手货。

父亲和母亲赶集回来，我正在做作业。

母亲举着一条小手帕，在我面前扬了扬。

"真儿，妈给你买了条小手帕！"

"真好！谢谢妈。"我接过手帕一看，纯白色的丝线底子，上面绣了一枝荷花，荷叶葳蕤，煞是好看。

"妈，怎么想到给我买这手帕？为什么是荷花？"我好奇地问母亲。

"荷花好看啊！还有，你是六月生的，六月荷花，清洁、明亮，我不晓得用什么字！反正妈觉得挺适合你的。你正读书呢！你用几个词讲给我听，赞美荷花！"

"哦，好！我刚学了《爱莲说》，老师说，荷花'出淤泥而不染，濯清涟而不妖'，高洁、轻灵、不被外界环境污染，不被他人所左右。"

我觉得母亲听不懂，就乱说了一通。

"这形容得真好！你看那淤泥，乌黑一团，显得很脏，可是荷花是从那里面生长出来的，干干净净的，荷叶碧绿鲜嫩，荷花鲜艳美好，一点污泥的影子都没有。你学习上有没有困难？如果有，你就不能被这些困难打败，克服一下，不要让这些困难在你的脸上有丝毫痕迹！真儿，你们老师讲得多么好！你要好好学习！"

第三十七章 学艺王孝儿

我惊叹于母亲的理解力,母亲的解读比我高上千倍。现在想想,我真是低估我的母亲了!那时我也太自作聪明了!

母亲的察言观色也到了极致。因为那几天,我放学回到家里,就像泄了气的皮球。我的班主任把小个子的我编排到倒数第二排位置,按成绩,我是可以排到顺数一二三排的。可是,班主任不知从哪里听说的,说我们家不会送我去读高中。所以班主任对我说:

"王真儿,你坐后边吧,反正你们家不会送你读书,让其他同学坐在前面,别浪费了好的座位!"

本来我对班主任的语文课极感兴趣,他这样对我,让我对他的评价一落千丈,甚至对语文学习都不太上心了!

母亲跟我讲荷花的寓意,浓缩着她对我细致的本真的教育。很显然,母亲早就觉察到了我的内心,我的变化!

从那以后,我再不敢小看没读过多少书的母亲,再也不敢放松自己的学习。

放暑假了,二姐回来了,哥哥这几天也没去做上门油漆功夫。父亲在山上砍伐了一些树,要我们三兄妹一起去背树。

哥哥二姐都去了,背了几轮,他们觉得奇怪:

"真妹妹呢,怎么就不见她去背树?家里也不见人影?"哥哥二姐急急地跑来告诉母亲:

"妈,妈,真妹不见了,山上没看见,家里也没看见!"

"那她到哪里去了?"母亲好像没有哥哥和二姐想象得着急。

"我们去找找。"哥哥二姐急忙说。

其实,我是在后山上,只是没去背树而已。我端了一条小矮凳,放在后山一块大一点的空地上,坐在那里写作业,写了一会儿作业后,就拿起从同学那里借来的一本《钢铁是怎样炼成的》,津津有味地看起来,忘记了去背树!

母亲早就听邻居说看见我了,只不过没有跟哥哥二姐说。后来我乖乖地跟父亲说:

"爹,我忘记了去背树!"父亲有点怒气:

"你干什么去了?只一个劲偷懒,看你将来靠什么吃饭!"但是父亲并没有打我,因为母亲、哥哥、二姐都一个劲地朝着我笑。

母亲跟父亲讲了两句,知道了始末,也望着我抿嘴笑了。

也就是从那时起,我的成绩突飞猛进,数学英语双百分,语文也渐渐地也数一数二了。

第三十八章　接女望成长

　　党的十一届三中全会以来,改革开放的政策在全国各地陆续推行。正当我进入初三第二学期准备猛冲五个月进行中考的时候,全国范围内的农村分田到户,实行联产承包责任制。联产承包责任制亦称"联产承包""包干制"。具体形式有专业承包、包产到组、包产到户、包产到劳(力)等。我们天马山村采取的是包产到户,我们家除了二姐,其他的人每人都将分到一亩至两亩水田、两亩旱地、四亩山林。这种包产到户极大地刺激了广大农民的积极性,农民们多付出就有多回报。

　　融了冰雪的天马山四面八方的清溪潺潺而流,汇聚到了晒谷场下面的丝茅溪中。小河水流变得更欢快了,此时朝阳掉在了小河里了!岸边的小草在晨光中有些像水墨画了,先前有些浓,后面有些淡。不太开阔的天空呈现了清亮色。微风一吹,虽有些许凉意,倏然,天幕上的那颗星星隐去了,起初柔和然后逐渐耀眼的的阳光调皮地洒落下来,牧童们的欢快的笛声也渐渐响了起来,好像随着如丝竹般的溪流声要流向更远的地方。我踏着清晨的鼓点,披着微风,沐浴着洒金的朝阳,踩着一径八里的石子路,吸着一路醉人的新鲜空气,愉快地奔跑,赶到学校上课。

　　父亲母亲和哥哥呢,随着全村的农民,也都充满了新的期待,集中赶到了晒谷场,每一个人脸上都露出欢快的笑容,村民们七嘴八舌:

"党的政策真是好！我们手里又都有田地了！"

"这都是党的十一届三中全会开得好啊。"有些喜欢听广播的村民就会抓紧做总结。

村民们饶有兴趣地听着广播通播报：

"听说第一个包产到户的一个村民每年多产两千多斤粮食，还有副业收入。"

"真的，我们的土地山林都可以自己规划，自己处理？"村民们个个喜形于色，觉得分田到户后，可以大显身手，都期待着分到可喜可心的田地。

父亲和母亲在一贵队长主持分田的时候，红光满面，希望分到千家冲原来的一些田地。父亲挤到一贵队长的前面，和颜悦色地对一贵队长说：

"一贵队长，我们家现在没病人啦！我爹在的时候，您也知道这些田地都是我们家的，现在政策既然是包产到户，我也没别的，各家就要原来的田地，同志们。大家看这样好不好？"

农民们听父亲这么一说，也觉得还是自己原来种的田地熟悉土质、习性、水路，就都纷纷赞同这样的分法。

"一贵队长，就这样分法，很好。"

"要得，要得。就这样分法！"

"这样分法，也好，只不过要重新丈量田地。肥沃田和贫瘠田要分匀。"一贵队长也同意这种做法。

这时，哥哥不知何时也蹿到了一贵队长面前："随你们怎么分，我们在千家冲的田地，我们家该有一部分吧！一贵队长定会公平丈量，分配。"

"那是，那是。"一贵队长看看哥哥已经是个大男子汉了，已经远不是那个每一下午只能赚他两工分的大男孩啦。一贵队长不由得感叹："兰妮这大妹子硬是有儿女命啊！三个子女都是如此出色能干。呵呵呵！"

第三十八章　接女望成长

他偷瞄了一眼也站在了父亲旁边的母亲，母亲依然还是那么年轻、清丽，而且更显出成熟的风韵和魅力，又不由得叹了一口气。

"好，现在就去千家冲，丈量田地。原来王之伦家的田地就在那里，加之王老爹在全村做了很多好事，兰妮也经常为村民妇女接生、做好事不计得失，解救了很多待产病人。更值得我们每一个队员学习，他们夫妇还培养了一个吃国家粮的啦！虽然他们家现在只四口人，但是他家的田地还是分千家冲的吧。"

"队长说得是，王老爹做了一辈子好事，王之伦和兰妮也是肯帮忙的人，这是最好的回报他们家的方式！"村民中有人说。

"对呀，对呀！我还记得那一年收王老爹家的田地的情形，王老爹那硬是支持政策带好头啊！"李叔也说。

大家都随声附和，没有异议。

母亲此时望望一贵队长，又望望全队的队员们，说：

"一贵队长，队上分田，该怎么丈量，该怎么分，还是怎么分，我们家不例外也不特殊的。只要队长是主持公道，一碗水端平，我们家没有意见。"

一贵队长发现平时母亲很少搭理他，更不用说听见跟他说话了，现在听母亲这么一说，反倒更乐意把千家冲的大部分田地分给我们家。就说：

"兰妮，既然大家都无意见，那就这么分吧。"

结果是千家冲有八亩多田地又分到了我们家。父亲激动地把手搭在了母亲的肩膀上，热泪盈眶：

"兰妮，你还记得我爹说的'我是我们家族的罪人，连几亩祖业田地都没守住'吗？"

"记得，怎么会不记得？爹病情加重，临终的情形，我都记得一清二楚。"母亲把父亲背上粘着的茅草抇掉，踩在熟悉的田埂上，心中充满了无限的憧憬。

那天下午,父亲母亲和哥哥三人就都在千家冲田里薅草,松泥,打好今年春播的底子。

田塍上板栗树长出了许多新鲜的叶芽,冬眠过后出来的田鼠也眼神灼灼地望着母亲,好像在对母亲说:"今年真是新气象!"接着"嗖"的一下就钻过去了,不见踪影,紧跟着一只小田鼠钻了过去。

母亲笑问父亲:"之伦,你说这对田鼠是不是咱爹还在时的那一对?"

"也许是吧!"说完就对母亲闪着眼睛,"应该是那对田鼠的子孙吧。"哥哥从田头绕过来,问母亲:

"阿妈,田鼠?哪有田鼠?"父亲和母亲笑看着哥哥的急切神态:"跑了,钻洞里了!"

分田到户的农民们虽然辛劳,但是想到收割后的结余,脸上都漾着笑意。

扯秧、分秧、插秧的春插季节里,整个山村一碎片又一碎片的白水田地,每家每户的妇女们会先扯秧、扎秧,她们双脚浸在水田里,一点也不会想到水田的凉意,弯着腰,双手抓住秧身,一左一右,一前一后,左手一把秧,右手一把秧,合二为一,用缚秧的稻草一绺,一个秧就扎好了。随着她们灵巧的身子的移动,一个个翠绿的苗秧整齐地摆在白水田里,远看就像是一大块绿白碎花格子布。她们扯秧时带着欢欣,有时会哼唱起山歌:"走过一山咧,又一山咯荷嗬嗬,来到咱家稻田里,妹妹扯秧哥插田……"歌声透着喜悦,绿绿的秧苗就是全家人的希望。父亲和母亲,哥哥也加入了春插的大队伍里,在自家责任田里播插着秧苗,播撒着希望。听着不远处同村男女的山歌对唱,扯秧的前进步和插秧的后退步来得更快了。正是这些勤劳的山民,我的父老乡亲们,能把在大地上水田里田磡边鱼塘中天幕下的劳动日子喧嚣活跃得如歌一般嘹亮、悠远。

第三十八章　接女望成长

　　如同父亲母亲的劳动一样，我一天的学习也是在奔忙中耕耘着。为了上学，每天来回十几公里的山路，坑坑洼洼的，但熟知了道路的我在这一条上学下学的路上依然走得兴味盎然。

　　当然也有特别的日子。就在我快期中考试时，在我放学回家的路边一个大池塘边一户人家的阿姨投水死了。我一经过那个地方就会有些发怵，要是在漆黑的夜晚，我就再无法向前行进了。学校跟母亲说要我寄宿，让我上晚自习，老师可以多教知识。母亲问我：

　　"真儿，快初中毕业了，你到学校寄宿嘛！可以节省一些时间搞学习。"

　　"老师说一个月要六元寄宿费。"我对于母亲的询问有些惊讶，"不去，这么贵，对我们家来说不容易！我走读学一样可以学到知识。"

　　因为要六元一个月的寄宿费，我不想让母亲为了这个我自己可以解决的问题过于操心，于是毅然选择走读学。

　　那天我下了晚自习，已经是晚上十点半钟。天空黑蒙蒙的，整个山村里的人家只偶尔有几处有点昏黄的光亮。我壮着胆子，走出了学校的大门，往我们家里的方向赶。四周黑黢黢的，突然，草丛里会惊起一声"蝈蝈"的啾鸣！我提着胆子，把母亲早上给我放在书包里的手电拿出来。我总觉得后面有一种似乎在跟着我的脚步声。我不禁抹了抹额头，壮一壮胆，深深地吸了一口气！快要到那个死了女主人的大池塘边了，我不敢再向前走。远处的前方，好像有一丝光亮在闪，闪了一下就没有啦。我再次停步。我看那灯光很昏暗，慢慢地在向我这一边移动。近了，近了，更加近了。我打开了我的手电，朝那个光亮照去！我听到一个温和的声音响起：

　　"照什么，我也有灯光！"

　　是母亲的声音！是母亲提着用空罐头瓶做的应急灯来接我放学！"妈！妈！我在这里。"我的脔心好像要跳进口里，瞬间又跌落在了地下，我的眼泪一下子就迷了眼睛！我抱住了母亲，头伏在母亲胸前，觉得世界上再也没有这样细致地对待自己孩子的母亲了！

"你爹他本要来接你的！我看他劳作一天，今天就抢着来了。真儿，你现在还没吃晚饭，饿了吗？"

"不饿！"我靠在母亲身边，牵着她的手，手心热热的；我紧紧地贴着母亲一起走，心头就好像燃烧起一团火，觉得无限的温暖和满足，即使十几个小时没吃饭也没有一丝饥饿的感觉。

等我们回到家里，母亲先要我洗澡，她热了饭菜，等我吃完睡了，她才会去休息。

静谧的夜幕下，家门口的木瓜梨树和红花梨树都结出了嫩嫩的梨子了，就着这一天窗口最后射出来的点滴昏黄灯光跳着舞。油灯灭了，在睡梦里，我往往是上课又快迟到了。我想，母亲的梦里，恐怕是"昨天插的秧苗都长成稻子，变得黄灿灿的了！"或者"又快错过最好的替真儿做早饭的时间了，再晚一点，真儿怕是要迟到了！"于是母亲翻身起床，在厨房忙碌着全家的早饭。

第三十九章　慈怀育儿女

母亲早早起来，用柴火给我们全家做糙米甑蒸饭。我坐在灶屋的灯下，就着油灯早读，书可能没怎么读进去，母亲做甑蒸饭的方法却看得溜熟：所谓糙米就是推子推的米，营养没有散失。母亲先把米和水放在大锅里，锅中水要没过米，且水量还要超过米的四分之一个筷子高；这时加大柴火，把锅中水烧滚，不到十分钟，待米被煮到中间炸花，马上用密密的漏瓢把米舀出来；然后在蒸锅底部放适量的水，放上竹甑，把舀出的炸了花的半熟米粒均匀地撒在竹甑上面；再用筷子在米上面均匀地戳上几个洞，盖上蒸锅的盖，此时灶里加大火开蒸。一刻钟之后，饭就被蒸熟，整个灶屋里弥漫着诱人的甑蒸饭香。锅中的米汤又鲜又稠，发出一阵浓香，母亲也不会浪费，有时要我从鸡窝里摸一个鸡蛋，打碎了放在米汤里，有时还加拍点老姜，全家人喝到米汤蛋，一大早肠胃暖暖的，全都提起了精气神。那饭香得更是诱人，即使没有菜，也是吃得有滋有味。

"我吃饱了！阿妈，我去读书了。"我每天吃完早饭都会跟母亲说这么一句，接着带上一茶杯中午饭背着书包往外走。

"注意走路小心，坑坑洼洼的路！要上心听老师讲的每一句话！"母亲每天也是不厌其烦地对我叮嘱。

"知道了！"我边背着书包边跑，回答母亲这话时，已经下了我们家门前的山磡。

我每天赶到学校也差不多是最早的，看到在校的老师们，我都会喊："老师早！"这也是母亲平日里教导我的：

"小孩子，一定要嘴甜！多喊人！舌头滚一滚，喊人不失本！你嘴巴甜了，大人们听着心里头舒服，都喜欢。"

所以一到学校，我见到老师，见一百回就会喊上一百回。老师们都讲我有礼貌。但是每天早上，如果是我的科任老师们这么早见我到校了，总是讶异地望着我，那神情似乎是说："这么远的路，还到这么早啊？真听话。"

班主任唐老师下课后找着我："王真儿，你天天这么早到学校来，那么晚才回去。在路上都耽误两个小时。你累不累啊？你怎么不寄宿？"

"寄宿？我在这里读个书还要花上六元。父亲身体素来不大好，哥哥也快要想办法成亲。我家也供不起我啊！我走走，锻炼身体。"我抬眼望了望班主任唐老师，这个说我考上了高中也读不起的老师，这个把我的座位编到后面几排的老师，幼稚的我当时这样想着："唐老师，您也会想到我会累吗？"

"你有没有别的办法想？你这成绩的来势很好，但是你这样每天早出晚归辛苦奔波，况且连晚饭都没有吃呢！这真不是个事。你扛着扛着，身体会受不了的。"

这次，我真看到了班主任关切的眼神。我眼睛热热的，对他说："没关系！有没有高中读还不一定呢！唐老师，你就别管了。"

我低着头有点不是滋味。回到了教室，同学们都转过头来看着我拿着一本政治书发呆，不知发生了什么事。唐老师前前后后跟我说的所有的话一直在我脑海里回响。

我估摸着父亲母亲也难得让我去上高中，母亲有一个心事，就是想

第三十九章 慈怀育儿女

让哥哥讨上一房堂客。虽然我现在的成绩是全校第十一二名，但是学校老师看我天天走学，也没有把我放在重点培养上。老师们都戴着有色眼镜看待我，农村的重男轻女思想，说不定我的父母为了哥哥的亲事，也会放弃我的学业？

那以后，我心思恍惚，课堂上，老师讲什么，我有好多都没放进脑子里。

一连几天，我都是这种状态。有时晚上，我想着这事，也通宵没有睡着。

"真儿，你这一段脸色怎么这么差啊？你是不是病了？"有天早上母亲蒸饭时好像看出点什么，问我。

"没什么！没事！"我死撑着，不肯跟母亲说实话，更不肯把班主任的话跟母亲商量。

五一节时，二姐纯儿回来待两天。

"真妹，快初中毕业了，成绩应该很好啊！"二姐跟我打气。

"好什么好？学校都十几名啦，学校也没把我重点培养。"我耷拉个脑袋，既没底气，也没信心地告诉二姐，"而且，听说爹妈也不准备让我读高中啊！"

"你在哪里听说的爹妈不会让你读高中？"二姐反问。

"大人们怎么决定，你怎么知道？我们班主任都知道了，说就算我考上高中，爹妈也不会让我去读！"我在二姐面前，倒是实话实说了。

"这样啊？真妹，你别急，那我跟你去套套阿妈的口气？"二姐附在我耳边说。

"嗯。"我噙住眼里的泪，扁着嘴点点头，两手不自觉地玩着晾衣服的挂杆。

"不，我一定要考出去，考上重点高中！离开这个贫穷落后交通不便的山村，我不能每天提着猪潲桶，一身邋遢一身腥臭地待在这个地方一辈子！"我在心里呐喊。

二姐和母亲一起去种辣椒，边挖土边试探地问：

"真妹在学校到了十一二名了，加之她个子不高，师范怕是录不上！阿妈，她要是考上高中，爹妈准备送她去读吗？"

母亲听二姐这么一说，一边侍弄着筬箕里的灰土，一边抬起头看着二姐：

"纯儿，怎么想着问这个？你爹的身体只能保不能累，你哥还没讲娶亲的，确实是难事！"母亲顿了顿，又摇摇头。

"阿妈，那她如果考上了，到底是让她读还是不让她读？"

母亲看着二姐："纯儿，你看呢？是真儿要你来问我的？她心深，不肯在我面前露出丝毫的不快！这几天，我发现她有点反常。是不是真儿要你问的？"

"没有。我只是想问一问。"二姐低下了头。

看到二姐的神态，母亲已经猜出了几分。就说："反正下半年你也毕业了，如果真儿考上了县里重点中学，你要没恋爱就也支撑她一点。我和你爹呢，就是讨米，也要让她读出去。如果她没考上重点中学，那也读不出来啊！不过，总是难事，你哥哥还没谈婚事，你爹身体不好，谁会愿意进我们这家门啊？要是真儿要读书，还不知会怎么样？"母亲说着，叹一口气，落下泪来。

"不过，你还是告诉你真妹，如果她考上重点中学，我就是讨米，也让她去读完高中。你去让她现在要好好读，莫七想八想的，怄出病来。"

"阿妈，你莫着急，总会有办法的！"二姐安慰母亲。

那几天，我无心学习，心里总揣摩着班主任唐老师的话。直到二姐把母亲说的话悄悄告诉我：

"真妹，如果你考上县里重点，咱妈说讨米都会送你去读的。"

"真的？！"我看二姐不像说假话，我总算了解到母亲的心意。母亲

第三十九章　慈怀育儿女

太难了，我那时还那么幼稚，差一点耽误自己的学业。不过，在那以后，我总算放下心来，松了一口气。

眼看着离中考越来越近了，老师眼中的几个重点高中的尖子生都在老师的办公室里额外辅导。我坐在教室里，不断地记诵，认真地回忆着揣摩着各位科任老师所讲的重点：

"我一定要考上重点中学，一定不能让母亲失望！"我暗自下决心，"中考，决不能落在老师看重的那些尖子生的后面！"

"真儿，你读书累不累？"睡前，母亲问我。

"阿妈，我没有你累。对不起！我以为你不打算培养我读书，胡思乱想了几天，差点耽误了学习。"我不好意思。

"我早看出来了，但是我怕越问你越反感，就不问了。幸亏你二姐回来，跟我说了！现在你要加油啊。"母亲一边给我拿蚊帐一边自言自语。

"阿妈，明天起，阿爹和你都别去接我了。如果我明天晚上十一点多没回来，我就是在学校附近的同学家里睡了。"我终于鼓起勇气试探母亲。

"那她妈同意不？"母亲很关切地问。

"昨天她跟我说可以，但不知道她妈同意不？"

我有一个玩得很好的同学叫王针，她家就住在学校附近。她父亲在外省钢铁厂当工人，家里就只有她妈和她。王针成绩和我不相上下，有时甚至比我好。在学校时，我经常跟她一起探讨学习方面的难题。她有天问我：

"真儿，你住这么远，晚上回去这么晚，怪怕人的。你怎么不寄宿啊？"

我的眼泪不自觉地落下来。王针吓着了：

"怎么，真儿？你要是没办法想，要不，你中考前就住在我家里咯！我家离学校近。"

我就问王针：

"那不知道你妈同意不？"

母亲得知这一情况，当天就找到了王针的妈妈，拜托王针妈妈说：

"如果您同意我妹子住在你家里，你家里的柴火我包送到屋，蔬菜我也送过来。另外我还送点口粮……"

我当时自然不知道母亲咬牙担着一担担的柴火送到王针家里去，提着蔬菜，提着米跟王针妈妈说好话的样子，我只知道我交了一个极好的学伴，只知道王针妈妈极好，有时还为我摊上一个荷包蛋，增强我的营养。

我每天节约的两个小时都被利用上了，王针睡了，我还没有睡；我起床了，王针还没有起床。那些要背诵要记忆的全靠这些时间。数学、英语、物理、化学及作文就是在学校落实到位。我在王针家里，把落下的知识进行了一番梳理，奋力地追赶，我什么都不想，只为心中的梦想，只为诗和远方。

中考成绩出来了，我竟然以全镇数一数二的成绩上了县里重点中学，而老师原来的那几个重点中学的备份竟然也只有三个上重点中学线。

母亲得知这一消息，那天晚上就给我煎了一个荷包蛋，犒劳我。

"真儿，真替爹妈争气！"母亲兴奋得一夜没有睡觉：先是把我可以穿的衣服清理了出来，整整齐齐地摆在一块，找了一个布袋子装上。然后她爬到我的床上跟我一起睡。

"阿妈，阿妈，我过半个月就要去县里读书了！"我跟阿妈轻轻说，眼泪已经流到了脸颊。

阿妈抚摩着我的背，内心肯定也是十分舍不得，因为那时我不满十三岁，阿妈就在我的耳边絮絮地说：

"女孩子家以后在外面，就要自己保护好自己。如果只有一个人走的时候就不要走，一定要等到有一个伴时才能走；一日三餐要定时，不要只顾学习忘记了吃饭；跟同学相处，要多说热情的话。在学校寄宿，老师如果管得严，那是对你好，你千万不要误解老师不喜欢你……"我在母亲温柔的叙说声中进入了甜蜜的梦乡。

第三十九章　慈怀育儿女

重点中学我是考上了，可是对于母亲，对于我们家来说又是一个艰难的旅程。学校老师们得知我家的情况，为了鼓励我纷纷解囊，给我买了床上用品、桶子脸盆之类的日常用品。而县一中需要交十二块五毛一个月的伙食费，加上零用，每一个学期我需要七八十元的花销，爹妈必须准备好。母亲东挪西借，南家说道，北家唠嗑，总算凑足了这些钱，我目送着母亲走这家，串那家为我攒学费钱，又期盼着母亲有所获而归，中间的时间那么漫长，那么难熬，熬红了我的双眼，也熬出了我对梦想的执着和坚毅。

哥哥从江西打工回来，也带回了一些工钱，终于是把我的学费钱凑齐了。母亲嘱咐哥哥送我上高中，终于把哥哥和我一起送上了去县城的大篷车（因为当时没通长途汽车）。

我在大篷车的窗口里瞧见了父亲和母亲站在路边，站在风中，额边的头发朝东边飞，他们往我们这边张望，我虽然看不见母亲细致的表情，但是我的泪早就下来了。

第四十章　真儿上重点

哥哥怀揣着母亲为我准备的学费和伙食费送我去上学。哥哥小心翼翼地坐着，丝毫也不敢动，我呢，依在大哥身边，更是晕晕乎乎的。大篷车"嗒嗒嗒嗒"近四个小时，我几乎要把肚子里所有的东西都吐出来，胃都翻出来了，总算到达了县里重点高级中学。

涓水河畔，三仙岭边，坐落着一座有着历史积淀的中学。这就是我将要就读的县里重点高级中学。人流如织，人影幢幢，人们纷纷走进了宿舍、教室。学生们按时报到，我也报到了。从此我要在这里度过三年的高中生活。

我只一米三的个子，站在那偌大的人流中，我就是一个小不点，哥哥把我的行李送到学校，就要回家。我用刚刚买好的餐票给哥哥买了午饭，让哥哥吃了早些回家，我自己一点胃口也没有。

哥哥转身要走的一瞬间，把我矮小的身子留在学生潮中，哥哥的眼泪就像断了线的珠子往下掉，但是哥哥硬着一颗心，定住几秒，就擦着眼泪大踏步地往校门走去。

我看着哥哥远去，又环视着周围陌生的环境，我心里觉得空落落的，我立即挤出人群，往校门口追去。我怕哥哥回头看见我，不放心，就从校门右侧的操场穿过去，隔着栏杆缝，在后面看着哥哥一步又一步地向

第四十章 真儿上重点

前,心里默念:

"哥哥,谢谢你来送我!哥哥,谢谢你放弃了你自己的前途送妹妹读书!"我见哥哥的影子消失在校门外,依恋、不舍、感激、无助都充斥着我的心,眼泪已经模糊了我的双眼。

哥哥回家后含着泪跟母亲描述说:

"我走时,看着真妹那么一丁点大,缩在那一大堆人里,我都看不见,显得很造孽的样子!我都忍不住哭啦。然而她竟像个没事人一样。"

母亲眼里水漾漾的,很专注地听着哥哥说,手中缝衣服的针不小心戳破了左手中指,就放嘴里吮吸,终是忍不住,伸手用衣袖擦泪:

"孝儿,真儿看你走,哭了没有?你回来时告诉她没有?"

"她知道!我怕她见我走了伤心,没敢回头看她!"哥哥还是很不舍。

"没事,真妹倔犟。那里有老师,有同学,她肯定很快就能适应啦!孝儿快别伤心啦。"母亲强作安慰哥哥,心里却是空空的,总觉得好像丢了什么似的。

送走了哥哥,我慢慢融入了同学们的友好氛围中。春风秋月,花谢花飞。老师的教育,同学的关怀,我努力地在这个高中里学习知识,走好学程的每一步每一站。课后的时光,我找到安静之处,思考老师所讲的习题。我不买任何零食,也不吃别人的东西,因为同学的零食人情毕竟是要还的!吃了别人的零食,哪里有足够的余钱来买零食给学友们分享?

尽管这样,我过得依然很开心很充实。

母亲请人给我写信说:"真儿,家里一切都好。有一家人的女儿看上了你哥哥,可能明年要结婚。真儿,你离家这么远,要懂得自己照顾自己。如果周末你喜欢走动一下,可以过河去有余舅舅厂里,和他联系联系。我和你爹都好,你不要念及家里,安心读好书!"我将母亲口头表达的这一封信看了一遍又一遍,最后把它藏在了旧木书箱的底部。我常常念起母亲的剁辣椒，母亲的甑蒸饭，母亲的韭菜虾，母亲特有的味道。每当我想念爹妈的时候，就会把这封信拿出来，闻一闻那熟悉的味道，翻开来，再念一念那无比熟悉的文字，就好像看见母亲讲话时的面容和神情。

有一天傍晚，有余舅舅到我的学校宿舍看我了。

"真儿，你娘要你过河来找我，你怎么就不过来呢？"有余舅舅带了半斤小花片，递给我。

"有余舅舅，您来了！我……学习忙！我才没去你那里的。"我接过小花片，与我同寝室的同学们一起分享。

"你妈要我有时间来看看你。今天看你挺好的，我有机会就会告诉你妈。以后周末到我那里去走走哦，来看看舅舅！别只顾学习。"有余舅舅快要离开的时候跟我开玩笑。

"嗯好！谢谢舅舅，舅舅好走！"

有余舅舅在天马山是一个多么出色的人，上过大学，插队在我家住过，后来又去当兵，快四十岁了，脸上依然看不出岁月的痕迹。我想，找个周末去看看他工作的地方。

周六下午我就去了有余舅舅厂里，竟然在那里看到了母亲！我看见母亲清瘦了许多，面色蜡黄，没有变的唯有眼神，坚定而刚强的眼神。我看见母亲眼里有泪花，但是瞬间消失。我跑着扑进母亲怀里：

"妈，妈！您怎么在这里？妈，我好像好久好久没看见您啦！妈，妈，……"我的心好像立刻有了归宿，安宁了起来。远处工厂里的烟囱里冒着白烟，绕绕停停，升向高空，慢慢地越来越淡，如同我对母亲的牵挂，在这一刻，淡到化了，黄昏时清朗的天空，有几只归巢的鸟儿正向远方飞去。我偎依在母亲怀里，觉得整个世界都在我的脚下，瞬间沉静。

母亲抚摩着我的头发，捏捏我的脸，又擦一擦我的眼睛：

"怎么啦？学习累了！累哭啦？"

第四十章　真儿上重点

"不是！"我握着母亲的手，还是很奇怪地问母亲：

"你怎么会来有余舅舅这里？"

原来看上哥哥的姐姐叫淑艺，按照当时的婚俗，哥哥要讨媳妇，我们家里要准备八百元的彩礼金，否则女子是不会进门的。父亲在我考上高中时就在天马山重新干起了石匠活，母亲也是开山、喂猪、种菜，多赚钱，哥哥远走广东打工，但是，八百元的彩礼金对于这个家庭实在是太难了，还是没有筹够。为了哥哥的婚事，母亲不想跟左邻右舍借钱，更不想跟附近朋友借钱，毕竟女方家看重的是面子：两个妹妹一个已经工作，一个正在读书，如若考上大学，将来应该会有好日子。母亲左思右想，终于还是来找有余舅舅。

母亲到时，有余舅舅正病着，躺在床上发烧。肖玉香每天也要上班，这段时间由于加班竟没有抽出时间来照顾有余舅舅。母亲招呼我坐着，就泡姜糖水给有余舅舅发汗。有余舅舅在床上躺着，头上滚烫，面色赤红。母亲焦灼地看着有余舅舅，不知如何是好！

"妈，妈，你等等我！"有余舅舅躺在床上又做噩梦啦，有余舅舅的手不停地滑动，头不断地左右摆动，口中念念有词。

"有余，有余！你快醒醒，这一下子工夫，你怎么又做噩梦啦？"母亲坐在了有余舅舅的床边，大声地喊着有余舅舅。

母亲用手摇着有余舅舅的左手，憋出了眼泪，摇头：

"有余，有余，你快醒醒！天啊！这种梦魇到底要持续多久啊？"

母亲示意我拿了一条湿毛巾给有余舅舅敷在额头上。

这时，肖玉香从外面进来，看见有余舅舅这个样子。就对母亲说：

"兰姐，有余不知怎么的，老是做这样的梦！不知他到底经历了什么，一发烧就梦魇。"

"哦！"母亲若有所思。有余舅舅一直挂着他的母亲，所以才会思虑成疾，一发烧就成了这样的症状。母亲内疚至极，憋得一脸通红，话语像火山一样喷发了出来：

"都是我不好啊！有余。是我把你害成这样啊！"

肖玉香正将刚刚拿来的退烧药喂给了有余舅舅吃了。听母亲这么一说，怔了怔：

"兰姐，你说什么？"

母亲心里五味杂陈。大舅外婆临终的形象再次在母亲眼前闪现，大舅外婆所说的话一句句响亮在母亲的耳边："有余是史兰成的儿子！"想到这里，母亲的脸色惨白，眉头紧锁，拿着杯子的手微微颤抖。

肖玉香被母亲这样的神情吓坏了，连忙安排母亲坐下休息。

有余舅舅已经停止了梦呓，渐渐地平静下来。过了个把时辰，就醒来了，问：

"兰姐，我刚睡了多久？"

"有余，你辛苦啦！"母亲啜泣着，对有余舅舅说。

"兰姐，你这是怎么啦？"有余舅舅强撑着坐了起来。

"妈妈，妈。"我拿着毛巾给母亲擦擦脸，对母亲说："你要是有什么想跟有余舅舅说的，你就说吧！你看你把你自己憋屈得这么痛苦！"

母亲终于停止了哭泣，细致地跟有余舅舅说了起来。

"有余，都是我害了你！害你总是思念大舅妈，思念成疾，才到了今天这步田地。其实，大舅妈已经没有了！就是1957年那天被抓以后，就被迫死在了乡公所外的操场上。"

"有余，大舅妈临终时说，你是史兰成的儿子。但是，当时为了保住我们一大家子，大舅外婆选择咬舌放弃生命，要我和你姐夫不声不响地把她老人家埋在了家乡的山上。"

母亲一口气说了这么多话，心里都被掏空了似的，头歪歪地靠在了床架上，面无血色。

"阿妈！妈！你别吓我呀！"我紧紧地靠在母亲右肩上，不停地喊着

第四十章 真儿上重点

母亲。

有余舅舅一声不响地听着,当听到母亲"你是史兰成的儿子"的话时,嘴唇抖动了一下,随即发了疯似的跑到了宿舍外面的一株大榕树下,把头往树上撞,嘴里还发出"啊、啊"的号叫……

肖玉香紧追着有余舅舅喊:"有余,有余……你给我回来!你原来真是史叔叔的儿子!"

深夜阴冷的风凄厉地呼啸着,混杂着他们愤懑的忧伤的此起彼伏的哀号声。

第四十一章　患难痴爱恋

"轰隆"远方的天空响起了一声闷雷，旋即携带着的闪电，从半空中闪射下来。有余舅舅捶打着树干的手已经出了血，他"啊、啊"的哭号声也显得沉闷。肖玉香追到大榕树前，哭诉着喊：

"有余，有余，打雷了，闪电了，就要下暴雨了！你站在这大树下面，你真不要命了吗？"

眼看着就要下大雨啦！肖玉香随即走近有余舅舅去拉扯他的左手，拉到自己身边。有余舅舅灼热的眼睛，见到面前的这个女人，拔腿就要跑！肖玉香拦在有余舅舅前面，迎着有余舅舅的目光！有余舅舅一头扑进肖玉香的怀里，双脚瘫软在地，歇斯底里地喊："妈，妈，我究竟是谁的儿子？"肖玉香双手捧着有余舅舅的头，抚摩着他的后脑勺，又扶着有余舅舅的肩膀，拉起来：

"有余，有余，你起来，你清醒一下！你看看我是谁？"

此时，瓢泼的大雨呼啸似的过来，打在大榕树上，打在黑沉沉的大地上。

有余舅舅被肖玉香拉起来，有余舅舅迷迷糊糊地睁开眼睛，蒙眬中看着是肖玉香：

"玉香！我……"有余舅舅喘着粗气，紧紧地抱住了肖玉香，又号哭

第四十一章　患难痴爱恋

起来，然后发疯似的双手捧着肖玉香的脸，口中含糊低吟着"玉香！"，低头把灼热的唇压下来，肖玉香含着热泪迎了上去。他们拥吻在了一起。凉凉的雨水击打在了他们的头上、脸上、背上，他们浑然不觉。有余舅舅的胸膛里喷涌着熊熊烈焰，也许是压抑，也许是相思，也许是积淀已久的深情爱恋，喷薄欲出，要燃烧整个大地，煮沸所有河川，熔尽世间所有的屈辱、等待和不甘。肖玉香的一切挂念、等待、付出、渴望，在这一刻变成了对有余舅舅热切的回应，有余舅舅滚烫的脸贴在肖玉香的脸上，鼻子里灼热的气息淹没了外面所有的喧嚣，肖玉香的意识里只有有余舅舅的轻轻的呢喃、缠绕的舌尖和可以颠覆一切的深爱。在肖玉香儿时的记忆里，在史兰成叔叔家里，总是听着一句这样的话："将来我一定会娶你！"那个人是有余吗？多少次梦里就是看见这个影子，听见这句声音响起，谁知会在大学里偶遇？暴雨下，头发、衣服、脊背、裤腿，一切都是湿漉漉的，连同身体里那被有余舅舅挑起的阵阵情爱的潜流，已经让肖玉香如丝一般牵扯、缠绕、漫延，无边无际，直至大海深处……

母亲追到大榕树下，目睹着有余舅舅和肖玉香紧紧地拥抱，终于长长地呼出了一口气。母亲的泪水也和雨水汇合在一起，不知是高兴、激动，还是不安、失落。多少年来，这一事实不敢跟有余舅舅说，怕的就是说的这一刻对有余舅舅的伤害。如果这一说，反而促成了有余舅舅冲破藩篱，走向爱情，难道不是一件大大的好事？

哗哗夜雨，歌样喧腾，寂静夜空，魅影彷徨。不知天堂里的大舅外婆是否会为有余感到欢喜？母亲想。沉浸在二人世界里的有余玉香全然不知道母亲追来找他们。

淋漓的大雨中，昏黄的夜幕下，母亲转身深一脚浅一脚地返回有余舅舅的宿舍。

周日，有余舅舅的高烧退了，见肖玉香含羞地迎着他的目光，低下头笑了。母亲跟有余提议：

"我们回杨溪村一趟吧。"

有余迟疑了一下，眼中似有泪光，但还是同意了。

母亲叫我早点回学校读书。

母亲、有余舅舅、肖玉香一起坐了汽车到了杨溪村，母亲拐道集市买了香烛，就回到了大舅外公家里。大舅外公垂垂老矣！头发几乎全白了。看到肖玉香和有余一起回来看他，神色和有余很是亲密，竟也忍不住地欢喜。

"这就好了，你们认识这么久了，早应该在一起了！"大舅外公赞许地望着肖玉香。有余舅舅想告诉大舅外公自己母亲的事，一时语塞，不知从何说起，终究还是没有说这个话题。

母亲心中仓皇，生怕闹出什么大事，就悄悄地对有余舅舅说：

"有余表弟，大舅舅身体一日不如一日！"

有余看着这个深爱了自己一辈子的父亲，竟然也是比自己更为屈辱，有余的内心如千刀撕扯一般疼痛：

"我的父亲！为了家计，为了孩子，劳苦了一生，可谁知离乱时代给他带来了如此不齿的闲话和笑话！"有余转念大舅外婆的身影又一次浮现在有余舅舅的眼前，细长的丹凤眼，高挑的身材，肌肤如脂，莹莹透白，一笑起来，如初出之皎月，让人恬静安宁。"尤其是母亲做针线、织毛衣的时候，线走流珠，线纹精致美观，整个世界都在她的手中。"这样想着，有余舅舅眨了一下眼睛，眼中的泪水不自觉地往下掉，跟着母亲去天马山的深处。

三人下了阶基，围着湖田，过了小桥，沿着丝涓河往天马山上走。

人在心事重的时候，思虑往往也是最多，尘封了许久的记忆都会呈现。杨溪村熟悉的一草一木，丝涓河潺潺的流水勾起了有余舅舅许久以前与我的母亲所有的儿时记忆，有余想：这是以前和兰姐钓虾的地方，这是捉螃蟹的地方，这是姐弟二人摸过田螺的池塘。哦，河边上那个偌

第四十一章　患难痴爱恋

大的水磡，就是兰姐为了救我，被毒蛇咬伤脚的地方！看着在前面带路的母亲：

"兰姐，你还记得你被蛇咬的地方吗？"有余舅舅试探着问。

母亲只顾想着如何把大舅外婆的事跟大舅外公说，把对大舅外公的伤害降到最低，不承想有余舅舅会问这么个问题。随口一答：

"哦，那事，我到死都会记得的。"

有余听了也是一惊："想不到那次遭毒蛇咬给兰姐造成了如此深刻的记忆。兰姐都是为了救我呀！"想到此处，有余舅舅再次感激我的母亲，但是兰姐怎么能把这个秘密隐藏如此之久？兰姐又遭受了多少隐忍和痛苦？

肖玉香沉浸在昨夜的风雨柔情中，看着天马山下沿路的景致，虽来不及仔细欣赏，倒也一饱眼福。也顾不上多说话，步履匆匆，只顾跟上母亲和有余舅舅的脚步，继续往天马山深处赶。

三人此刻都是无语。雨后的天马山多了一丝清亮，如果不是去故地，也不会这么冷清吧。

快上坡了，母亲回忆起来，至今心有余悸。为了这事，之伦哥跟着我，又是受了多少委屈啊？而到现在，之伦哥依然还是为家庭，为儿女打石碑，不辞辛劳。母亲泪如泉涌：世间的事，难道不是不如意事十有八九？

山鸟不懂人心，依然在树上鸣啾，山花不识人态，自是粘枝绽放。它们自然不知道母亲内心的隐痛。然而一路的风景，清爽的山风，倒也确实让肖玉香领略了一番。

那里，两棵松树已经绿荫如盖，周围的小灌木也丛丛长齐，只露出中间一小块两三平方米的微拱的地方。上面依稀长了一些小草。因为父亲和母亲每年都会来这里清理一下杂草。

"有余表弟，就是这里了！"

有余舅舅看着这细小荒凉的坟头，悲从中来，因为离散，多少次梦见母亲一脸血污，但是面带微笑，不承想重逢是如此的凄凉。有余双膝跪在他母亲的坟头，二十七年前他母亲的形象好像浮现在他眼前：

"有余，你要带好弟弟妹妹啊。你要听话"的话语回响在有余舅舅的耳旁，有余的头叩在了坟面，终于忍不住呼天喊地地诉说起来：

"娘，娘，你为什么这样选择放弃？娘啊，你这样去连一副裹身的衣服、棺木都没有啊！娘，我对不起您啊！"肖玉香跪在有余舅舅的左手边，左手扶着有余舅舅的肩，右手点上香，插在了坟头。在追随有余的日子里，有余无数次地讲起要去寻回他自己的母亲，没想到现在这一方小小的坟墓竟成了母子最后的记忆。肖玉香又想到好友雷战生，也是永无见期。"悲莫悲兮死别离，天人永隔无还期"，人生最大的苦楚，无外乎此了。想到此，肖玉香也大声痛哭起来。

母亲自从上天马山岭时就没有干过眼泪。有余和玉香的哭声更是使天地昏暗，山林呜咽。母亲跪在有余舅舅的左边，边燃香烛边哭诉：

"大舅妈，今天我把有余和他的女朋友都带来了，让他们跟你诉诉思念之情。大舅妈，您放心去吧，现在改革开放，国家政策清明。"母亲尽情哭诉，匍匐在大舅外婆的坟边，双膝都快疲软了。

这么大的天马山回响着他们三个嘤嘤的哭声。山林无语，唯有坟边草木为之动容。一声闷雷，铺天盖地的雨点又打落了下来！

第四十二章　姐弟祭慈亲

狂风裹挟着雨点横扫着坟头上的细香和蜡烛，蜡烛瞬间熄灭。唯有细香的丝丝袅袅的烟雾斜斜地上升。母亲泪眼迷茫，扒拉了一下细香，看有余和玉香还是沉浸在悲伤中。喊了一声：

"下雨了，我们应该趁雨还小，赶快下山！"

有余哭得伤心，吸着鼻子：

"娘，你是多么可悲，现在，老天爷降下这雨，都不愿意让我多祭奠你几分钟！可悲啊！可悲啊！"

母亲扯着有余舅舅的左手，玉香扯着有余舅舅的右手，终于把执拗要跪着的有余扯了起来。

下山的路上，如珠如线的雨水打在他们三个的脸上，冰冷滴落，他们看见山路两侧的大树被雨淋洗得透亮，听见两旁的雨打树叶的答答声，他们吸了一口气，一路散发着小花、细叶和雾气的混合气息。山间的小路很窄，有余舅舅拉着肖玉香的手，小心翼翼地往下走。母亲断后，一眼可以望见他们的头。小路上，瞬间就被大雨洗得干干净净。好在，大雨来得快，去得也快。快到山麓的时候，雨停了。三人快步走回家。

回到大舅外公家，大舅外公看有余舅舅眼眶很肿，眼睛通红。肖玉香也是如此。惊讶地问：

"有余，怎么这会子出去，都这样子回来了？你们两个，发生什么事啦？"

"爹，没事，没事！本来去登山，正碰上下大雨，都淋成这样子啦。"有余还朝玉香笑笑，玉香连忙点头，笑容中有丝忧伤。

"兰妮，快点都进屋，换身干爽衣服，以防感冒！"大舅外公蛮高兴。

二舅外公夫妇早就在大舅外公家里等着他们啦。

有元舅舅的两个孩子，都上了中学。因为有元舅妈有工作，有元在家里倒也过得安稳。他照顾大舅外公也很仔细，所以大舅外公虽然疾病缠身，但是次次发病只要一有征兆就都及时发现了，都得到了及时救治，真是有福气！有元舅舅从外面回来，见大哥带女朋友回来了，赶紧张罗。

母亲和有余舅舅赶紧去厨房搭把手，有元舅舅忙摆手：

"很快就好，很快就好！"

满舅外公老夫妻听二舅外公说有余舅舅带了女朋友回来，总要来打个照面，也跟劲允一起坐着交通车赶到了大舅外公家。

人生最大的幸福莫过于家人团聚，尤其是上了年纪的老人。大舅外公三兄弟，两妯娌，还有一些小辈，今天全都聚在了一起。一个大堂屋都欢闹起来了！孙辈们的欢闹让舅外公们咧着嘴笑，两个舅外婆特别开心，都有说不完的话。尤其是满舅外婆，拉着肖玉香的手，唠叨个不停：

"我就说，你和我大侄子特有缘分！一起上大学，一起下放，有余去当兵时，你都心中没别人，真是难得，难得！"

"满婶，有余是风里雨里什么事都经历过了，正直、踏实、靠得住。太滑溜的，我管不住！"肖玉香也过了害臊的年纪，只赞扬有余的好。

"哎呀，这么护着我们家有余啊，有余以后享福啦。"满舅外婆是真高兴，围着肖玉香不离开。

"阿妈，还不是你让有余舅舅多受了一些苦？"劲允半开玩笑半当真地调侃他妈。

第四十二章　姐弟祭慈亲

"你，这么大个人啦，还不理事，都快要到讨堂客的年龄啦！"满舅外婆笑着奔过去要打劲允。

"还说不是你害的？我去参加自卫反击战，怎么就不行？硬是把有余大哥推向了战场。二哥援回不也好好地回来了，一回来就转业有了工作！"劲允一点也不怕他妈，对满舅外婆继续说了一句，"呵呵，惯子如杀子哦！"

"还真是！惯了你这油嘴滑舌的儿子！"满舅外婆还真被儿子说得不好意思，揪着劲允的臂膀要拍下去。劲允马上笑呵呵地闪开。

"就你话多！你妈还不是舍不得你小子去吃苦？"有余从厨房端菜出来，笑骂劲允。

满舅外公满是自豪地看看有余，又宠溺地瞧瞧劲允，朝满舅外婆会心一笑：

"虽然是玩笑，也道出一个道理：带孩子还是要放手。不过，我们家族中总算出了援朝、有余、援回这些人尖子！有余各方兼顾，面面俱到。确实为我们家增添了不少光彩。"

"有余，你下放之前，入党的事情耽搁啦，回到电机厂之后该申请进了党组织吧？"满舅外公又转向问有余。

"回单位后，组织就了解到我的履历，举手表决啦。我恢复了所有的党龄。这次回县里，我和玉香就会去民政局把结婚证领了，今天也算是要家里人做个见证。"有余转告满舅外公。

真是丰盛得有点奢侈的饭菜！改革开放两年，农村的财富大倒转，尤其是像舅外公他们这样的大户，立竿见影。大堂屋整整三桌都坐满了，热热闹闹地要喝有余舅舅的喜酒。面对家人如此大方和热情，有余舅舅真是百感交集。他们一直就是融在他骨子里的亲人了，从长辈到平辈，再到现在陆续出生的晚辈，都认为他是"有"字辈的老大。况且，全家族都认为他有学问、有见识、阅历广，凡遇到特别一点的事，就要来问他。但是,昨晚风云变幻,让他难以接受,难以适应。上他母亲坟前跪拜,边哭边想,他想了很多,但不管怎么想,也没有想到会与这一大家族毫无关联,而且,只要往这一方面想时,有余的心就绞在了一起,刺刺地痛。现在他一想,脸憋得通红,面对全家对他的欢宴,他从凳子上坐起,举起酒杯,对五个长辈说:"爹、二叔、满叔,真是难得一聚,今天高兴,我先干为敬!"说完,一抿嘴,一仰头,一杯酒就喝进肚啦!舅外公们和舅外婆们觉得有余这是极为恭敬,也都端起酒杯。

接着,有余的堂弟们都来敬他和肖玉香。桌子上都是地里的土产,塘里的水货,稻田里最好的饭食。有余舅舅嘶哑着嗓子:

"老弟妹们,现在党的政策越来越有利于农村的发展,你们看,这一大桌子饭菜,就让我们大开眼界啊!趁着这么多色香味俱全的好东西,我们都要开怀畅饮啊,"又瞧一眼肖玉香,"来,玉香,虽说我是老大,但是他们的孩子有的都很大了,连最小的都可以牙牙学语喊我'大伯'了,我们在弟弟们面前真落后啦!"

有元舅舅马上搭腔:

"大哥,加油!明年底就有喊我'叔叔'的了吧!"把个肖玉香说得绯红了脸。

这时,有余舅舅那个最小的侄子从大人怀里钻出来,跑到肖玉香面前:

"伯伯,伯妈,我要吃那个很小很小的蛋(大概是鹌鹑蛋)。伯妈,你给我夹!"闹得大家都笑起来。

肖玉香总是看着有余舅舅喝酒,没怎么夹菜。母亲坐在肖玉香左手边,不断地给她夹菜,人生地不熟,母亲怕肖玉香吃不好饭,加之今天也够累啦,一定要好好招待肖玉香。母亲对肖玉香说:"这孩子要鹌鹑蛋!你帮她夹几个。"肖玉香只顾看着有余舅舅,口里"嗯,嗯"地答应,手却没动。母亲对那娃说:

第四十二章　姐弟祭慈亲

"到兰姑这边来,我给你夹!好吗?"

"好,兰姑。"看小东西嘴里嚼着鹌鹑蛋,喜滋滋地又跑到他妈那边去了。

果然不出肖玉香所料,有余舅舅支持不住了,喝得东倒西歪的。肖玉香赶紧扶他下桌,坐到小客厅沙发上去。

肖玉香也喝了一点酒,头脑晕乎乎的,今天半天的车,半天的山路已经让她累坏了。她随即和衣躺在沙发旁边的床上,竟然迷迷糊糊睡着了。

有余斜靠在沙发上,内心里翻江倒海,本来昨天就发高烧,晚上又淋雨,这一惊一喜,一悲一醉,哪里受得住?

胃里的东西全都涌出,全吐了出来。母亲看见,赶紧过来收拾。有余舅舅对母亲说:

"兰姐,今天我是真高兴才喝多了。真是辛苦你啦。这么些年,你对我算是最好的姐妹之一,以后我们还是好姐弟!我知道,你为了我,承担得够多,牺牲得够多。真的,兰姐,真是苦了你了!"

有余舅舅也算是"酒后吐真言吧"!母亲听有余舅舅掏心掏肺地跟自己说这些话,刚听到一半,就止不住眼泪横流。但是,母亲知道,有余一定会有美好的未来的,只要他能过得好,过得舒心,过去的就让它过去!也没什么委屈,说开啦,就都好了。就跟有余说:

"你刚刚反胃了,再休息一下,我到厨房看看还有没有要帮忙收拾的!等你醒了,我带你到一个地方,把大舅妈留给你的东西找出来给你。"

说完,母亲收拾好后,将一条小毛毯搭在有余舅舅身上,也帮肖玉香盖好被子。

母亲又来到厨房,问有元舅舅、二舅外婆还有没有需要帮忙的地方,边收拾边闲谈,又是个把钟头过去了。

神台上方的闹钟嘀嗒嘀嗒地响着,母亲和衣坐在以前老外婆的床上

就是睡不着。雨后的风显得清凉,老外婆的教诲也时时响在耳边。母亲想:

孝儿大了,学了手艺,自然要成家立业。要是做父母的,这一点都做不到,那就枉为父母。可是八百元彩礼钱还差这么多!怎么办?

"这么远坐车去找有余,原本想找有余先借点凑齐,再把那个茶叶罐子里的文件挖出来交给有余,也算不负大舅妈所托。可是,这下有余又醉了。"

母亲默念:有余老弟,你什么时候醒来啊?

无边的倦意吞噬着母亲,实在扛不住,母亲竟睡着了。

天刚破晓,有余舅舅醒来了。母亲一个翻身,赶紧起床,把有余舅舅带到后山埋文件的大茶籽树下。母亲手中的镬头"嚓,嚓"一下一下地挖,有余舅舅的心也跟着这声音"扑通扑通"地跳,不知到底是什么,值得自己的母亲用生命相搏,值得兰妮姐一辈子为之保守秘密,为之历尽艰辛承担!

终于挖开了,那个茶叶罐子完好无损。母亲端起来,郑重地交给有余。此时,东方的天空出现了一抹鱼肚白,上面似乎还缥缈着将要泛红的朝霞。母亲扶着有余舅舅的肩膀,边下山边说:

"有余,交给你啦!"接着,长长地呼了一口气。

有余舅舅接着这个茶叶罐子,与母亲急急忙忙地回屋。就着昏黄的电灯,有余小心翼翼地揭开了覆盖罐子的塑料,伸手进去,摸出来一个烧坏了一截的纸信封,封面上写着"兰成",前面的字烧煳了,看不见什么字。信封里有一份文件,文件也烧了一个角,但字迹基本清楚:"六十六军鹿师二十二班班长史兰成"下面是史兰成的工作履历。文件里还有一张照片,照片上一对夫妇,男子威武高大,抱着一个大约两岁的男孩,女子,着一袭碎花旗袍,年轻貌美。有余一眼就能认出是自己的母亲知英。那孩子,怎么跟我有些相像?有余想。一看照片背面写着:

"有明两岁。"

第四十二章　姐弟祭慈亲

落款是：

"一九三七年十二月"。

多年的思念顿时无法控制。有余拿着大舅外婆的照片在唇边亲吻了一下，看到这孩子的照片，有余好似明白了什么。一阵眩晕，他含泪赶紧装好了文件，收好，趴在书桌上抽泣起来。

第四十三章　操持如陀螺

母亲把手搭在有余舅舅肩上，又轻轻地拍打着，安慰着：

"有余，还早，你再休息一会儿吧！"

"兰姐，我睡不着了。我想将来要把我娘的尸骨重新装殓，重新给她超度！"有余呜咽着，抑制不住激动说。

"那要等机会告诉你爹和叔叔们，看他们的心意。"母亲希望有余能平复下来。

有余舅舅点点头，缓缓情绪。

"哦，兰姐，你在回来的车上提到孝儿快要订婚了？"突然想起坐在车上时，母亲曾跟他提起哥哥的婚事，于是就问母亲。

"是啊！姑娘家里要八百元彩礼，我还在想办法啊。"母亲没有想到有余舅舅会主动提起这事。

"还差多少？"有余站起，拉开公文包的拉链，问母亲。

"还差三百多。"母亲低低地说。

"我只须带我们两人的车票钱回去即可！兰姐要不要我和玉香请两天假跟你一起回山那边帮孝儿订婚？我这里还有三百五十元，你都拿去应急！"

"老弟，你能借给我这么多？到我积攒好了，我就还你。"母亲又惊

第四十三章 操持如陀螺

又喜,"纸皮袋里的四个银圆也是大舅妈留给你的,有一个大舅妈说给我做嫁妆。我想着五个你一起拿着好作为找你父亲的信物。再艰难的日子,我也不敢去动它。"母亲觉得有余舅舅就是恩人,哥哥的婚事也有着落了,真是令人开心的事,于是敞开心扉,一一都告诉了有余。

"兰姐,我跟你,就不要说这么多了。我们姐弟,一起度过多少难挨的日子,现在日子都好了。即使你现在有困难,那也是暂时的。孩子们大了,就都好了。以后你的困难,就是我的困难,告诉我,我都帮你解决。"

母亲非常感动:看着这个弟弟出生,无端地偷看弟弟吃奶,儿时总是非常羡慕他,有亲生父母疼,甚至有时还想:为什么躺在大舅妈怀里的不是我?现在,他成了支撑自己一家的顶梁柱,对我还是这么竭尽全力,而且还有今天这样的承诺,有余真是一个难得的好人。

母亲告诉有余,说有余玉香要早一点把结婚证领了,早点把孩子生了,再晚,玉香也属极高危产妇了,所以山那边就没必要去了,我自己回家和之伦哥商量着办。到结婚时,再要孝儿请舅舅舅妈喝喜酒。

有余笑着点头:"孝儿办结婚酒,一定要告诉我,到时我请假也必须和玉香一起来。谢谢兰姐!我妈的事真让你操心了。"

母亲和有余舅舅小两口同时在大舅外公家出门,母亲使劲地点头,与有余、玉香挥手再见。

母亲赶忙赶往家里,有余他俩回厂。

有余舅舅和玉香一回到厂里,就到民政局办理了结婚证。有余舅舅对肖玉香说:

"玉香,我们都这么大年龄了,就新事新办,不闹大了。免得单位领导、同事朋友都要破费,麻烦!你看行吗?"

"两人照了相,领了结婚证,还办什么办?只要你一辈子对我好,就行。你可不能辜负我!"肖玉香眼神迷离,无限珍惜。

"我是不会辜负你的,就怕你会辜负我哟!"有余捏着肖玉香的酒窝,打趣道。

"好啊！有余，你还真坏！"玉香沉浸在美好的爱情之中，整个人都显得特别精神，特别美丽。迷离的眼神将有余的视线纠合在一起。

母亲小心翼翼地捂着放在布袋里的350元，心里无数次地感激有余舅舅的慷慨：

"这下好了，孝儿的婚事有着落了！"母亲沿着山路，往天马山上跑，她想到父亲的打石场去，把这一好消息第一时间告诉正在打石碑的父亲。

曲曲绕绕的山路，快爬到父亲的打石场的时候，母亲的双膝发软，汗水顺着脸颊流下来。

父亲看见，赶紧放下石锤石凿，站起身，拿着水壶给母亲倒水：

"兰妮，你怎么到我打石场来了？这多难走！"

"之伦，你看我袋子里是什么？"母亲边喝水边摸着布袋问父亲。

"有余帮咱们啦？"父亲也很惊讶。

"不但帮了我们，而且玉香昨天都见我娘家的长辈了，他们一回去就会去打结婚证了。真好！总算了却了一桩心事。"母亲发自内心替有余和肖玉香高兴，跟父亲描绘时，激动得眼泪都下来了。

"兰妮，看你急的。歇会吧。"父亲心疼地劝母亲。

"之伦，有余真是个大好人啊，他竟然把他身上带的所有的钱都支持了我们孝儿的婚事！反倒弄得我不好意思。而且孝儿结婚，他说一定要来的。之伦，这个钱，以后我们一定要攒齐还给有余，你看呢？"母亲絮叨给父亲听。

"肯定要还，我打石碑，孝儿做油漆上门功夫，只要生意好，还起来应该也快。兰妮，别着急！来，坐在这里休息一下。"父亲深感歉疚，这事情让母亲独自奔走，但木讷的父亲也不知如何向母亲表达。只是对母亲说：

"兰妮，你辛苦了！孩子们都是让你操了大部分的心。都是因为我身

第四十三章　操持如陀螺

体不好，能力不够！害你奔波。"

"你也不容易！这么大的太阳，在这山上打石场里，熬上一整天，真是特别辛苦的事。没办法，之伦哥，都是为了孩子。我那时打算不生下真儿，你还愣是要生下来。现在好了，忙完孝儿的彩礼钱，你还得忙真儿的学费。"母亲用毛巾拧了一把水，帮父亲擦了把脸。

"我愿意养！但是早几年因为我的身体倒是更苦了你。"父亲回答母亲，用手甩了一把汗水，眼睛分明笑着，却闪着泪光。

"现在还说这些干什么？'儿孙自有儿孙福'，只要把孝儿的亲事办了，你也不要想太多了。真儿理事，除了学费，也没多花一分。相信孩子们都会好起来的。"母亲目视前方，憧憬着说。

打石场上方和下方都是密密的茅草，石场里面竟有些阴凉。父亲左手拿着凿子，右手抡起石锤，仔细而认真地镌刻着石碑上的字，又对母亲说。

"兰妮，一块一尺六长的石碑，全部做好，推到岭坡坳去卖，可以卖到二十元。"

因为要使力气，刻字又是精细功夫，父亲额头上细密的汗珠渗了出来，母亲见着，一阵心痛：

"之伦，如果不是孝儿娶亲要花费，真儿读书要用钱，我也不想要你做这损身体的苦力活儿。"

"别想多了，我好着呢。待孩子们出来了，就都好了。"

母亲望着父亲那晒得黝黑的脸庞，但是眼神里充满自信和倔犟，心中满是感激。"咕咚"喝一口，准备下山回家里拾掇。

撩开柴草，一路下山，柴草里有一股新鲜的山花的气息，阳光正好，让万物的脸上都绽放着鲜亮的花儿。这条路，母亲走了近三十年啦，从舅舅们家里到自己家里，风风雨雨，来来回回。今天一路暖阳，不必说有余舅舅对哥哥婚事的毫无保留的支持让母亲倍感温暖，单是父亲为家庭的竭尽全力，就让母亲为之感动，为之坚守。

母亲想：有余今天就回去打结婚证了，他们俩耽搁得太久了。说不定明年就会有小孩，我挪用他们小两口的钱不能太久，一定要尽快把这些钱还给他们。母亲盘算着，之伦哥卖掉石碑会有一笔进账，孝儿做油漆上门功夫也会有一笔进账。算着算着，还是不够，母亲又想了一个新主意：要不我来做米酒，将米酒卖了，也会有一笔进账，也可以把经济融通一点。这样一来，有余的这笔钱不到年底就可以还清了！母亲这样想着，脚步也轻快起来，不知不觉进了家门。

母亲首先赶紧打扫房子，里里外外，旮旮旯旯扫了个遍。然后母亲洗抹桌子凳子床铺窗台和大门，最后连神台都没有放过，边洗边抹，还一边对着神台说：

"阿弥陀佛！菩萨，您坐在我家神台上，要保佑我老王家兴旺发达，子孙连绵。"

母亲开始抹挂在墙上的爷爷奶奶的相片，又对爷爷奶奶说："我的公公婆婆，你们睡到那后山上，要保佑你孙子讨一个好媳妇，替我们王家忙前忙后，传宗接代啊！"说完，母亲又忍不住地自言自语：

"明天我们就要去送彩礼将你们孙儿的婚事定下来，再选个日子把婚事办咯！你们这就可以放心咯。"

母亲开始打扫禾坪，禾坪边的红花梨树果实已挂枝头，青翠青翠，像小小的葫芦般挂着；木瓜梨树上也结满了果，土色的皮，显得沉甸甸的；枣树正当开花，黄莹莹碎纷纷地缀满了枝叶间；三棵橘子树也开始打花，白色的碎花散发着诱人的香气；山磡边，板栗树上，毛球已展露，树叶随风欢笑：今年的板栗树该是大丰收呀！母亲就如枝叶般欢喜，等待着这些果子的成熟，入筐，连笑容都带着甜香。手拿竹扫把，"唰，唰，唰"，一扫就是一大块，不到半个小时，整个禾坪就干干净净的了。

哥哥收工回来时，牵红线的高婶早已到了家中，正与母亲唠嗑呢！

第四十三章　操持如陀螺

母亲一见哥哥回来，就知会哥哥：

"孝儿，明天我们一起去淑艺家提亲。今天晚上可要休息好！"

"阿妈，不是还差钱吗？去了，人家瞧不上，没面子。不如不去得好。"哥哥很无所谓。

"不去怎么知道人家的心意？说不定人家是看中你的人品呢？"母亲给哥哥加油鼓劲。

果然，第二天，三人一到那里，淑艺便迎了出来，对母亲嘘寒问暖，见了哥哥，竟然脸红起来，也不知道说什么好。

淑艺父亲问哥哥是干什么的，学手艺没有。哥哥挺实诚，只道学了油漆活儿，有时出外打点工。接着哥哥便把他在江西打工的事仔细数来，见闻学识较农村小伙更胜一筹，当即就对淑艺说：

"这小伙子脑子活，跟他过日子，有你的好日子。"

高婶见机行事，按照母亲的意思打了大大的礼包。

然后高婶把女方的意思告诉母亲，婚期定在八月八日。双方准备接亲，待嫁。

母亲乐陶陶的，对哥哥笑着说："娶了媳妇可不能忘了娘哦！"但总算松了一口气，只须到时准备娶亲就是了。

第四十四章　真儿思母恩

这几天，我心里慌慌的，总是想着母亲的辣椒炒肉。课间，在教室里，我不时地摆弄着母亲给我的那些信，回想着别人为母亲代笔的每一句话，脑海里总是跳过母亲慈祥和善的面容。这时，班主任老师手里拿着一个包裹和一封信告诉我，母亲又给我来信啦，并给我寄了一个包裹。

我打开信，信是哥哥写的：

"真妹，最近你身体可好？在学校还经常闭痧吗？学习虽然第一要紧，但是你也要注意休息，只要身体好了，就有更好的精力学习好。你一定要经常锻炼身体，不能像小时候那样总是发痧了！

"另外，阿妈要我告诉你，我和淑艺八月份结婚，你可要回来哟！"

"真妹，阿妈还给你寄了吃的。咱妈说，不能总吃同学的，那糯米粉，你也分给寝室的同学吃一些。"

我读着这封信，眼泪在眼睛里打转：既为哥哥嫂子高兴，又对母亲深感愧疚和心疼。

我琢磨着母亲会给我寄什么粉子？既感到惊讶又充满好奇。我小心翼翼地打开包裹，一看，我的眼泪禁不住还是流了下来。母亲给我磨了糯米粉，用一个大塑料袋包着，还有两瓶人参精和两盒增光片。那时，人参精是最补脑的，增光片是最增进视力的。母亲记挂着我的身体，我

第四十四章　真儿思母恩

因小时经常闭痧，也有头痛的毛病，因为读书用眼较多，母亲就是这样省吃俭用给我买了营养物和补品。而糯米粉，是母亲用双手推着石磨，把炒熟的糯米一粒粒磨碎，寄过来给我补充辅食！配上白糖，用开水一冲，那种香味，久久地萦绕在寝室里和我的心里。这是怎样的一种深恩啊？我永不能忘记母亲给我的那份执着和牵挂！

隔了几天，分配到涟源钢铁厂办公室已经快两年的二姐也给我来信了：

"真儿，咱妈给我写信说哥哥要结婚啦。真是太让我感到意外啦！爹妈竟然解决了农村那一套定亲、彩礼的所有问题！

"另外，真儿，我也交了一个男友，他对我挺好的。到时哥哥结婚时，我带他一起回县里，我们一起到有余舅舅家里，和有余舅舅一起回老家。听说有余舅舅会派车去。"

我接着给二姐写信提议："你们现在是在城里，流行自由恋爱结婚，婚事从简。你和哥哥本就是双胞胎，为什么不跟你男朋友商量，把他的父母也接到我们家里去，你和男朋友也在八月八日拜堂结为夫妇，要所有亲友们做一个见证？这样父亲母亲也不用再跟你做嫁女酒。如果二姐你同意，我写信去告诉父亲和母亲。要他们在酒席上做好准备，二姐，我等着你的回信。

"最后，希望你一切安好！"

过了一个星期，二姐就给我回信了：

"真妹，你的提议很好！我男友都听我的，我一跟他说，他就说极好。我和他提前一个月打好结婚证。到时，他会派车去老家，和哥哥把嫂子接回来后，再一起拜堂。你也一定要回去哦！"

我写信给母亲陈述了二姐和她男友的事情，并告知母亲，可以两对新人一起拜堂成亲。母亲后来回信说："想不到二姐和二姐夫这么仁义，全力支持你哥哥的婚事！你父亲和我觉得很欣慰。"

然后是一些叫我一定努力读书的话。

时间的车轮永远向前，但我儿时记忆如潮，对家人的思念日深。每当傍晚我和几个要好的同学徜徉在渭江河畔，两岸的绿茵遍地，柳丝轻拂，初夏凉爽的江风让我们神清气爽。我就不自觉地回忆起故乡的山峰群鸟翻飞，故乡的小溪鸣唱如歌。山上的打石场里，父亲挥汗如雨，为我的前程在拼搏，丝茅溪边的青石板上，母亲拍打粗麻，为能换上一些钱改善父亲的营养而劳作。哥哥在各家各户来回奔走，做着上门油漆功夫。我的父母兄长，都是披着晨曦而出，戴着星光而归，到了夜幕降临时，才聚在一起聊聊天。每一个人都为着爷爷奶奶的"为善乡邻，勤俭持家"的宗旨在拼搏。

放暑假了，我突然记起母亲常跟我们兄妹说的"兄妹同心，其利断金"的话，我寻思离八月八日还有将近一个月，我可以在学校附近白天找点事情做，晚上睡在寝室里，攒钱给哥哥和二姐买结婚礼物。有一家要找一个教初一英语的，我冒昧去了。他们询问了我是干什么的，我说在重点中学读高二，他们问我多大，我说十五。

"你年龄这么小，你不怕你辅导了我家妹子，我们不给钱吗？"

"不怕，你人好。不是那种人！"我直视着男主人，笃定地说。

那男人满意地笑，对他老婆说："就要她辅导一下吧，可以和萱儿做个伴。让她睡我家里，包吃住，一个月给她二十元。"然后他又问我："你说八月五日要走，我给你二十元工钱，你教我萱儿不？在我家吃住，你就跟萱儿睡。"

"教，工钱已经很高了！"

尝试是人类最大的潜能。我在萱儿家近一个月里，学会了与人相处，尤其是如何与年龄小一点的孩子交流，而且，我自己也多记了许多英语单词。

我到附近的市场里买了两样礼物，价格都是十元，一个是送给哥哥

第四十四章　真儿思母恩

嫂嫂的象征哥哥二姐的龙凤娃娃，一个是单独送给二姐的富贵牡丹花艺。上面都贴上大红的"囍"字，幸福吉祥的，热热闹闹的。

八月七日，我带着礼物如期到了有余舅舅家里，有余舅舅如坐春风，风度和气质更显儒雅，玉香舅妈呢，大着肚子，脸上也显得胖了一些，虽说是四十大几了，她倒是一点也不在意，行动迅速。也许是长得高的缘故吧，怀了孕，还是雷厉风行！

二姐一行四人也都到了市里，听有余舅舅说用对讲机和他们对了话，说很快就会到达有余舅舅这里。

让我没有预料到的是大姐大姐夫和婷儿也不一会儿就到达了有余舅舅家里，叽叽喳喳，把个有余舅舅家围得水泄不通。好在待不太久，我们等到二姐和二姐夫就立即出发回老家。

有余舅舅派了两台车，加上二姐二姐夫派的车，车内欢声笑语，外面阳光温暖。一共三台车搭着我们几家人往家乡进发。

刚到山村，村民都在议论这三台车：

"这是兰妮家里孝儿明日办结婚酒，所以有余、玉香派了车来！"

"不对吧，应该是纯儿回来了吧，听说她毕业参加工作了，进了机关，将来肯定是当官的。"

"孝儿结婚，他大姐顺儿夫妇肯定会回来。"

"那是，顺儿那么好的福气！一个当工人的丈夫脾气性格那么好，一点也没架子。"

"他们家满伢呢？考上重点中学的那个，听说蛮争气，在重点中学就能领到一些奖学金。"

有余舅舅和二姐夫派的车在村民眼前呼啸而过，村民们的议论声音随风传进来一丝尾音！

快进家门啦，我们的心"怦怦"直跳，家里的大门上贴着"王府孝儿郎相伴，胡家淑艺女随行"，横批是"育德辉光"。窗上都贴着大红的

"囍"字，窗户纸上都贴有能干的乡邻们的大红蝴蝶剪纸，到处都洋溢着喜庆的气氛。

我们下车来，父亲母亲和哥哥一齐奔过来：

"有余舅舅，舅妈。"

"小子，要结婚啦！"有余舅舅拍拍哥哥的脊背，"这结实的，确实长大啦！"

母亲看了看玉香舅妈的肚子，乐呵得像个大姑娘：

"有余、玉香啊！你们可真能耐，这速度快得别人都想象不到，看肚子，差不多四个月了吧！快进屋坐着休息。坐长途也够累的！快歇歇！玉香，你快坐着歇歇！"

"大姐，大姐夫，婷婷。"

大姐顺儿和大姐夫齐声说："孝儿可真长成帅小伙啦！"

父亲拉着婷婷，爱不释手："你看婷婷都快长成大姑娘啦，活脱脱一个小'顺儿'。"

"二妹，你也跟他们一起回来啦！"哥哥指指二姐夫：

"这位是？"

"这是我男友，叫罗胜军。哥哥你就叫他小罗吧。"

"小罗！"哥哥热切地跟二姐夫握手。

"哥哥。我们真是有缘分。"二姐夫扶着哥哥的肩膀朝父亲母亲走去。

"阿爹，阿妈，这是二妹的男朋友，叫罗胜军。你们就叫他小罗吧。"

接着小罗请出了车子里的两位老人：小罗的父母。父亲和母亲赶紧又奔过来跟小罗的父亲母亲说话：

"罗家老弟啊！这真是委屈你们坐这么久的车！"

"应该的，应该来的。您家纯儿好贤惠的女子，对我们挺好的。"

"哎呀，老姐姐呀，你真是辛苦啊！这么远愿意到我家里来看他们拜堂。"

第四十四章 真儿思母恩

罗家妈妈一点也不装腔作势，说得很实在：

"现在城里提倡自由恋爱，照结婚照打结婚证，社区的见证一下就结婚了。能来感受一下农村的结婚礼仪，也是我们的骄傲。我的意思是，只要他们两个人开心，比什么都好。我们两个人什么都没带，只是就带了个见面礼包。"

接着就拿了一个大红包和一个小红包给了母亲：

"我也不知乡里什么乡俗，什么都没带，就带了这个，也是我们的一点心意，他们两个人的事，其他给您去打理就好。小红包是给纯儿哥哥的结婚礼金。我做得不周到的地方，请亲家公亲家母海涵。"

母亲眼含热泪，只是一个劲儿点头，心想纯儿有这么直爽大气的婆婆，真是前辈子修来的福气！

我隔着车窗，望着他们那么开心、快乐，心中感到无限的欢喜。我偷流热泪：我终于又见到我可亲可敬的父母双亲、哥哥和姐姐们啦！

最后，我拿着给大哥二姐买的礼物下了车，和二姐一起走进了哥哥的新房。

"哥哥二姐，想到你们二位同喜，我给哥哥买了龙凤娃娃做礼物。"

"真妹，你哪里来的钱买礼物？你不是自己挨饿省出来的钱买的吧？傻妹妹！"

"你才挨饿呢！我自己暑假赚的。"

"二姐还有呢！我给二姐买了富贵牡丹花艺。喏！"我指指二姐抱着的花篮。

"好看不？二姐。"

"好看！真妹买的，那还有错？"二姐笑脸盈盈，真的就是一朵盛开的富贵牡丹，二者相映成趣，光彩夺目。

帅气的小罗跑过去一把抱起二姐，说：

"纯儿，真妹妹真会买，你和这牡丹一样美！"

大姐和我都拍起手来,母亲站在阶基上望着他们甜腻地笑,眼睛里隐藏不住骨子里的欢喜。

我连忙奔跑到母亲身边,对母亲喊:

"阿妈,我终于回来啦!好想吃你炒的辣椒炒肉哦!"

母亲把我拢在怀里,用右手指点着我的额头说:

"你也会想阿妈?!"

"必须的!肯定的!"大伙听了,都呵呵笑了起来。只有父亲,看着我和母亲,抿着嘴,默默地笑着。

第四十五章　喜堂新龙凤

八月八日真是一个好日子!

清晨，清风吹拂，空气清爽。大舅外公家门前有一大块棉花地。棉桃绽开了雪白的花蕾，似白玉兰花点缀枝丫。秋天的稻田，一片金黄，好像给大地铺上了一层金黄色的地毯。荷叶依然碧绿，偶有花朵镶嵌其间。已经收割过的田地里堆满的草垛，排列得整整齐齐。

日夜不息的丝涓河，泻下山崖，滑过山坡，浸润茶园，浇过田野，正静静地流淌在杨溪村这片古老的土地上。她串起一片又一片的庄稼，色彩绚丽，斑斓多姿，又支起一户又一户的人家，围栏护绕，炊烟袅袅，构成了一幅秋天丰收的风情画卷。

勤勉的农民早早起床，就赶到田地里干活。

每一个外舅公家里都派了鼎力的人，大舅外公和有元舅舅，二舅外公两老，满舅外公两老和劲允，援回两夫妇和孩子。他们三家此时正聚集在大舅外公家门外，他们承包了一个四排座的面的，准备一起到我家去。

面的驶行到天马山深处，在盘曲的公路上穿行。透过车窗看天空，可见的天就是一块碧玉，初升的太阳从金灰色的云彩中拱出，首先如一大团圆圆的红丝玉，不一会儿，耀眼的光芒向四周发散，使东方的天空呈现一片金红色。疏影、云彩一闪而过，只剩下车前玻璃那一方山域风景。

"兰姐她真算是苦尽甘来了。孝儿结婚后，就等着抱孙子咯。"有元舅舅打开了话题。

"是啊！多亏现在改革开放，党的政策好。兰妮家后山的那块山地每年的土特产都可以变出一些钱来。"满舅外公不停地赞叹：

"兰妮小时候够苦了，从小没了娘，几岁又没了爹。跟着我们，也没让她过上好日子。幸亏她心地善良，找了王之伦，为家操持，互敬互爱，才有了现在这么好的日子。有余、玉香插队时也全靠他们俩前后打理、照应。我们一家人都要好好对待兰妮。"大舅外公也忍不住说。

"孝儿懂事，头脑灵活着呢！我从他在我这里学徒时就看出来了。"大舅外公谈到哥哥时充满自豪。

面的已经快绕到山这边了，太阳慢慢地升起来了，树木拖得长长的影子散落在面的的顶部，倏然又闪开去，车内的客人轻松愉快地说着话，如同是进行一场畅快的短期旅行。

快下山了。鞭炮声隐隐约约传进车内。

"这肯定是兰姐家在放鞭炮！"劲允第一个叫。

"今天是个好日子！兴许多家办喜酒呢。"满舅外婆拍打了一下劲允的肩膀，"什么时候，你给我讨个堂客回来？"

"快着呢，一句话的问题。"劲允向他妈妈挤挤眼睛。

"孝儿都结婚了！你真真要加油啦，呵呵。"一家人都发出快乐的笑声，车内弥漫着快活的氛围。

"阿妈，阿妈，舅外公那边来了一车客人！"我看到车子拐到我家门口，停了，车内的客人陆续下了车。我拼命往里屋喊。

"来了，正好要大舅外公、满舅外公陪你哥哥去接新娘子和上亲！"母亲一边迎出来一边招呼舅外公们。

哥哥穿着笔挺的西装，胸口戴着大红花。有余舅舅和二姐夫也是西

第四十五章 喜堂新龙凤

装笔挺,准备和哥哥一起去接亲。

司机们都休息片刻,就载着大舅外公、满舅外公、有余舅舅和二姐夫前往嫂嫂娘家接亲去了。

这边二姐正在化妆,大姐麻利地帮她侍弄,我凑进来不时帮她递东西。二姐本来就好看,这样一化妆,更是美若天仙。

"二姐啊,你可真好看!这皮肤保养得这么好。"

"那是,我家二妹富贵牡丹。等下小罗回来,让他来个大大的惊喜。"大姐也是赞不绝口。

厨房里,厨子们不断地忙碌着,为了这一难得的婚礼聚餐,他们大显身手。煎、炸、蒸、煮、炒,各有分工,各显其能,干得热火朝天。厨房里氤氲着各种各样的醉人的菜香!多么诱人的香味哦!我不禁深吸一口气!

父亲和母亲忙上忙下,和每一个客人打招呼,脸上始终洋溢着美好的笑容。

晌午时分,接新娘子和上亲的车回来了!鞭炮声噼里啪啦响个不停。哥哥和嫂嫂先下车来,众人扶入正堂,二姐夫赶紧下车,来寻二姐,和二姐也进入正堂。客人们分列两旁,结婚典礼开始。

随着典仪"王孝儿胡淑艺,罗胜军王纯儿两对新人结婚典礼现在开始"的声音响起,婚礼进行曲也悠扬传来,众人掌声响起。

"一拜天地,拜!"我看见哥哥嫂嫂、二姐夫和二姐庄重的神情。

"二拜高堂,拜!"我看见三对父母激动幸福的笑脸。哥哥二姐他们两对双双跪在自己的父亲母亲面前,行礼!

"这一拜,感谢父亲养育之恩,感谢母亲生养之恩!"典仪一字字,一声声敲打在我的心上。我看见父亲混浊的眼睛满含泪水,我看见母亲微笑中竟然声音哽咽地扶起哥哥和嫂嫂,二姐夫和姐姐。我也看见嫂子的父母开心的笑容和罗胜军父母激动得说不出话来的神情。

"夫妻对拜,拜!"典仪话音刚落,哥哥嫂嫂一下子脸红了,低头对拜;二姐也羞红了脸,但她读得出二姐夫的表情。

"礼……"典仪正想说"礼毕"吧。

"慢,我们有话对哥哥嫂嫂说。"二姐夫二姐齐声打断了典仪的话。

"哥哥,我能有今天的美好日子,全靠哥哥你牺牲学业,扶持我去上学,谢谢你,我的同胞哥哥!"二姐流泪了,二姐夫拉着二姐微微颤抖的肩,声音也哽咽着:

"今天,让我们两人给你们两个深深地鞠一躬吧!再次谢谢哥哥嫂嫂对妹妹的成全!"

客人们有的热泪盈眶,有的窃窃私语:

"那时,王之伦身体不好,只能让一个读书,抓阄定夺。王孝儿放弃了学习机会。在家里出工,照顾家里。"

哥哥嫂嫂赶紧弯腰去扶二姐他们:"二妹,这不是应该的吗?"

母亲眼眶红着,此时过来扶着哥哥嫂嫂,父亲也赶过来,帮忙扶起了地上的二姐夫和二姐。

如果说离家的日子,对家人热切的牵挂就让我常常在梦里见到他们,醒来,一摸枕边,梦中亲人不见,难免泪落暗夜。而此情此景,却能让我泪已滂沱,不能自已!我看见哥哥嫂嫂、二姐夫二姐接过典仪手中的龙凤娃娃和富贵牡丹,并听见典仪的祝福语:"之子于归,宜室宜家!"衷心地祝福他们幸福美满,多子多福,圆满长久!

最后入席就坐,父亲母亲让客人们、邻里们分享这圆满的幸福。礼炮响起,糖粒子发起,精酿的米酒滴滴润进心田,空气里弥漫着浓浓的甜味。两对新人分两边敬烟、敬酒、敬糖,可爱的孩子们吵着闹着他们,新人们也不生气也——多分给孩子们糖果。

哥哥嫂嫂敬到了舅外公们那一桌,无边的欢喜漫上了大舅外公的脸:

"孝儿,好徒儿!新娘子可漂亮了!好好待她!"

第四十五章 喜堂新龙凤

"谢谢大舅外公！"嫂子很大方地回答。

嫂嫂烫着一头漂亮的大波浪，眉目清秀，鼻梁高挺，嘴巴笑得弯成一个让人温暖的弧度，让人看着就很舒服；着一件合体的大红色的连衣裙，身材窈窕，肌肤红里透白，全身透着热情的气息。

有余舅舅、玉香舅妈和哥哥嫂嫂干杯：

"加油！祝你们早生贵子！我的还有半年就快生了。你们快点怀，快点生。有道是'少年叔侄如兄弟'！希望他们以后经常玩在一起！"

"那敢情好！"哥哥被有余舅舅逗乐了，笑着望着嫂嫂，"靠你啦！"

满舅外公和满舅外婆对哥哥嫂嫂异常看重：

"哎呀，兰妮多好的福气呀，讨了个如花似玉的媳妇，况且还这么贤惠能干！今天我要多喝几杯。孝儿，以后要好好持家，对你妈要好！"

"谢谢满舅外婆提醒！会的会的。"哥哥嫂嫂满脸是幸运，早就知道母亲是天下最慈爱仁义的娘。

二姐夫和二姐敬二姐夫父母那一桌时，二姐动情地说：

"谢谢爹、妈来到我们家圆了这次喜酒梦！请爹妈海涵。我和我哥本是双胞胎，一天成婚也是大家梦想的。正是因为有了您二老的宽容爱护、理解支持，才有了今天这么好的相聚。我先干为敬！"

"纯儿，父母生你养你，哥哥疼你爱你，你又这么贤惠能干。来这里做酒，这都是我们应该做的呀！"

"谢谢爹爹妈妈！"二姐夫罗胜军激动不已，觉得自己是这个世界上最幸福的人。此时的他才不断地看着眼前的二姐纯儿，欣喜的同时有些讶异，看得呆了：纯儿极少化妆，因为肌肤细腻，滑如凝脂，肌肤白嫩，平日里如清水芙蓉；今天微施粉黛，眉如远山，眼如秋波，流连顾盼，目光似灼，却是另一番神采。他们眼光里的温柔色彩让罗胜军的父母都怦然心动，像泡在了蜜糖里，甜化了！不禁相视而笑，竟也低头红了脸。

禾坪前的金梨金灿灿的，红花梨青翠翠的，只有木瓜梨，梨皮棕黑，但削掉梨皮，水分哧溜而出，那种津甜的感觉，让人终生难忘。枣子树上的果实虽然还是青皮，但也粒大饱满。板栗球子依然唱着歌，等着金风将它吹裂,迸射跳荡出新鲜的栗子来。此时,它们都尝到了喜庆的滋味,发出悦耳清脆的笑声来。

第四十六章　醉叹如青蒿

　　我看堂屋里人生喧嚷，劝酒声，敬菜互让声，夹菜声，再加上伙计们"菜来，请让一下！"的叫喊声，交织在一起，将整个堂屋都好像要闹飞起来！我悄悄出门，看户外的天空，红日当空，异常耀眼。但太阳早已经没有夏日的威力，携着呼呼的风声，站在太阳底下，倒使人倍觉温和。从大门望进去，穿大红裙子的嫂嫂和着白色礼服的二姐显得异常耀眼，他们四位新人穿梭在席间，应酬杯盏，招呼所有的亲朋，时刻保持着同一弧度的微微笑意。我想：人生绚丽的舞者，从来都只被惊羡于舞台那一刹那的仙袂飘飘，却从来不曾有人关注于他们默默无闻的坚持隐忍，也从来不曾有人关注那些教育引导的父母、恩师。我的父亲母亲为了这一双儿女，含辛茹苦，直到今天他们成家立业，每一席上的山珍海味，一茶一饭，不知是父母要辛勤劳作多少天的收成，也不知是父母省吃俭用多少天才省出来的。这一刻，却又有多少人会去思考？在座的每一对父母都在儿女的这一天喜笑颜开，倾其所有，只要亲朋好友满意，吃得痛快，喝得开心！这就是天下所有的父母的心，尤以我的母亲最为欢喜。

　　看！那一桌正是新人的三对父母，加上满舅外公夫妇和有余舅舅夫妇。母亲坐在父亲旁边，面颊微红，笑意盈盈，正端着一杯酒，向满舅外公敬酒：

"满舅舅、满舅妈，今天兰妮我是真高兴！两个儿女一天成婚，真是天大的喜事啊。干杯！我先干为敬！"

"真值得高兴，兰妮。"满舅外公也举起酒杯，一干而尽！

这边嫂子的父母亲和罗胜军的父母亲都来回敬父亲母亲：

"亲家、亲家母，您们有几个好儿女！个个那么优秀、贤惠。我们真是有缘分，能跟您二位结为亲家，为这一对双胞胎儿女干杯！希望他们百年好合，多子多孙，幸福美满！"

满舅外公夫妇和有余舅舅夫妇都一起来作陪：

"干杯啊！这么美满的日子。"

席间热闹非凡，乡邻喜意相随。邻居张爹也端着酒杯过来，跟我的父母敬酒：

"之伦，兰妮，我们三十多年的老邻居，难得今天这么好的日子，这么热闹的筵席，这么争气的后代！要是王老爹王奶奶还在，那该是多么开心啊！之伦，兰妮，我们干杯！为我们老邻居三十几年不曾红过脸干杯！"

"好！好！"队里的乡民们都齐声叫好。

有余舅舅端着酒杯从这桌走到那桌，开心得就好像是自己的大喜日子一样。现在，他一手拽着玉香一手端着酒杯来到母亲和父亲面前：

"兰姐、姐夫，今天我真是开心。你们两老把席面弄得这么客气、热闹，没有一个不说好的。今天，我和玉香两个借花献佛，跟姐姐姐夫你们两个说声'谢谢'，我在你家麻烦这么多年，玉香也是在这里落户，你们没少关照我。作为老弟，真的是无地自容，在你们困难时，你们也全都是自己扛着，我从来没有给你们帮过多少忙。谢谢啦！姐夫。兰姐是个好女人！姐夫，你算找对人啦！"说完，一干而尽。

父亲和母亲怔怔地看着有余舅舅，只好将杯中的酒喝干。

第四十六章　醉叹如青蒿

大舅外公一直朝有余舅舅这边望,觉得有余舅舅像说醉话,就喊有元舅舅过来,把有余舅舅拉去休息。

玉香舅妈有些莫名其妙,不知有余舅舅为什么说些不知深浅的话。母亲也是有些喝多了,醉眼微醺,直朝玉香舅妈摇手:

"没关系!我表弟,他就是看外甥外甥女双双结婚,高兴,喝高了一些!确实高兴,这许多难挨的日子,都挺过来了,挺过来了呀!哈哈,哈哈。"母亲有些失态。父亲赶紧抓着母亲的手:

"兰妮,你可不能喝啦!今天还有好多客人要打发他们回去。我们的事多着呢。"

"是啊!还有好多事情要打理。这么多客人!我不喝了,不喝了!"

这时,满舅外公满舅外婆端着酒杯走过来,对母亲大声赞美:

"兰妮,于私,我们家因为有你们这些好儿女,全家都发达,在各行各业做贡献,这辈子值了。于公,我们农村因为有了共产党的好政策,改革开放,各行各业都辉煌灿烂,大放异彩,这日子火了!为什么不喝?"

满舅外公敬酒,父亲连忙端起酒杯,仰脖喝干:

"应该喝,应该喝,我们都高兴,满舅舅,满舅妈。"

"喝,喝,我也要喝。满舅,想你去抗日的时候,哪里能像今天这样开怀畅饮啊?现在我自己酿的精米酒,喝得痛快!"母亲勇气可嘉,终于喝了这杯酒,人似乎感觉要飘起来……

酒足饭饱,众人纷纷离席。

筵席吃得差不多了,乡邻们也陆续散去。远客们都聚在侧房,打牌的打牌,甩跑夫子的甩跑夫子,各自喜乐着。哥哥嫂嫂和二姐二姐夫都被众人嬉嬉闹闹地推进了他们的房间。母亲跟跟跄跄地随同父亲进入了厨房,两个人将剩余的扣肉打包,父亲这边有几个远方叔叔,母亲那方有三个舅舅,都各自要打包给他们带回去。母亲头脑里云里雾里,但手脚还是井井有条地包着。母亲手有些发抖,口里默念着:

"这是大舅舅家的,这是二舅舅家的,这是某叔叔的,这是罗家亲家的,那是胡家亲家屋里的……"父亲给母亲打下手,把所有亲戚有回礼的都拾掇好了。

父亲母亲出了厨房,进了侧屋,又到堂屋,喜乐的客人们也渐累了,几乎都慢慢地倒在几上歇息。所有的床铺上都横竖躺着几个客人。酒足饭饱之后,嬉笑玩乐之余,人们总能找到办法放松,歇息。母亲想找到床铺歇歇,竟没有了。昏头涨脑,晕晕乎乎。于是母亲对父亲说:

"我头有些发热,想出去透透气,吹吹风。"

"你自己酿的米酒,不知道它后劲足啊?你喝多了些。我陪你一起吧。"父亲关切地附和。

"一直没这样开心尽兴过。今儿高兴!呵呵。走吧。"母亲率真尽显,望着父亲憨笑。

父亲就一把搀着母亲往后山他们开挖的那块土地走去。这片土地,是父亲和母亲双手开挖出来的,上方是爷爷奶奶的墓地,现在种满了凉薯,凉薯苗翠绿绿的,已打了一些小花。而整块土地四周是齐腰深的青蒿,也开出了碎碎的花儿。

母亲"啪"地坐在了那块大石板上,望着这片齐腰深的青蒿,大笑:

"王之伦,我觉得我就像这些青蒿一样苦。虽然生长在最不肥沃的山地上,春三月间嫩芽冒尖,是做蒿子粑粑的好原料,夏天,可以给中暑的人们消除暑热,解毒去暑,到了秋天,长成柴枝,砍了,可以当柴烧。虽然很普通,但看来是很有用的啦!"

父亲也深有感触:

"是啊,兰妮,我们都是和青蒿一样,出身卑微,但是,幸亏有你,我们也拼搏让儿女成婚,青蒿自有青蒿的乐趣。都苦了你啦。"父亲坐在母亲身边,秋风吹过来,浓浓的醉意也有些散了,拉着母亲的手,让母亲靠在身上睡一会儿。

第四十六章　醉叹如青蒿

母亲靠着父亲渐渐睡去。父亲抬眼望着爷爷奶奶的墓地，自言自语：

"爹，娘，这个家被你们说中了，真是因为有了兰妮，才有了现在的儿女成群，儿孙满堂，儿女成婚，高朋满座。我向你们保证，后半生我一定好好待她。"父亲看着已添白发的母亲，伸手抚弄母亲的白发：

"让你受苦啦，跟我过苦日子让你头发都白了。"

因为看到父亲母亲都喝了酒，我默默地跟在他们的身后。听着父亲母亲所说的话，看着秋阳下被斜阳拉长了的父亲的背影，我感慨万千：

三十年婚姻生活，父亲和母亲无论如何艰辛的生活，不管怎样痛苦的际遇，他们都真诚相守，相扶相携，堪称千百万中国农民夫妻的典范。

放眼满山满岭的灌木丛，蕨麻根、狗尾草、爬墙虎、青蒿花，什么都有。在秋阳的映照下，各自生机蓬勃，闪射出耀眼的光芒。他们汇聚于这片土地，有谁会嫌弃这片土地的荒凉贫瘠，又有谁会放弃此生的艰难爬行？人生如书，树生，草生，蕨生，花生，化生，同样如此。母亲如同青蒿一般的人生，虽然清苦、平凡，但她为亲人子女默然地付出自己所有的根、茎、叶、花，抑或汁液，救治子女于疾病，危难中护亲人周全，让身边所有人焕发光彩。

这是多么平凡伟大而又生机蓬勃的一生啊！

透过斜阳，父亲母亲的背影是如此鲜明地映射在了我的脑海里，他们将时时激励着我，让我永远向前。

下得后山来，母亲将打好包的回礼依次呈送到了各位亲朋的手上。

先送嫂嫂娘家里的上亲，二姐夫和司机开车去送。礼节情谊，尽在其中。盈盈托付，爹娘牵肠。嫂子的父母，对我的父亲母亲千拜托万叮咛，就是要对他们的女儿多包涵多担待。最后含泪离去，让母亲揪心。

接着，大舅外公一行上了面包车，又绕行向山那边开去。

有余舅舅和大姐一家最终也要回单位上班，坐上有余舅舅派的车往市里去。纤细的丝茅溪也叮叮咚咚地追着他们歌唱、奔跑。

夜晚，两对新人在众人的"吵新娘"民俗中安寝；月朗星稀，父亲和母亲在秋风窸窸窣窣的禾坪板栗树下轻声细语；我呢，无限情思，无限幻想，带着从窗口流进来的皎洁月色甜蜜入梦。

第四十七章　千里记酒香

　　山间初秋的夜,竟有蛙声此起彼伏。"呱——咯——呱""呱呱呱——咯咯咯",时而一曲独奏,时而齐声合唱,时而清脆婉转,时而浑厚流长。暖暖的风吹过,带来了树叶、野花和泥土的气息,还有阵阵蛙鸣。夜里的一切都感到那么清新、自然、惬意和静美。一轮皎洁的明月挂在深蓝色的天空中,窗外的生灵静谧。

　　这个夜里最后的一声蛙鸣,唤醒了整个天马山村,我在天刚蒙蒙亮时也被蛙鸣唤醒了。牵着牛儿出门,走在乡间的山林小径上。整个山村被轻纱似的烟雾静静地笼罩着。田野里、竹林中、丝茅溪旁,总有一丝虫鸣萦绕回荡,偶尔会有几只小青蛙蹦蹦跳跳地,"扑通扑通"几声挨着你的脚尖迈过。旁边的小溪、稻田里不时溅起一朵朵小浪花,它们循着水游走了。天马山成了五线谱和调色盘,美妙的蛙鸣、叮咚的山溪、丰黄的稻田、翠绿的竹林,错杂的梯田,串在一起谱写出一曲欢快的乐章,勾勒出一幅晨光中至美的水彩画……

　　二姐二姐夫一家四人吃了早餐就要回去。

　　早上,母亲急急地准备了一桌饭菜,里边的锅子里还熬着米酒,母亲说,这米酒醇香浑厚,是那些城里的酒比不了的!等这锅酒出来,可以匀出几斤给亲家母带去城里。

我把牛放养在天马山腰,赶到厨房,满屋子里都飘满了酒香,连空气里都好像要溢出酒来。母亲把酒甑放好,加大柴火,又把酒沥子插在酒甑上,灶台旁放个矮凳,矮凳上竖一个酒坛。熬些时分,开锅一阵,如果盖在酒甑上的棉被上冒出丝丝蒸汽,那就是上汽了,酒水就会出来啦。不一会儿,那酒水就如丝细的清溪泻下,出酒了。淅淅沥沥的脆响煞是诱人。

母亲曾告诉过我,正宗米酒都是蒸馏出来的,没有半点杂质,所以纯米酒入口容易,后劲足。初次喝是要提防的呢!男人们闻得这酒香,八成酒虫就往鼻尖钻,馋得很哪。亲家翁一起床就闻见了酒香,走进厨房,对母亲赞不绝口:

"亲家母啊,你竟然有一门这样好的手艺哪!这酒香十里八村都闻得到啊。"

母亲只是笑笑:"在乡里,什么活都尝试着做一做,现在改革开放,经济也来得活络一点。"

"在农村,一家人的花销也不容易,真儿还在县里读书,正是要花费的时候。"

我们吃完早饭,二姐一家带着母亲亲自熬得的米酒,就跟车回去了。我呢,暑假自然待在家里,放放牛,给打石场的父亲送一送饭。

有一天,哥哥嫂嫂想要我去砍一担柴回来。哥哥很认真地对我说:

"真妹,哥哥觉得砍柴挺累的,要不你去砍担柴回来用用急?"

"我哪里会砍柴啊,哥哥!那次你和二姐背树,我都躲山里,没去!还是你们打圆场,没让爹爹打我。"哥哥笑出声来。

"那你必须去砍一担柴回来!否则,父亲回来我无法向父亲交差。"哥哥好像没松口。

"她知道砍什么柴嘛!你这不是为难真儿?晓得她一直在外面读书,莫要她去啦!"嫂子对哥哥笑一笑。

第四十七章　千里记酒香

母亲站在阶基上也笑着看我,示意我去试试。

知道我那哥哥要考验我。我没有法子,只觉得我真是遇到了世界上最难攻克的难题。那弯刀握在手里,就好像有一千斤重。拿了禾枪,带着弯刀,我硬着头皮往山路上走。

我沿着山路,懊恼地往山上走,可怜我连弯刀怎么拿都不知道,更不用说砍柴了。

"任务总是要完成,怎么办呢?"我心里嘀咕。

在快走到天马山墈上的时候,我看见那里有许多蕨类,长得很粗壮一根,而且叶子也已经黄了。

"这应该也是柴吧?应该也好烧吧?就在此处'割'这种柴吧!我实在不知怎么去"砍"柴。"

那天一个早上,我就只"砍"了这么一担柴回来。

我把"蕨柴"担了回来,气鼓鼓地对哥哥说:

"看咯,我也砍了一担柴回来了!"

哥哥看了看我担回来的柴,又看了看我的手,被蕨柴弄得黑乎乎的,不禁大笑起来:

"真妹啊,你这哪里是柴咯?分明是蕨嘛。这种蕨引火都引不燃的!"

嫂子笑着在旁边敲打着哥哥的肩膀。

"阿妈,我说了我不会砍柴,哥哥硬是欺侮我,一定要我去砍什么柴!砍了回来还说不行。"我眼里憋着泪水,跑到厨房找母亲。

"真儿,你砍的柴呢?"

"那里。"我指着禾坪那一担"蕨柴"翘起嘴巴告诉母亲,好像挺委屈似的,倒是看母亲怎么说我。

母亲顺着我的手看去,"扑哧"一笑:

"那是你砍的柴啊?好咧,好咧。你哥逗你的呢!看你没有砍过柴,要你试试味。"

"你去洗洗手，洗把脸，吃饭。你啊，根本就不是砍柴的料！你还是把你的书读好。暑假每天给你爹送送饭吧。"母亲拉着我到洗手盆前，细心地教导我。

"在农村，总是有这样那样的事情要做，那种艰苦，你是尝得很少，哥哥他可做得多了！你既然考到县里去了，就要努力把书读好，女孩家家的，读点书，以后日子好过多了。"

"这柴我真不会砍。不过，读书，我会努力的。我也知道哥哥为家里付出很多。"我咧着嘴笑。

在这暑假的每一天里，我清早都是带着书让牛儿到山坡上草长得茂盛的地方去吃草，等牛儿们自由自在地落在了山坡上，来来回回地嚼着草，我就可以尽兴地看我的书了。

教材死寂，我总是去寻找一些生意盎然之处，我会大声地朗读出来，让我的声音在高旷的天宇间回响。蓝天、白云、绿树、草地、飞鸟、梯田。如一幅曼妙的画卷，又如一曲美妙神秘的乐曲。偶尔我要是看到自己心领神会处，我会把它们抄写下来，再不断诵读，直到能够熟练成诵。

到了晌午时分，我就会赶回家来，提起母亲为父亲准备的饭菜，送到打石场给父亲吃。

去打石场的山路弯弯，穿过翠竹林，跨过丝茅溪，飞过蔷薇丛，我提着饭篮，抄着山间的近路，连跑带跳地赶往打石场，生怕饭篮里的米饭回凉了，父亲吃时不好吃啦。

父亲的打石场在天马山半山腰，快到打石场的地方，有一个很陡的坡，我气喘吁吁往上爬，汗水不歇气地往下流，头顶的太阳此时也好像发威似的，越发让我口干舌燥。快到打石场前的那块小平地了，我的腿都觉得要酸掉了，但总算到了，不禁呼出一口气，轻松地呼吸着。

"阿爹，阿爹，吃饭啦！快趁热吃饭。"我又忙不迭地喊着父亲，好像要让全世界知道，我终于可以让父亲吃口热饭了。

第四十七章　千里记酒香

"真儿,你赶这么急干什么?你看你这一头的汗,头发都透湿了!快松松腿,再坐在石板上休息一会儿。"父亲见我满脸是汗水,忍不住数落我,又忙着给我递一小碗水。我暗暗瞥一眼父亲,他的头上也是布满了细细的汗珠,剪了一个平头,斑驳的白发刺头,沾上汗珠,显得很耀眼。我心里一酸:

"阿爹啊,石场下面这个坡太陡了,你每天来来回回,要小心些!你看你,也不休息一下,头上都是汗,连发稍上都滴着汗!"

"真儿,你不用跑这么急的,出多了汗,下山又阴凉,怕感冒!"父亲不理我,只顾说他的:

"这天气米饭冷了,也可以吃的!你赶这么快干什么?"

我把碗递给父亲,又把筷子也递给了父亲。我的老父亲!满了六十啦,真的老了!此时他布满皱纹的脸舒展开来,吃着还有些热乎的饭菜,眼神里散发着满足的神采。

"真儿,这段时间忙你哥姐的婚事,这些天也没跟你说上几句话。在县里读书还好吗?该都适应了吧?"

"阿爹,你先吃饭吧!等下饭菜都凉了。"听父亲这么问我,我喉头像哽住了,心头堵得慌:父亲一生辛劳,几乎从没有歇息过。这吃饭的当儿,他关心的依然是我在学校的境况。

为了我的学业,重新干起石匠活儿:他一锄一凿一锤,开辟了这个打石场,找平的青石板堆满两旁,石塘里还有很多青石没有取出。或许明天道旁又多了一块。父亲就是这样打拼着,为了付我的书籍费和伙食费。从来没有想过得失,也从来没有什么怨言。

父亲吃完饭,我站在父亲身后,给他揉肩膀:

"阿爹,这石场的安全是最要紧的!还有,你不能这么拼命,你本来就身体不好嘛!"

父亲抓着我正在给他揉肩的手:

"不碍不碍。只怪我能力不够,你在县里读书,我也没有足够的钱给你,甚至连零用的钱也没得给。但无论如何,一定要让你完成学业!你要努力啊。"

我站在父亲身后,父亲就像是一座山,让我觉得踏实。离开家的日子,想念父母的日子,看同学们疯玩着吃着零食的日子,都在我的脑海里飞逝。我眼眶温润,尽量不让眼泪流出,我的父母是世界上最伟大坚强的父母,他们的毅力,是世间少有的啊!

我趴在父亲背上,暗自下决心,在父亲耳边说:

"爹,我一定会发奋努力,让这书读得有结果。不能让您和母亲替我白忙乎!"

父亲转过脸,慈爱地望着我:

"那就好!你妈以后跟你们享福啦!"

我"啪"地在父亲额头上亲了一下:"谢谢爹!我会尽力的。"然后收拾碗筷,提起饭篮,又飞快地赶到牛儿们吃草的地方,看夕阳西坠,牛羊归圈。

千门万户的日子,太阳东升西落,轻轻地从各家各户的门槛前划过;暑假我和父母相聚的日子,更是逃去如飞!我攥着父母亲给我攒的伙食费和学费,含泪又踏上去县里求学的旅程。父亲慈爱的笑脸和母亲熬出的酒香深深地镶嵌在我的记忆翠屏上,抚出来是甜的,闻出来是香的,吸收知识的快乐和着对父母不变的思念,执着而浓烈,愈久弥香!

正当我特别想着父母的时候,同桌从传达室带来了二姐写给我的信:

"真满儿,我估摸着你又上了一段课了,所以给你写写信。现在你是高三,是你学习最关键的一年啦,你学习在注意刻苦的同时,一定不能放松锻炼身体,而且要注意补充营养。

"我家翁对母亲熬的米酒赞不绝口,他把他的很多老友都叫过来一起品尝,其中有一个是策反了的国民党兵。对母亲熬的酒很是眼馋,还嬉

第四十七章 千里记酒香

笑着称为'兰氏米酒',希望母亲能再熬一缸,给他捎去!要是有机会,想要母亲传授技术呢!

"真儿,你年纪还小,应该不会有少女分心的事情吧!不过,二姐告诉你,高中绝对不要有恋爱的想法,这样对学习没有丝毫好处,反而会使学习成绩一落千丈!二姐我是工作之后才找对象,罗胜军对我挺好的,可见选择是没有错的。我希望你能在高三这一年,学习上来一个突飞猛进,争取考上你理想的大学。

……

"最后,你二姐夫寄了五十元钱给你零用,你要多补充点营养。母亲曾跟我聊过要我多给你写写信,打打气。二姐也不会说话,一切都是爹娘的意思,又一切都是为你好!"

看了二姐的这一封信,我倒吸了一口凉气。我还只有十五岁,哪里有二姐所说的情愫啊?但掩信细思,也还是难体会到父母的忧思,我那时真是太自作聪明啦!

我铺开信纸,立即给二姐一家和父母各写了一封信,除了告诉母亲要熬酒的事,其他只语片言,不外乎"报平安""我还小,哪里会有你们所想的龌龊的事""我会安心读书,勿念"的句子!时过境迁,我竟觉得我当时是一个不体谅父母的人了。

第四十八章　温馨好母女

　　走过深秋，冬天又将如约而至，学校低层屋顶上几缕断茎在瑟瑟风中摆动。我的衣衫有些单薄，但那时的我居然不觉得有那么冷。手里握着书回寝室，心里竟不由得有了一种向往的喜悦：冬来了，诸如过年，诸如"瑞雪兆丰年"之类的预言至少可以印证着我人生的愿望，天空低暗，成群的细小的灰色的称为"雪鸟"的生灵在我头顶上飞过，飞向远方。我想，或许翩然飞舞的雪花会让我忘掉了寒冷和学习上的悲酸，一片纯洁的世界总会给我无限美好的遐想……

　　进了寝室，周六，住得近的同学都回家了，寝室里也显得空荡，的确有些寒冷。西北风呼呼地刮过门前光秃秃的树梢，只吹得大树、小树在寒风中瑟瑟发抖。有几棵树上偏偏留着几片固执不肯掉落的树叶，枯黄的树叶随着萧萧的寒风，终不能抵挡狂啸的风，纷纷扬下，跌落地上，又"哧溜哧溜"贴地飞远了。

　　我赶紧关上寝室的门。夜晚，拿起一本书，却看不进去，总想象着自己会是悲剧的主角，要独自去品尝那份孤独和哀伤。母亲怎么样啦？是否又为我熬了一缸米酒出售？这么冷的天，父亲难道也还在打石场为我凿石刻字？我的学业，极不稳定，有让我倾情一笑的高分，也有让我颓然一哭的低分。母亲含泪的笑态，父亲慈爱的眼神，哥哥无情的鞭策，

第四十八章　温馨好母女

二姐无声的鼓励！我摸着二姐家那些带着温热的五十元，我压根就没想过要去用！在学校，有饭吃，有衣穿，费力少，比父亲母亲哥哥嫂嫂幸福，为什么还要乱花二姐家这么多钱？将来二姐生孩子，这钱给孩子买礼物。我这么想着，但是无端的压力，却总是在我的心头蔓延，丝丝缠缠，让我无法抽身。坐在床头，双眼濡湿，恍然入梦："瞧，那洁白无瑕的六角花瓣宛如一个个坠入人间的精灵。它们那轻盈娇小的身躯，再配上素白的衣裳，好似一只只晶莹的蝴蝶在空中飞舞。我伴在雪花中间，也在空中翻飞……

"咚！咚咚！！""怎么传来了敲门声？周六，竟然也有老师巡查？"我迷迷糊糊，被敲门声惊醒。

"欧老师，怎么是您？您周末不休息吗？巡查宿舍啊！"我打开门，顿时不知如何是好：原来是我们的班主任。

"王真儿，这个寝室就你一个人没回家？你怎么不回去？"欧老师关切地问。

"老师，我家里远，来回不方便，又浪费钱。我就在寝室温书。"欧老师是师大毕业生，一毕业就担任我们班班主任，二十岁的样子，对学生很亲近。我觉得他还行，也就实言相告。

"不错，王真儿蛮认真的。成绩也往上走，前景光明啊！"

"哦，你吃晚饭了吗？"欧老师忽然问我。

"我刚刚看食堂还有夜宵卖，买了一饭盒饺子，你没吃的话，顺便一起来点？"欧老师忽然打开饭盒，里面装满了饺子。

我忽然脸红了，许是在离家三百里的异地，确实有丝想家的感觉，欧老师一如哥哥般的年纪。"老师，我不饿。"我赶紧回答老师。

"离家这么远，你又比同班的其他同学小，一个人留在寝室，你要注意安全啦！学习上有什么疑难吗？比如，我教的哲学、政治经济学，你有什么不懂的吗？凡事总有一个由量变到质变的过程，你努力了，一定会有收获；你日积月累持之以恒了，自然某一天会有一个质变的飞跃！没事，来，和老师一起吃点？"

"我昨晚复习的政治科目，感觉还好……"我摇头。但老师拿起我书桌上的碗，硬是叉了几个饺子放到碗里。

"大冬天的，吃点夜宵，暖和！"听到老师如大哥一般的话语，我被哽住了。欧老师离开我们寝室后，又到其他寝室去巡查，我看着碗里还冒着热气的饺子，就夹着饺子往嘴里送，忽然觉得很温暖，是师恩。

夜已深，刚才温习的历史内容全部印在脑海里了！

在紧张的复习过程中，每天晚饭后至睡觉前的三个多小时时间。我觉得能利用好这段时间，是我冲高考成功的关键。在这方面，我一个晚上不会五科全复习，只专攻一门到两门，抓住重点，集中精力，以争取达到较高的学习效率。在复习时，周一定为数学日，周二定为英语日，周三定为地理日，周四定为语文日，周五定为政治日，周六定为历史日。每晚集中精力复习一门功课，长期坚持。

孔子云："吾日三省吾身。"我躺在床上，思考着今天所做所行，无愧于自己。安然入睡。

未雨绸缪。高三年级中间的整个寒假我都没有回家过年。依然到萱儿家去辅导她的各科的学习，她的父母自然是喜出望外，客客气气地让我陪着萱儿学习。我自己也总是按部就班，温习自己所学。

在人们脱去冬装，绿叶已经重新焕发生机的一个周六下午，我回寝室时，母亲赫然出现在我寝室门口！

"妈！您怎么会到学校来的？"我欣喜地奔向母亲。

"真儿，你也真放得下，连年都不回家过！告诉你啦，真儿，你嫂嫂怀孕了，快两个月啦！早两天，有余舅舅来信说玉香舅妈要生了，我过来看看；我不放心你，顺便给你送这个学期的伙食费和学费。"母亲笑意满脸，点着我的鼻子数落我，接着翻出衣服底层袋子里的一个纸包，打

第四十八章　温馨好母女

开纸包，里面是各种各样的纸票子，母亲拿起来，又点了点，伸到我的面前，说："没少，整整八十元，你这个学期的学费和伙食费！"

"妈，我这不是还有钱吗？学校三好学生奖励了四十元，我课余辅导初中生，也还有些工钱，况且二姐夫要二姐寄给我的五十元都没用呢！"我推开母亲的手，一五一十地告诉她目前我的经济状况。

"这些钱，你先收着，你要买一些营养品，高考复习费脑筋！"母亲絮絮地，一个劲地把钱往我手里塞。我知道，这学费钱，如果我不拿着，母亲是无论如何不会放手的。

"看着你越来越高，成绩也不错，我就放心啦。我来看一看，告诉你父亲也好叫他安心！"母亲不住地打量我，觉得要把我的细微的变化记在心里似的。

"妈，你就放心吧，我都这么大了，满了十五这么久了，你还像看待小孩子一样！"我拉着母亲的手左右摇摆。

"傻丫头，你再大，在我面前也只是个孩子！"母亲捋着我额头上的头发，问：

"现在你头痛的毛病好些了吗？"

"嗯，您就别操心啦！都怪你！您要是不生下我，您老就不用操心我，都可以坐在家里享清福啦！现在好了，爹这么老，也还要操心我的学业，您也要操心我的生活！"我看着母亲头上的几缕白发，愧意顿生。

"傻孩子，你别想多了！"母亲轻敲了一下我的头，我的眼泪还是不听话地溢出来。

到了寝室，看母亲把布包里的增光片、糯米粉、红薯片、剁辣椒一样一样地拿出来，我心里无数次地呼喊：

"妈，我到底要修几辈子，才能修得一个像您这样温柔厚道任劳任怨的好母亲！"

"妈，您受累了！"我把母亲扶到凳子上坐下，哽咽着说：

"我过年时应该回去的。对不起!"

"傻孩子!你要读书,我哪有怪你,何况你还在外头打工,减轻家里负担呢!是为娘的能力不够啊,让你不能全心全意学习。"

"哪有?"我跪在母亲膝下,把头埋在母亲膝上,轻轻抽噎。

"妈,你放心啦!我真的能照顾好自己的。"

母亲抚着我的头发,我抬眼看见母亲微红的眼眶:

"我等下要到有余舅舅家里去看看玉香舅妈,会在他家待一阵子。你学习要稳住啊!"母亲不断地叮咛着。

母亲还带了一塑料壶米酒,提酒的时候母亲少不了一阵子嘀咕:

"听你二姐说她家翁的一个姓肖的老朋友爱上了我熬的米酒,正好这几天到有余舅舅厂里考察,要我到有余舅舅家时,一定给捎过来,说那肖老特别喜欢这米酒,也与我们一家特别有缘!我都半懂不懂的!酒,我还是带来了,这要到了有余舅舅家里才知道。"

我看着母亲提的那一壶酒,又看看她放在寝室地上的一堆东西,真不知道她老人家是怎样从山上提过来的?我飞也似的跟在母亲身后。抢着要提酒,母亲却总是撇开。

"阿妈,让我提,我送你上车!"我快步地抢过来了。

"真重!"但是,我竟然挺着提到了车上,我呼了一口气。

"阿妈,你小心点!算了,今天周六,我送你到有余舅舅那里去。"我改主意了,我追着上了车,还是忍不住流泪了。

二姐夫罗胜军带着他父亲和肖老两个老人在县里电机厂待了两日,和电机厂的几个老顾问聊得挺有收获。公事忙完了,正是周末,肖老就对罗胜军说:

"到你舅舅家看看,看你岳母给我带米酒来了吗?"

罗胜军父亲打趣肖老:

"你酒虫子痒痒吧!我只跟我媳妇这么一说,怎么知道我那亲家母就

第四十八章　温馨好母女

会把这事放在心上？她家里事情那么多，兴许忘记了也未可知！您老别抱指望哦。免得到时失望啊！"

"你亲家母那米酒真是醇美，不带一丝杂质，味美香浓，真是合我这一口！就凭着这酒的真和醇，我就知道你亲家母为人肯定好，我料定你亲家母会把米酒带来！"肖老又开始对母亲熬的米酒赞不绝口。

"知道你会品酒，却不知道你还会从酒中看出人品？"罗胜军父亲对肖老心服口服，因为他也料定我的母亲一定会把酒带来。

罗胜军开着公家的车子沿着小道，七拐八弯到了有余舅舅的新房子。

玉香舅妈的肚子已经很大了。听说来了客人，从床上下来，出了房，来到客厅的沙发上坐下，叫有余把电视打开。

两个老人和罗胜军看中门牌号敲门，边敲边喊：

"有余舅舅，我们说了来你们家玩的！快开门！"

有余舅舅边走边说：

"小子，敲这么急！来咯！"

有余舅舅打开门："来啦！亲家翁也来了？还有，是罗胜军跟我提到过的，老肖？！"

"来啦，来啦！他们就想着我岳母熬的米酒，不知我岳母送过来了没？"二姐夫罗胜军也是直爽人，直接道明来意。

"玉香，来客人啦！"有余舅舅往里面大声喊。

"玉香？"这边肖老听到这个名字一震，全身晃动了一下，差点摔倒在凳子上。

"有余，来客人啦！快去倒茶。"玉香叫有余到厨房倒茶。玉香站起的瞬间，正好与肖老正面相对：

"您老……？"

"你叫肖玉香？！"

"您是爹，爹！"玉香认出了眼前的这个老人就是自己失散了四十多年的亲爹！

"爹，我总算找到你了！"玉香不顾身体的不方便，一下子朝肖老扑过来。

"玉香，是爹对不起你啊！为了逃命，我、史叔叔、知英阿姨带着在面前的有明拼命地跑，因为不知你在哪里，根本就没见到你的影子啊！"肖再仁抱着自己朝思暮想的独生女儿，痛哭流涕！颠沛流离半生目的就是想找到这个女儿啊。有余舅舅端来茶，被眼前的一幕吓得脸色苍白，差点跪倒在地上。二姐夫父子不知所措，差点瘫软在条凳上……

母亲提着一塑料壶米酒望着客厅里的这一幕，镶嵌在有余舅舅家的门槛里，一壶米酒正往地上掉……我站在母亲身后，慌忙将这壶子米酒提起。

原来肖再仁曾让不到两岁的肖玉香暂住史兰成家一段时间。肖再仁、史兰成、知英商议出逃的那一天，因追兵赶得急，肖玉香因找史有明哥哥玩，没找到。见很多追兵来，就躲在邻居家的大门后没有出来。肖再仁和史兰成、知英他们没有找到肖玉香就匆匆跟在向南出逃的队伍中……从此，不到两岁的肖玉香就被邻居养大，养父后来追随共产党后也英勇殉职，成了烈士，才有了肖玉香的美好的前途。

母亲又一次目睹了亲人的重逢。

"原来都是一家人啊！这真是大喜日子啊！"二姐夫父子回过神来，赶紧缓和气氛。

"爹，我终于找到你了！有余，我从来没敢跟你提起过这些事啊！有余，哇，我现在肚子好痛哇！我的肚子！"玉香舅妈喘着粗气，断断续续地跟有余舅舅说。

母亲这时一把冲过去：

"玉香，你怕是发作啦！赶紧的，有余，准备开水，棉絮，剪刀！"

"快，有余，快把玉香抱到床上去！"母亲二话没说，朝有余舅舅大叫。

第四十八章 温馨好母女

"兰姐，应该立即送医院啊！"有余吓得面色惨白。

"已经破了羊水了！来不及啦！"母亲摇头，生怕在前不着村后不着店的地方有闪失。

"我来接生！"母亲要有余舅舅揎着玉香舅妈的腰。

然后母亲安排两个老人坐着别到处走动，二姐夫和有余舅舅轮流揎着玉香舅妈的腰，我负责烧水。

"玉香，快使劲，头是正的，已经出来二指宽了，再使劲用力，毛毛就快出来了！"玉香舅妈眼泪、汗水都如珠往下掉，但是，她咬着牙，没有尖叫，一个劲地用力。

"玉香，对，就这么用力，出来三指宽了，差一点点，快用力啊，毛毛是早产，但是，玉香，你是个有福气的女人，阿弥陀佛，上天会眷顾你的！快，用力啊！"母亲异常冷静，揉捏着玉香舅妈的肚子，慢慢地往下，往下！母亲又示意我煮点桂圆，让舅妈吃下去。

"玉香，吃点东西！再用把力，娃就出来了！你就要做妈妈啦！"母亲在这半个时辰里不断鼓励玉香舅妈。玉香舅妈使劲用力，终于，孩子的头出来啦！接着，孩子"咕咚"一声掉在了母亲手中的棉被上！

"哇，哇，哇！"嘹亮的啼哭声划破了整个天宇！

"玉香，你还好吧！"

"舅妈，你吃几个桂圆吧！"

肖再仁、亲家翁、二姐夫和我，母亲和有余舅舅都朝玉香舅妈呼喊。

玉香舅妈睁开眼睛，望着母亲：

"兰姐，多亏了有你！你来得真是时候！谢谢你。"

母亲擦了擦额头上的汗珠，望着安然无恙的肖玉香，终于松了一口气：

"你们母子平安，就是最好的。"此时，我分明看见母亲眼里的泪水。

"真是好极啦！"大家都喜极而呼喊。满屋子都被这喜庆的气氛充满了！

第四十九章　悠远大团圆

"兰姐，我看看我的孩子！"

玉香舅妈又在喊，母亲麻利地包裹着刚诞生的男婴，横托着送到玉香面前。

这个肉团团的小男婴嗫着小嘴，眼睛微闭，红粉红粉的。玉香舅妈异常惊喜：

"兰姐，孩子刚生下来是这个样子啊？"笑哈哈地伸手来抱：

"太可爱啦，爱煞人啦！有余，你快来看：我们俩的孩子！"

"辛苦你啦！"有余舅舅赶忙上前来，坐在玉香舅妈的身边，仔细打量着这个小型的、粉嫩的、手和脚都不断伸着和蹬着的小家伙，眼睛里竟然溢满了泪，"想不到我四十二三岁得了这么个好儿子！玉香，太感谢你啦！我给他取名叫春回。好吗？"有余舅舅激动地在玉香舅妈脸上亲了几口。

"春回？春回！好！"

我看见"春回"这个小毛毛，也走上前去拉他的小手手，显得柔软无骨。我问母亲：

"阿妈，我生下来也是这样的？"

"毛毛刚生下来，不都是一样哦！"母亲掖好玉香舅妈的被子又望着

第四十九章 悠远大团圆

我说。

我看见有余舅舅亲玉香舅妈，赶紧把脸转过来，心里却不由得为他们笑了起来。

这时玉香舅妈要她爹也拖一个凳子坐到床前来，玉香舅妈将手中的孩子递给她爹：

"爹啊，这是你外孙，你的亲外孙！"

接着玉香舅妈把胸前佩戴的一个属牛的玉佩取下来给她爹看，告诉他说这是她养父生前交给她的初见她时佩戴在身上的唯一贵重东西。肖再仁戴上老花镜仔细端详，终于看见玉佩反面的"玉生香""父再仁母和和"的字样。

老泪纵横。妻子和和出逃时被日本兵侮辱致死，如今爱女终有着落。

梦醒魂断。肖再仁思念和和的魂已断，如今看见玉香，宛如和和就在眼前。他伏在玉香床上，轻轻啜泣，半天说不出话来，只听着玉香静静地诉说：

"养父为了隐藏我的真实身份，把我年龄改小几岁。养父牺牲后，我以烈士之后在共产党政府的支持下，完成了大学学业。后来的事，有余就全部知晓了！"

玉香瞅了瞅有余舅舅，伸出左手，握着有余舅舅的手：

"谢谢你，陪着我走了这么多年！我一见到你，就觉得见过你，原来是幼年时对有明哥哥的记忆！可见你们兄弟有多相像！有余，你不会怪我吧？"

玉香摇了摇有余的手。

"不会。"有余从玉香所讲的故事中，回过神来，摇摇头。看着自己的岳父、妻子和儿子，都健康、平安、鲜活。还有什么比这更让人欣喜和满足的呢？

"岳父大人！请受小婿一拜，拜谢岳父岳母生养之恩！"

肖再仁被有余舅舅这一拜，吓得赶紧扶起有余：

"玉香全部靠你关爱啦！"

肖再仁、有余、玉香的手紧紧地握在了一起，他们的目光，又都全集中在这个刚刚出生的小男孩身上！

"这是让人多么开心的一幕啊！"母亲忍不住热泪说，"这都是共产党的政策好啊！"

"妈，你又没学历史，怎么知道抗战时期和抗战胜利之后中国共产党的政策？"我笑笑调侃母亲。

"你，你晓得嘲笑你老妈啦？"母亲伸手来要打我！我把头偏向一边，惹得大家都笑了起来！

"看看你玉香舅妈能被共产党培养得这么好，就知道共产党的政策好！傻丫头。"

"真儿，你妈说得对！正当云南有一部分国民党退守台湾时，我追随卢汉被共产党委以重任。新中国成立后，政府安排我到湘中涟源担任厂里的顾问工作，今天才会和大家见面啊！"

大家像听天书一般，听得面面相觑。

"你光荣加入中国共产党，那我父亲呢？"有余舅舅急切地问。

"你爹他不知所终！"肖再仁有些闪烁，还不太敢说。

有余舅舅有些黯然，但是也不好再追问。母亲看了看有余舅舅，就招呼大家：

"准备吃饭吧。"

因为我要回学校读书，随便吃些。我正收拾着要走出有余舅舅家门时，母亲朝我喊：

"真儿，你有余舅舅玉香舅妈还有我们家这么好的日子，都是因为中国共产党啊！如果你将来有什么出息，一定要跟中国共产党走！"

是啊！这一切的一切，我都看在眼里，记在心里，有余舅舅一家的

第四十九章　悠远大团圆

幸福，肖再仁的重生，都让我心中产生了阵阵涟漪：如果我有机会成为一名共产党员，我一定要做一个优秀的共产党人。母亲的嘱托，我内心的热望，从此让这个想法生了根。

忙了一天，送走了所有的客人，玉香、孩子都睡了。夜深人静后，有余舅舅躺在床上沉思：原来父亲不知去向！要找父亲，一定。

那年预考我们班就裁减二十九人，只有三十五人能参加高考。我按部就班，脚踏实地，总算是没被刷下来，但成绩并不理想。因为这个，我一度想放弃。但是，欧老师又找到了我：

"王真儿，听说你不想参加高考了？"

"老师，我考得太差劲了。恐怕没什么指望！"我真泄气！

"预考题目难一些，因为是选拔。高考应该会容易点。还有一个多月，你可千万别放弃啊？要相信自己的实力。"

不知哥哥从哪里知道我想放弃高考，特地从天马山赶到学校（后来才知道是欧老师跟母亲打了电报）。哥哥和我悄没声地坐在篮球场的围栏旁，哥哥打开了话题：

"真妹，怎么？不想参加高考了？"

"我真没底啊！这次预考考这么砸。哥！"我内心一阵发怵。

"不管怎么差，只要预考过了，就不能放弃机会！那还有那么多没通过预考的呢！真妹啊，阿妈要我告诉你，你还是很优秀的，怎么能自暴自弃呢？"哥哥显得成熟了许多，他很凝重地望着我：

"真妹，退一万步，哥哥跟你保证，如果你没有考上大学，就让你复读一年，所以你可以放心地去参加高考，放心吧！真妹，看你平时的努力，你一定会考个好成绩的。要相信自己哪！"哥哥极力鼓励我。

我终于熬过了那一个多月，也顺利地走进了高考考场。

参加完高考，我就又回到家乡，恢复了暑假给父亲送饭和放牛扯草的日子。

秋日，早上凉爽的风轻轻拂过脸颊，森林草地上带着泥土的清香，山间秋迟，却似夏花灿烂，在婆娑绿叶中探出娇艳的脸，花瓣微颤，红粉了整个天马山。梯田里，绿叶油油的山茶，山腰上，亭亭玉立的翠竹，石场下，绵绵延长的山路，尽收眼底。耳畔里传来"知了、知了"的虫鸣，百灵鸟呼唤同伴的娇语，牛儿"哞哞"的长喃声可以直穿透整座村庄，乡曲交响。一个骑着单车的邮递员从乡邮政所出发直奔天马山而来……

半晌午，母亲正在丝瓜棚底下把细细的丝茅溪水引向瓜棚底下土层，期待过几天还能吃上几条秋丝瓜。单车铃一路串响，邮递员向母亲打探：

"大婶，王真儿，您认识吗？这里有她的挂号信！"

"是什么信？"母亲意外地问。

"我看这么大的信封，有点像高考录取通知书咧！"邮递员将手中的信扬了扬。

"真的？！"母亲把手中的镢头一丢赶紧朝邮递员跑去，接过信，转身就往天马山跑，口中还念着：

"我真儿考上大学啦！""我真满儿考上大学啦！"

"大婶，原来王真儿是你女儿啊！你看把你喜得……大婶，你慢点跑……"

"放心吧！你先到我家里去坐，我到天马山跟她报信。让她高兴高兴！"母亲回头对邮递员笑笑。

老远我就看见母亲朝我跑来，赶紧下坡来迎。

"妈，什么事啊，这么急！跑得气喘吁吁的。"

"真儿，你有大学读啦！"

"什么？"我几个快步就跑到母亲面前，接过母亲手中的信封，一看录取通知书是师范大学寄来的！

"妈，妈！"我激动地抱起母亲，转了个圈。

那天晚上，全家人都沉浸在为我高兴的快乐氛围中。

第四十九章　悠远大团圆

嫂嫂摸着滚圆的大肚子说："小宝贝,你可要跟真姑学,将来读大学啊!"父亲和母亲相视而笑,哥哥乐开了花,对嫂嫂说:

"那一定会的。辛苦你啦!"

从此我走进了大学,每月能节省十五元生活费寄回去给父母亲改善伙食。十二月,哥哥写信告诉我,嫂嫂如愿以偿:生了一个大胖小子,父亲给他取名为锦程,母亲每天抱着孙子乐呵。

有余舅舅将肖再仁接到自己家中休养,让他含饴弄孙,安度晚年。自己暗暗地关注政策。直到1987年,开始开放赴大陆探亲,对象主要是1949年来台的国民党老兵。从这以后,大陆陆续开放,民众都可来大陆观光。得知这一消息有余舅舅喜出望外,既然还有父亲、兄长,总觉得他们一定会回到家乡的。

住在台北福林路六十一号一普通住宅里的史兰成,已经是四代同堂,有明有两个孙子,一个孙女。听到解禁的消息,他们一家都想回归大陆,祭祀祖先,加之大陆支持台海往来,淡化历史裂痕的策略,更增强了他们回大陆的决心。兰成耄耋之年,虽年轻时遭受离乱,然安定之后儿孙孝顺,身子依然硬朗。妻子知英的影子永远定格在他的脑海里,也不知还能否见上一面。

全家出动,踏上了回大陆的行程。兰成回到老家后,当地政府对他很是关照,提供了四万元给他修建故居,让他一家在大陆安家。面对中国共产党和政府能对自己既往不咎,还对他如此照顾,这也让史兰成内心很受感动,安心定居,再慢慢地打听知英的下落。

有余舅舅带着岳父肖再仁、玉香和孩子回杨溪村过年,老得有时清醒有时糊涂的大舅外公看着孙子,老泪纵横:

"知英啊,我真对不起你啊!有余最大,孩子却最小。知英啊,现在过年啦,你在哪里啊?"

有余舅舅的心在滴血!

他把满舅外公请到自己房里，道出原委。并且说：

"满叔，现在好了，估计我爹会回来了。我想告诉我爹。满叔，我们都是共产党员。不搞迷信，只因母亲也是为我们家做出了巨大的牺牲，用以告慰我母亲的在天之灵！"

满舅外公听得目瞪口呆。但是一瞬之后，就来到了大舅外公房里，说：

"大哥，嫂嫂去世了！现在有余想把嫂嫂尸骨迁回，并想为她做一场法事。你同意吗？"

"一定要迁回来！一定要迁回来！"大舅外公本来神志不很清楚，隔了很久，但是最后这句话却说得斩钉截铁。

正月初四，满舅外公和有余请了一批工人把大舅外婆的尸骨找回，重新装殓，重新举行祭奠仪式。合家晚辈均着素色，默哀致祭。我的父亲和母亲是年龄最大的晚辈，走在送葬队伍的最前面，神色凝重。

前方，河塝边，山脊上，枞树下，虽是春寒料峭，青蒿却露出尖尖的芽儿。母亲眼中却好似呈现了另一幅画面：渐渐老去的自己，分开打着花儿的丛丛青蒿，又似和青蒿融为一体，走向阳光，道路在前方延伸……

天空惨淡，寒意逼人，有余跪在地上，号啕大哭起来！然后有元舅舅带着他的兄弟姊妹都大声痛哭起来。

"啊，啊，知英啊，你怎么就这样走了呢？"人们听到了一个嗷嗷啼哭的衰老老者的悲怨的哭声！一个年过半百的中老年男子扶着一个拄着拐杖的白发苍苍的耄耋老人亦步亦趋地跟在了送祭的队伍的后面，那哭声可以穿透山谷，划破云空，让山林低泣，让白云变色。

"兰成！"肖再仁站在前面高地上，叫出来声。

有余舅舅寻声望去，哭腔中声音阵阵颤抖：

"父亲！他是我的父亲！"

玉香舅妈抱着孩子往后望过去……一步一步走近他们……那中老年

第四十九章　悠远大团圆

男子一脸惊异地看着肖玉香。他们几乎不约而同地喊出了声：

"有明哥……是你？"

"肖玉香……是你？"

……

（全文完）

（此故事纯属虚构）

《青蒿·母亲》后记

胡铮良

我在"学习强国"中学习了中共长沙市第十三届纪委第二次会议精神：长沙市教育局局长指出：清风入怀，守好廉洁阵地；孝心传爱，传承文化精髓。作为长沙市文化教育战线上，地质中学的一名教师，弘扬尊师孝亲传统文化精神，责无旁贷。而世上最要孝顺的就是我们的母亲。

世上有一部永远也写不完的书，那便是母亲；世上有一种最香醇的茶值得永远品味，那便是母亲。母亲赐予了我们生命，从我们呱呱坠地，母亲就注定要为我们辛苦操劳一生，我们每一个孩子注定要成为母亲永远放不下的牵挂。我们的每一次成功，在母亲的眼里都放大了十倍，我们的每一次失败、沮丧和痛苦，都会使母亲的心痛苦得缩成一团，宁愿痛苦降临在她自己身上，为我们分担忧伤。从事各行各业的我们，能在各自的岗位上大放异彩。母亲，也给了我们永恒的无限的源泉。

兴之所至，笔之所写。

于是我从2018年10月下旬起用一支艺术的笔，开始构思、创作，直到五月中旬，终于完成了这部小说《青蒿·母亲》。这篇小说中的"母亲"形象，是"杂取种种，合成一个"。她不是某一个人的母亲，而是千千万万有着类似经历的孩子的母亲，"她"开启了我们的生命之旅，将一腔热血付诸我们，熬干自己，染白了发、粗糙了手、布满皱纹的面容。这个人就是我们的母亲！

感谢湖南省教育厅、长沙市教育局的正确领导，一直关注。

感谢亲朋好友，有些故事，来源于故乡亲朋好友的叙述，是他们，给了我很好的素材，我才得以进行艺术加工。

感谢湖南师大欧阳昱北老师、雅礼胡岭老师、长郡江猛老师、长沙市一中周玉龙老师、北京刘青松老师，以及地质中学谢雀飞老师、熊光明老师、刘超衡老师的帮助鼓励，还有所有的同人们、读者们，是他们激发我不断坚持的信心。

感谢地质中学的方曼辉校长、蔡席春书记、唐海萍副校长以及办公室刘敏主任、教研室黄尚喜主任、教务处刘海龙主任、工会刘伟主席、杨定标助理等各级领导，对我的长期培养、热切鼓励和深切关注，让我为弘扬尊师孝亲的传统文化精神添砖加瓦，让《青蒿·母亲》结集出版。

尤其感谢湖南理工大学李书记，并感谢余三定老师为《青蒿·母亲》撰写序言，更为感谢恩师欧阳昱北老师为《青蒿·母亲》撰写书评，让"母亲"的形象更添色彩。

"如烛的辉光，亦灿烂了我们的岁月！"一位经历过人生风雨的母亲形象，拥有的是一双苍老、起褶、满是茧子的手。可你知道那双手上，指甲已经瘪了；在那开裂的缝隙中，隐藏着几十年的尘埃。尘埃的余温中，依然可以触摸到她青春的梦想，逝去的芳华，冰凉的泪雨，挚爱的娇嗔。我希望我笔下的《青蒿·母亲》中发生的故事，会带领我们走近一位饱经岁月磨难的母亲身边，静心领略在中国共产党的领导下，祖国近四分之三个世纪的发展对于平凡母亲一生及平凡人家的影响。更希望母亲兰妮这一形象能在每一个读者的心中生根、发芽，让孝亲敬老的中华优良传统更加发扬光大。

2022.01.18

长沙益佳苑

田园牧歌式地,讲述着文学原乡的故事
——铮良长篇小说《青蒿·母亲》书评

欧阳昱北

作家是一个会讲故事的人,中国作家莫言、英国作家约翰·伯格等都有过类似的表述。在中国,"讲故事"的传统由来已久,口耳相传的神话传说、以《史记》为代表的史传文学、盛极一时的魏晋志人志怪短篇、唐传奇、宋元话本、明清小说,及至近现代百花齐放的文学形式,从来不阙如"故事"。历代作家不遗余力地在故事情节的曲折性、人物性格的丰富性等方面创新。

小说不全是故事,但小说必有着故事。有了好的故事,再加上母题的隽永性,会成为好的小说。西人的《荷马史诗》《十日谈》《唐璜》,甚至莎翁的剧作,无论在永恒的主题上怎样选择,作家都没有完全摆脱对情节的依赖。作为故事讲述者的作家或者尝试冲破故事的罗网,到了近代,西方小说在技巧上着力颇多,重"显示"而轻"讲述"。福楼拜的《包法利夫人》可视为西方近代小说之滥觞,也常被作为争论的焦点,但无论是侧重于外在情节的演进,还是着力于主人公心灵世界的开掘,不都是在讲述主人公一生或某一时段的"故事"吗?就此而论,以《包法利夫人》为代表的西方近代小说与"讲故事"的传统并非背道而驰。因此,"讲故事"符合人类共同的深层心理,它在文学史上与"抒情文学"双峰并峙,且又相互融通。

海洋文明充满奇险与随之而来的想象,西方作家的笔调轻灵而浪漫;不同于海洋文明,中国自古以来地大物博,生活在这片广袤内陆上的人

们更钟情于脚下的黄土地，日出而作、日落而息，黄土文明更富节律性和群体意识。铮良的长篇小说《青蒿·母亲》正是她将情感深植于这片黄土地的自我书写。基于这种对比意识，似乎可将铮良的《青蒿·母亲》纳入写实主义小说的范畴，但要做更详细的划分时，我却将其归于更高的格局和创新中。如若归入"乡土小说"之列，《青蒿·母亲》虽取材于具有鲜明地方特色和浓厚地域风俗的农村，但并不如"乡土小说"一般，旨在揭示宗法制乡村生活的愚昧、落后，借以抒发乡愁，相反，作者笔下流露出的是对乡村人事的由衷赞美之情，是对乡村文化深深的依恋。而相较于"寻根""伤痕""反思"等文学思潮，似乎相去更远，因为在这部小说里，我们虽然可以窥见作者有意识地融入时代大背景中，通过以小见大的方式来发掘民族文化心理的深层结构，但这完全出于作者的一种自觉意识，作者并不希图通过寻找传统文化中的积极因子来重塑文化自信，更遑论对时代阵痛进行深刻反思。正如莫言钟情于高密东北乡，贾平凹聚焦于商洛人民的生生死死，韩少功倾心于汨罗的山南水北，铮良则将视域投向了她最熟悉的文学原乡。

某种意义上，作家的创作往往带有自传性，这一点在写实主义作品中表现得尤为明显。这部小说讲述了母亲大半生的艰辛与操劳，作者有意融入五十年间祖国发展的宏大背景，而个人命运就成为时代发展的缩影，同时，个人命运也受到来自社会的制约，个人的一切辛酸与荣辱，都无法超越时代，摆脱拘囿。严格意义上而论，《青蒿·母亲》应是"他传"，母亲的故事只是由"我"转述，我充当着说书人的角色，虽然我未曾亲见母亲的过往，但我对她却了如指掌；我同时又是小说中的人物，参与到故事的发展中。无所不在的作者使得故事情节的发展尽在掌握之中。为了增强传记型小说的真实性和可信度，作者偶在作品中切换叙述人称，倒不失新鲜和感官冲击。如以小说中人物对话的方式称呼母亲姓名，叙述者"我"口中的"老外婆""大舅外婆"成为母亲口中的"外婆""大舅妈"，不着痕迹，却别具匠心。除了通过叙事人称的转换来增强传记型小说的真实性外，作者还有意背离小说的原则，即作者站在作品中发表对故事中人事的看法，引导作品的走向，这就与小说作者的客观立场疏离，而更近于抒情诗和人物评论。然而，谁又能否认《青蒿·母亲》这部作品就是一曲田园牧歌呢？

其实，我倒认为，《青蒿·母亲》这部小说的文体是不需要过多花心思去界定的，作品本身就是"杂取种种，合成一个"，我们又何必过分纠缠于此呢！作者着墨的重心在于展现母题中如青蒿般的母亲的平凡与伟大。母亲兰妮是中国式妇女形象的典型，她集勤劳、善良、朴实、宽容、温和、和蔼于一身，像众多乡村妇女一样，一生操劳，忙忙碌碌，但她却用自己的双手撑起了一个家庭，倾注全部的心力和深爱。母亲虽然平凡，却实在很伟大！

读罢整部小说，我的第一感觉就是惊叹。不到七个月的时间里，铮良便完成了整部小说的构思与创作，我惊叹于铮良的高产，但我知道高产背后是辛勤的付出与全身心的投入。铮良既要履职于日常的教学，小说创作便只能留待课余，即使时间紧迫，小说的质量却没有打丝毫折扣，能不惊叹乎！我更要惊叹于她数十年如一日的积累，"九层之台，起于累土"，若没有一如既往的记笔记习惯，哪会有这样精彩的故事和精警的语言！正如铮良在后记里所说，母亲是一部永远也写不完的书。驱动她不知疲倦、奋勇向前的，就是永该怀念的母亲吧。

期待早日付梓！

2021 年 11 月 30 日
稿毕于湖南师大附中

铮良《青蒿·母亲》凝结了一个女人的故事，一部中国女人的历史。是时代的见证，也是民族发展史。

——全国著名高考作文研究专家欧阳昱北前辈（湖南师大附中）

深入学习贯彻习近平总书记重要讲话精神，坚持培养孩子从小就孝亲尊师、体贴父母的品质，从严治教，为长沙教育发展护航。

——卢局长

铮良很有才，很会写。《青蒿·母亲》对弘扬尊师孝亲有着很重要的意义。学生读了很受益。

——湖南地质中学校长方曼辉

《青蒿·母亲》带史笔的味道。

——风扬青衫（江猛）（长郡中学）

落笔细处，点滴动人。

——胡岭（雅礼中学）

《青蒿·母亲》作者目光不再盯着玄虚和华美的幕布，做生活记录者，有一种朴厚之美，算是自凡而入圣。

——周玉龙（长沙市一中）

《青蒿·母亲》文字有温度，写法上也见别致处。每一个人物都鲜活生动，为之一叹。

——北京刘青松